HEYNE BÜCHER

SCIENCE FICTION

Herausgegeben
von Wolfgang Jeschke

Ein Verzeichnis weiterer Bände dieser Serie
finden Sie am Schluß des Bandes.

D. C. FONTANA

VULKANS RUHM

Roman

STAR TREK®
CLASSIC SERIE
Band 49

Deutsche Erstausgabe

WILHELM HEYNE VERLAG
MÜNCHEN

HEYNE SCIENCE FICTION & FANTASY
06/5043

Titel der amerikanischen Originalausgabe
VULCAN'S GLORY
Deutsche Übersetzung von Andreas Brandhorst

3. Auflage

Redaktion: Rainer Michael Rahn

Printed in Germany 1995
Umschlagbild: Pocketbook/Simon & Schuster, New York
Technische Betreuung: Manfred Spinola
Satz: Schaber Satz- und Datentechnik, Wels
Druck und Bindung: Ebner Ulm

ISBN 3-453-06614-6

Für Herb Wright und David Gerrold.
In Liebe.
Und mit Dank dafür, daß sie da waren.

KAPITEL 1

Der Strand von Ka'a bot Ausblick auf einen prächtigen Sonnenuntergang. Rosarote Streifen und goldene Kumuluswolken schwebten ruhig über dem orangefarbenen Glühen am fernen Horizont, dort, wo sich Meer und Himmel trafen. Tropische Vegetation in verschiedenen, saftigen Schattierungen von Grün wucherte am steilen Hang des Berges, der hinter dem abgelegenen Strand aufragte. Einige Vögel segelten wie träge in der sanften, vom Meer her wehenden Brise. Für den späten Dezember überraschend niedrige Wellen rollten unablässig ans Ufer, krochen immer weiter über den Sand, als das Leuchten am Horizont allmählich verblaßte.

Spock achtete nicht darauf, saß fast reglos und beobachtete seine nackten Füße — die Zehen steckten halb im gelbweißen Sand. Neben ihm standen die Stiefel, darin sorgfältig gefaltete Socken. Er war nach Ka'a gekommen, weil man hier allein und ungestört sein konnte. Über dreihundert Jahre hinweg hatten die hiesigen Behörden den Massentourismus verhindert, um die natürliche Schönheit von Kauai zu erhalten, der nördlichsten Insel des Hawaii-Archipels. Es gab noch einen zweiten Grund für Spocks Aufenthalt an diesem Ort: Die sogenannte Garteninsel bildete einen außerordentlich krassen Kontrast zu seiner Heimatwelt.

Er zog sich die Starfleet-Jacke enger um die Schultern, als der Wind vom Meer auffrischte. Kühles Wetter irgendeiner Art gefiel ihm nicht — in seinem Quartier wählte er immer Temperaturen, die fast alle Menschen als unangenehm empfanden. Auf Vulkan hatte es nie einen so kalten Wind gegeben, wie er ihm nun das Haar zerzauste. Das galt auch für die üppige Flora dieser tropischen Insel: Hier gediehen die Pflanzen, ohne daß sich jemand um sie kümmern mußte. Was Vulkan betraf … Dort existierten ausgedehnte Parkanlagen unweit der Städte. Gepflegt wurden sie von vielen Freiwilligen, die folgende Ansicht vertraten: Jede zivilisierte Gesellschaft braucht Gelegenheit, inmitten von wachsenden Dingen Muße zu finden. Doch die Bäume und Ranken in den Parks, das Gras und die Blumen … Alles war entweder durch sorgfältig kontrollierte Mutationen und Kreuzungen in botanischen Laboratorien entstanden oder von anderen Welten importiert worden.

Der größte Teil von Vulkan bestand aus Wüsten und zerklüfteten Gebirgen. Hinzu kamen einige blutrote Meere. Die einheimische, natürliche Pflanzenwelt setzte sich zusammen aus widerstandsfähigen Sukkulenten, knorrigen *Isuke*-Büschen mit winzigen Blättern und *Karanji*, einer Spezies, die dem terranischen Säulenkaktus ähnelte. *Induki*-Bäume mit flammenartigen Blättern wuchsen dort in den Wüsten, wo es Oasen gab. Außer natürlich in Vulkans ›Schmiede‹. *Nichts* wuchs in der Schmiede, jenem gewaltigen Backofen aus sterilem Sand und totem Fels, den selbst die erfahrensten und zähesten Vulkanier mieden.

Spock dachte kurz an die eigenen Erlebnisse in der Schmiede zurück. Dort hatte sein *Kahs-wan* stattgefunden, ein Ritual, dem sich jedes vulkanische Kind am zehnten Geburtstag unterziehen mußte. Es handelte sich um einen Ausdauer- und Überlebenstest, der individuelle Kraft, Mut und Logik beweisen sollte. (Der Hauch eines Lächelns umspielte Spocks Mundwinkel. Intelligenz brauchten vulkanische Jungen und Mädchen nicht extra unter Beweis zu stellen; man setzte sie voraus.)

In bezug auf sein *Kahs-wan* entsann sich Spock an so

viele besondere Zwischenfälle, daß er jenes Ritual manchmal für den wichtigsten Wendepunkt seines Lebens hielt. Ganz deutlich erinnerte er sich an alle Einzelheiten, die damit in Zusammenhang standen, auch an die Tatsache, daß er ohne Erlaubnis aufbrach, allein und zu früh. Um zu beweisen, daß er ein Vulkanier war, *kein Terraner.*

Er dachte nun an den von sturer Entschlossenheit veranlaßten Marsch in die Schmiede — ein impulsiver Beschluß nach dem strengen Hinweis seines Vaters, daß er lernen *mußte,* sich wie ein Vulkanier zu verhalten. Spock wußte natürlich, daß Sarek recht hatte. Damals gab er immer wieder dem Zorn nach und stritt mit vulkanischen Jungen, die ihn verspotteten, weil in seinen Adern auch menschliches Blut floß. Er ließ sich sogar dazu hinreißen, aus Enttäuschung und Kummer Tränen zu vergießen. Eine solche Schwäche konnte man beim Erben eines so ehrenwerten Clans nicht dulden. Spock rang sich bald zu der Erkenntnis durch, daß ihm gar keine andere Wahl blieb, als diese Schwäche zu überwinden. Er hoffte, sein Problem zu lösen, indem er vorzeitig mit dem *Kahs-wan* begann — eine Entscheidung, mit der er einmal mehr die menschliche Hälfte seines Wesens zeigte.

Der dicke I-chaya, sein *Sehlat,* war ihm in die Schmiede gefolgt und kehrte selbst dann nicht zurück, als Spock ihn ausdrücklich dazu aufforderte. Später hatte er allen Grund, für den Ungehorsam des Tiers dankbar zu sein: I-chaya rettete ihn vor einem *Le-matya.* Der alte *Sehlat* warf sich dem Angreifer entgegen und hielt ihn von dem Jungen fern — bis wie durch ein Wunder Spocks Vetter erschien, um das tigerartige Raubtier mit einem geschickten Nervengriff außer Gefecht zu setzen.

Selek hatte erklärt, wie es ihm gelungen war, genau zum richtigen Zeitpunkt zur Stelle zu sein, und der Knabe sah keinen Grund, die Worte des Vetters in

Zweifel zu ziehen. Er hielt alles für plausibel, und das Bestreben, dem schwer verletzten I-chaya zu helfen, beanspruchte seine ganze Aufmerksamkeit. Er holte einen Heiler, litt mit dem *Sehlat* und bat schließlich darum, ihn von seinen Qualen zu erlösen, dem Tier einen würdevollen Tod zu gewähren. Als Spock jetzt an die entsprechenden Ereignisse zurückdachte, fragte er sich, ob Seleks Erklärungen tatsächlich nur auf Logik basierten. Die Erleichterung seiner Eltern über das bestandene *Kahs-wan* hatte ihn abgelenkt, und außerdem war Selek bereit gewesen, ihm den vulkanischen Nervengriff beizubringen. Was hatte seinen Vetter damals in die Lage versetzt, praktisch aus dem Nichts zu erscheinen? Einige Jahre später befaßte sich der junge Spock mit den vielen Zweigen seines Stammbaums, fand dabei jedoch keine ›fernen Verwandten‹ mit einem Sohn namens Selek. Das Sammeln zusätzlicher Informationen und Daten schien ihm nie wichtig genug zu sein, um andere Aufgaben zugunsten gründlicher Nachforschungen zurückzustellen. Im Lauf der Zeit geriet das Rätsel immer mehr in den Hintergrund. Wichtig war nur eins: Er hatte das *Kahs-wan* überstanden, und dieser Erfolg festigte Spocks Entschlossenheit, den vulkanischen Weg zu beschreiten, wie es Vater und Tradition von ihm verlangten.

Er seufzte und schüttelte den Kopf. Wenn er die terranische Hälfte seines Selbst ablehnte, so leugnete er damit die eigene Mutter — und sie hatte es nicht verdient, daß er ihr auf diese Weise Schande machte. Als Heranwachsender begann Spock damit, jene menschlichen Eigenschaften zu fördern, die vulkanischen Charakteristiken ähnelten. Was den Rest betraf ... Er lernte, die peinlichsten Empfindungen zu unterdrücken. *Aber manchmal kehren sie zurück,* fuhr es ihm durch den Sinn, während er am Strand saß. Voller Stolz erinnerte er sich an I-chaya, doch gleichzeitig formte Kummer einen Kloß im Hals.

Spock bewegte die Zehen. Er hatte einem plötzlichen Impuls nachgegeben, als er entschied, Stiefel und Socken auszuziehen, um warmen Sand an den nackten Füßen zu fühlen. Er folgte damit dem Beispiel seiner Mutter, die an so etwas großen Gefallen fand. »Wer mit Schuhen über einen Strand geht, verzichtet auf viel Freude, Spock«, betonte sie häufig. »Man muß einen direkten Kontakt mit dem Boden herstellen, um sein *Leben* zu spüren.«

Er hörte leises Plätschern, gefolgt von einem Zischen, sah auf und beobachtete, wie der Sand unmittelbar vor ihm das Wasser einer kleinen Welle aufsaugte. Die Schatten wurden länger, und Dunkelheit tilgte die Farben aus der tropischen Vegetation hinter Spock. Über dem letzten und immer mehr verblassenden Glühen der Sonne am Horizont funkelten die ersten Sterne, kündeten von fernen Welten. Spock hob die Beine und strich Sand von den Füßen. Er zog Socken und Stiefel an, trat dann rasch einen Schritt zurück, um einer längeren Welle auszuweichen. Der Wind lebte auf, und die Temperatur sank. Spock strich mit der einen Hand über den Haftverschluß der Jacke, wanderte über den Pfad in Richtung Straße und merkte dabei, daß noch immer Sand an seinen Füßen klebte. Die Körner rieben ihm wie Schmirgelpapier über die Haut, als er sich dem Parkplatz näherte, auf dem der Bodenwagen stand. Er ignorierte das unangenehme Empfinden, bedauerte jedoch, daß er diesen speziellen Rat seiner Mutter beherzigt hatte.

Ein Aero-Bus brachte Spock von Lihues Shuttle-Terminal zu Honolulus Raumhafen. Er trug nur eine kleine Reisetasche bei sich, die einige persönliche Dinge sowie zwei Uniformen und einen traditionellen vulkanischen Umhang enthielt. Als er den Dienst an Bord der *Artemis* beendete, hatte ihm Captain Daniels befohlen, mehrere Tage lang auszuspannen, und Spock nahm nur wenig mit. Alles andere wurde automatisch zu seinem neuen Schiff geschickt.

»Sie arbeiten zu hart, Spock«, hatte Daniels behauptet. »Sie sind nicht *immer* im Dienst. Ein derartiger Eifer mag bei einem jungen Offizier lobenswert sein, aber er ist nicht immer praktisch.« Der Captain nahm seinen Worten die Schärfe, indem er lächelte. »Ruhen Sie aus, bevor es Zeit für Sie wird, sich an Bord der *Enterprise* zu melden. Entspannen Sie sich. Genießen Sie es, einmal *keine* Pflichten wahrnehmen zu müssen.«

»Nun, ich benötige etwas Zeit, um die Expeditionsberichte der *Enterprise* durchzugehen und die technische Struktur des Schiffes besser kennenzulernen«, erwiderte Spock nachdenklich. »Das gilt insbesondere für den Bibliothekscomputer und die wissenschaftliche Station. Ich habe mich noch nicht mit allen Einzelheiten der Bordsysteme befaßt ...«

»Offenbar *wollen* Sie mich falsch verstehen«, sagte Daniels.

Spocks Gesicht blieb ausdruckslos — er wölbte nur eine Braue. So reagierte er auf etwas, das ihn erstaunte, amüsierte oder verwirrte. »Sir?«

Der Captain erhob sich, stützte die Hände auf den Schreibtisch und beugte sich vor. »Ich gebe Ihnen hiermit einen Befehl, Mr. Spock.« Er sprach nun etwas lauter als sonst, betonte jede einzelne Silbe. »Suchen Sie einen hübschen Ort auf. Sie nehmen keine Forschungsdaten mit, um sie zu analysieren. Und Sie rufen auch keine diesbezüglichen Informationen aus Starfleet-Datenbanken ab. Sie werden sich entspannen. Schwimmen Sie. Gehen Sie spazieren. Reiten Sie. Legen Sie sich an irgendeinem Strand in die Sonne, falls Ihnen das gefällt. *Aber arbeiten Sie nicht*. Haben Sie verstanden?«

»Ja, Sir. Sie befehlen mir, mich zu entspannen.«

»In der Tat.«

»Sir?« entgegnete Spock. Daniels musterte ihn argwöhnisch. »Captain Pike steht in dem Ruf, hohe Anforderungen zu stellen ...«

»Chris Pike mag streng sein, aber er ist auch fair«, unterbrach Daniels den Vulkanier. »Vergessen Sie das nie.«

»Natürlich nicht, Sir.« Spock vergaß nie etwas. Er erinnerte sich immer an alles. »Allerdings vermute ich, daß er vom neuen Zweiten Offizier mehr als nur grundlegende Kenntnisse in Hinsicht auf sein Schiff erwartet.«

»Worauf wollen Sie hinaus?«

»Sie haben mir Entspannung befohlen, Sir. Wie viele Tage sind damit gemeint?«

Daniels dachte einige Sekunden lang nach, bevor er ernst antwortete: »Zwei Wochen stehen Ihnen zur Verfügung. Zehn Tage sollten genügen.«

»Ja, Sir. Zehn Tage ohne Arbeit. Ist das alles, Sir?«

»Nein, noch nicht ganz.« Der Captain streckte die Hand aus. »Sie sind mir ein ausgezeichneter Dritter Offizier gewesen. Ich habe Ihre Beförderung gern empfohlen und mich gefreut, als ich von Ihrer Versetzung zur *Enterprise* hörte. Es ist ein gutes Schiff, kommandiert von einem hervorragenden Captain. Ich wünsche Ihnen viel Glück.«

»Danke, Sir.« Spock schüttelte Daniels' Hand und drückte dabei ausreichend fest zu. Dann ließ er sie wieder los und legte die Hände auf den Rücken, nahm damit die übliche Haltung in der Gegenwart von Vorgesetzten ein. Die menschliche Form der Begrüßung oder des Abschieds erfüllte ihn noch immer mit vagem Unbehagen. Er zog den traditionellen Gruß von Vulkaniern vor: »Glück und langes Leben.« Diese Worte waren sowohl förmlich als auch höflich, brachten Respekt und gute Wünsche zum Ausdruck. Spock sah darin ein Zeichen für die vulkanische Effizienz: Wenige Worte genügten, um eine komplexe Botschaft zu übermitteln.

Der Aero-Bus landete auf dem Raumhafen, und

Spocks Gedanken glitten aus der Vergangenheit ins Hier und Heute. Er nahm die Reisetasche aus dem Gepäckfach über dem Sitz und stieg aus. Eigentlich hatte er erst in vier Tagen hierher zurückkehren sollen, doch besondere Umstände beendeten die befohlene Entspannungsphase am Nachmittag des sechsten Tages auf Kauai. Die Subraum-Nachricht wurde von der *Artemis* weitergeleitet, und Spock empfing sie in der Herberge: »Komm sofort nach Vulkan. Dringende Angelegenheiten warten hier auf dich.« Die Mitteilung war schlicht und einfach mit ›Sarek‹ unterzeichnet, und Daniels hatte einen kurzen Kommentar hinzugefügt: »Tut mir leid. Ich schätze, dieser Befehl hat mehr Autorität als meiner.« Spock zögerte nicht, sofort die notwendigen Vorbereitungen zu treffen: Er buchte den Flug nach Honolulu, einen Shuttle-Transfer zum Armstrong-Lunaport und einen Platz an Bord des schnellsten Passagierschiffes nach Vulkan.

Er blickte nun auf die große Anzeigetafel, um sich zu vergewissern, daß die Raumfähre pünktlich startete, und dabei fragte er sich einmal mehr: Was konnte so wichtig sein, daß er persönlich auf seinem Heimatplaneten erscheinen mußte? Warum genügte keine Subraum-Kommunikation? Daniels hatte recht: Es handelte sich tatsächlich um einen Befehl. Und ein seltsamer ›Zufall‹ wollte es, daß Spocks Vater die Rückkehr des Sohnes zu einem Zeitpunkt verlangte, zu dem es ihm möglich war, darauf zu reagieren.

Natürlich konnte es Sarek kaum schwerfallen festzustellen, daß Spock zum vollwertigen Lieutenant befördert und zur *Enterprise* versetzt worden war, daß er außerdem Urlaub hatte, bevor er den neuen Dienst antreten mußte. Selbst ein Föderationsbotschafter ohne aktuellen diplomatischen Auftrag verfügte über genug Starfleet-Kontakte, um ständig über die berufliche Laufbahn seines Sohns informiert zu sein. Was nicht bedeutete, daß Sarek persönlich entsprechende Informationen sammelte. Sicher überließ er es einem Sekretär, Berichte zusammenzustellen, im Speicher seines Bibliotheks-computers abzulegen und in regelmäßigen Abständen Updates hinzuzufügen. Vielleicht rief Sarek die betreffenden Daten nie ab, doch wehe jenem Sekretär, der es aus irgendwelchen Gründen versäumte, die Berichte auf dem neuesten Stand zu halten.

Spock nickte nachdenklich. Ja, Sarek hatte die ganze Zeit über gewußt, wo er sich aufhielt und womit er beschäftigt war. Und deshalb rief er seinen Sohn gerade jetzt wegen ›dringender Angelegenheiten‹ nach Vulkan. Er hätte ihn nicht dazu aufgefordert, den normalen Dienst zu unterbrechen, um nach Vulkan zu kommen. Aber der Urlaub bot eine gute Gelegenheit.

Es gab keine Verzögerungen in Hinsicht auf das Shuttle, und Spock trat an den Ticket-Schalter heran, wo ein für Reservierungen zuständiger Roboter den gebuchten Platz an Bord der Raumfähre bestätigte. Natürlich beugte er sich dem Willen seines Vaters — etwas anderes kam überhaupt nicht in Frage. Trotzdem spürte er einen Hauch Unruhe, als er überlegte, warum seine Rückkehr in die Heimat ausgerechnet jetzt erforderlich wurde. Seit acht Jahren sprach Sarek von Vulkan nicht mehr mit seinem Sohn — und die Breite der geistigen Kluft zwischen ihnen ließ sich in Lichtjahren messen.

Der Nachmittag ging allmählich in den Abend über, und der grelle Glanz von Vulkans Sonne projizierte länger werdende Schatten in den Hof. Einige der Schemen krochen langsam über die sorgfältig geharkten Furchen und Rippelmarken des Sandgartens. Amanda beobachtete, wie der fingerförmige Schatten eines nahen Kerzenbaums den mittleren der drei großen Steine im Zentrum des Gartens berührte. Er kroch an dem Felsen empor und gab der Frau damit einen deutlichen Hinweis auf die Zeit.

Sarek kehrte bald heim. Und Spock... Amanda

seufzte. Spock würde in zwei Tagen auf Vulkan eintreffen. Sie wußte, daß Sarek alles sorgfältig geplant und dabei nichts außer acht gelassen hatte. Zwei Tage: die maximale Zeit für Spock, um Sareks Mitteilung zu empfangen, zu zögern, gründlich nachzudenken und die Reise nach Vulkan zu arrangieren. Ja, er kam bestimmt. Eine Konfrontation zwischen ihm und Sarek stand bevor — wobei sich Vater und Sohn natürlich nicht von Angesicht zu Angesicht gegenüberstanden. Amandas Mann hatte bereits eine besondere Form der Kommunikation vorbereitet, und sie stimmte seinem Plan zu. Ihr Titel lautete *T'Sai* Amanda, *Aduna* Sarek. Man konnte diese Bezeichnung mit ›Lady Amanda, Lebensgefährtin von Sarek‹ übersetzen, obwohl sich noch mehr Bedeutung in den vulkanischen Worten verbarg. Sie akzeptierte ihre Rolle, obgleich sie von Sarek ausgewählt worden war. Sie hatte ihn sich mehr als alles andere gewünscht, doch nur *seine* Entscheidung konnte sie zu Lebensgefährten machen. Amanda versuchte ohne Einschränkungen, jener Rolle gerecht zu werden, und diesmal würde sie den damit einhergehenden Pflichten ebenfalls genügen — wenn auch widerstrebend.

Die Außentür öffnete sich genau zum erwarteten Zeitpunkt — der Schatten des Kerzenbaums ertastete die Spitze des höchsten Felsens im Sandgarten. Amanda wandte sich dem großen Foyer des Hauses zu und lächelte, obwohl noch immer die Last der Trauer auf ihren Schultern ruhte.

Vor dem Lampenschein zeichnete sich eine hochgewachsene Gestalt ab und blieb eine Silhouette, bis Amanda das große, kühle Zimmer betrat. Sarek trug einfache, ernst wirkende Kleidung, so wie immer. Heute hatte er einen dunkelgrünen Anzug gewählt, und der einzige Schmuck bestand aus dem großen goldenen Ring am Zeigefinger der linken Hand. Es handelte sich um den Clan-Ring, und er gebührte dem ranghöchsten männlichen Familienmitglied.

Sarek sah der Terranerin entgegen, und seine Augen offenbarten einen warmen Glanz. »Amanda.«

Seine volltönende Stimme schien in ihr widerzuhallen, und das Lächeln wuchs in die Breite. »Du bist pünktlich.«

»Andernfalls hätte ich dir Bescheid gegeben.«

»Ich weiß. Ich habe nur gescherzt.«

Das warme Schimmern in den dunklen Pupillen wurde noch etwas deutlicher. »Eine menschliche Eigenschaft, die ich nie zu ergründen vermochte, Gemahlin.«

»Mag sein, Gemahl«, erwiderte Amanda. »Aber du erlaubst mir, an ihr festzuhalten.«

»Es ist ein faszinierendes Hobby, den menschlichen Humor zu analysieren.« Sarek griff nach der Hand seiner Ehepartnerin. »Man hat mir mitgeteilt, daß Spock hierher unterwegs ist. Er hat den Raumhafen von Honolulu verlassen und fliegt mit einem Shuttle zum Armstrong-Lunaport. Dort erwartet ihn ein interstellares Passagierschiff, das um fünf Uhr irdischer Zeit starten wird.«

»Also trifft unser Sohn in zwei Tagen ein. Wie du es vorhergesagt hast.«

»Ja.«

Amanda zog die Hand zurück und drehte sich um. »Warum erzwingst du es jetzt, Sarek? Warum ausgerechnet jetzt?«

»Wir haben mehrmals darüber gesprochen, Amanda. Spock hat Verpflichtungen, die er nicht ignorieren kann. Familie, eine Partnerschaftsbindung, Traditionen, die es fortzusetzen gilt, seinem Eid gemäß ... Darum muß er sich nun kümmern, auf die übliche Art und Weise.«

Manchmal haßte Amanda die Traditionen. Manchmal haßte sie den Umstand, daß der Lebensweg eines Vulkaniers nur wenig Bewegungsspielraum ließ. Aber damit hatte sie sich abgefunden, als sie Sareks Liebe erwiderte und sich bereit erklärte, seine Ehefrau zu werden. Damals akzeptierte sie die Rolle als Lebensgefährtin eines Vulkaniers und schenkte ihm einen Sohn, der an die gleichen Traditionen gebunden war. Amanda hatte Sarek versprochen, sich zu fügen, den vulkanischen Bräuchen Priorität einzuräumen. Sie hielt ihr Versprechen — womit sie einer eigenen, menschlichen Tradition gehorchte —, aber es bedeutete nicht, daß es ihr immer leichtfiel. Auch diesmal rechnete sie mit erheblichen Problemen.

Sie wandte sich wieder Sarek zu. »Auch Starfleet gegenüber hat er Pflichten. Das weißt du.«

»Seine hiesigen Obliegenheiten stehen keineswegs im Gegensatz zu der Verantwortung, die ihm bei Starfleet zukommt. Das eine hindert ihn nicht am anderen.«

»Ich glaube, du siehst die Dinge nicht aus der richtigen Perspektive«, erwiderte Amanda mit fester Stimme. »Es sind zwei verschiedene Aufgaben, und ich bezweifle, ob Spock sie beide gleichzeitig wahrnehmen kann. Auch seinem Leistungsvermögen sind Grenzen gesetzt. Vielleicht bleibt ihm nichts anderes übrig, als zwischen den Pflichten zu wählen.«

»Die Entscheidung liegt bei ihm. Ich bin sicher, daß er die richtige Wahl trifft.«

»Die richtige Wahl ...«, wiederholte Amanda. »Welche Maßstäbe werden dabei angelegt? Deine? Oder Spocks?«

Sarek musterte sie und schwieg einige Sekunden lang. Dann setzte er sich abrupt in Bewegung und ging in Richtung des Flurs, der zu den Schlafzimmern führte. »Ich ziehe mich zur Meditation zurück«, verkündete er. »Das Abendessen findet zur üblichen Zeit statt, nehme ich an.«

»Natürlich, Gemahl«, bestätigte Amanda förmlich. Sie sah Sarek nach, bis er im Korridor verschwand, und dann schritt sie wieder zum Sandgarten. Sie öffnete die Verandatür und trat nach draußen.

Die abendliche Hitze von Vulkan wehte ihr entgegen, und jetzt, im Winter, war sie nicht so unangenehm.

Schatten umhüllten nun den Sandgarten, der im Sommer das Licht der Sonne so grell reflektierte, daß Amanda ihn nur einige Sekunden lang betrachten konnte, bevor sie den Blick abwenden mußte. Sie setzte sich auf den steinernen Rand der Terrasse, streifte die Sandalen ab und grub die nackten Zehen in den Sand.

Ihre Gedanken trugen sie in die Vergangenheit, zu jenem Strand, auf dem sie die Flitterwochen verbracht hatten. Typisch für Sarek, daß er damals Arbeit mitnahm: Nach dem Frühstück setzte er sich an den Computer, analysierte und korrelierte. Amanda beobachtete sich selbst, wie sie ihren vulkanischen Ehemann aufs spitze Ohr küßte, lachte und zum Strand ging. Die Ebbe ließ immer einige Tümpel zurück, und dort kniete sie, beobachtete den Mikrokosmos des Lebens im Wasser. Als sie den Kopf hob, bemerkte sie Sarek, der sich ihr näherte. Er *stapfte* über den Strand, in *Stiefeln.* Ab und zu verharrte er, um von den Wellen ans Ufer geschwemmte Dinge zu betrachten: Algen, Treibholz, Muscheln.

Amanda befürchtete plötzlich, daß sie schrecklich aussah: schmutzige Füße, zerzaustes Haar, kein Make-up. Sarek hatte sie noch nie auf diese Weise gesehen, nicht einmal im Bett. Aufgrund seiner Förmlichkeit achtete sie immer darauf, einen möglichst perfekten Anblick zu bieten. Später verriet er ihr, daß er an dem ungewohnten Erscheinungsbild großen Gefallen gefunden hatte. Er beschrieb sie: schlank wie eine Gazelle, das dunkle Haar wie ein zerfranstes, im Wind wehendes Banner, herrliche blaue Augen, ihr Blick voller Aufrichtigkeit und ... Liebe.

Sie neckte ihn wegen der Stiefel — ein solcher Strand sei halb verschwendet, wenn man in Stiefeln auf ihm spazierenging. Natürlich ließ sich Sarek nicht dazu bewegen, sie mitsamt den Socken auszuziehen, um die Zehen in den Sand zu stecken. Die vulkanische Würde verbot ein derartiges Verhalten. Amanda gelangte zu der Erkenntnis, daß den vulkanischen Traditionen etwas Ehernes anhaftete, das sich in allen Lebensbereichen auswirkte und von menschlichem Einfluß unberührt blieb.

Nicht nur Sarek war als Vulkanier an jene Traditionen gebunden, sondern auch Spock. Manchmal fühlte sich Amanda schuldig, weil sie ihrem Sohn menschliche Wesensaspekte gegeben hatte. Sie wußte, daß er deshalb litt, daß er die terranische Hälfte seines Selbst häufig als Belastung empfand, obgleich er sich davon nichts anmerken ließ und alles hinter der Maske aus vulkanischem Stoizismus versteckte. Aber hätte sie ablehnen sollen, als sich Sarek ein gemeinsames Kind wünschte? Sie schüttelte den Kopf und lächelte schief. Nein, natürlich nicht. Sie hatte sich Spocks Geburt mit der gleichen Intensität gewünscht wie Sarek. Amanda seufzte erneut und fühlte warmen Sand an den Zehen. *Es ist mir nie gelungen, Sarek zu überreden, barfuß zu gehen,* fuhr es ihr durch den Sinn. Das wäre viel zu menschlich gewesen.

KAPITEL 2

ShiKahr glitzerte in der Mittagshitze, als die Distanz zwischen der Stadt und Spocks Bodenwagen schrumpfte. Hinter dem Fahrzeug ragten die dunklen, fast unheilvoll wirkenden Llangon-Berge auf, und ihre Düsternis betonte das Schimmern der Metropole. Der grüne Gürtel aus gepflegten Parkanlagen sorgte für einen eher sanften Übergang zwischen der Wüste einerseits und den attraktiven geometrischen Formen in der Stadt andererseits. Die Architektur unterlag einer strengen Kontrolle: Alle neuen Gebäude mußten sich ohne irgendwelche Disharmonien in den allgemeinen Rahmen des bereits Bestehenden einfügen. Die Straßen waren breit und wiesen einen großzügig gestalteten Mittelstreifen mit Gras, Blumen und Bäumen auf. Weitere Pflanzen säumten sie rechts und links. Es gab keine in die Bürgersteige integrierten Gleitflächen: Die Vulkanier gingen lieber. Hier und dort wichen die gepflasterten Bereiche Pfaden, die sich unter schattenspendenden, von Außenwelt importierten Bäumen erstreckten.

Spock parkte am Osttor, nicht weit vom Haus seiner Eltern entfernt, und anschließend betrat er die Stadt durch das große Portal. Dieses Viertel setzte sich zum größten Teil aus Wohnhäusern zusammen, und nur wenige von ihnen waren höher als ein Stockwerk. Einfriedungen umgaben die meisten von ihnen. Spock erinnerte sich an die ›Mauern‹ eines Nachbarn, die aus sorgfältig beschnittenen Kletterrosen bestanden. Als Kind hatte er die Pracht im Sommer bewundert: Blüten in pastellfarbenen Kombinationen von Rosarot über Weiß bis hin zu einem sanften Blau. Als er sich dem Haus seiner Eltern näherte, fiel ihm ein Rebengewächs auf, das fast die ganze Gartenmauer bedeckte. An einigen Stellen zeigten sich blaue, trompetenförmige Blütenkelche zwischen den dunkelgrünen Blättern. Vermutlich hatte Amanda diese Pflanze der Mauer hinzugefügt. Sarek zog die sehr ästhetische, aber auch strenge Symmetrie des Steingartens vor.

Das Tor war nicht verriegelt, und Spock trat ein. Pflichtbewußt hatte er sein Kommen angekündigt und in der Mitteilung auch den Zeitpunkt genannt. Das Tor verursachte kein Geräusch, ebensowenig wie er selbst, trotzdem öffnete sich sofort die Haustür. Amanda erschien ihm Zugang.

»Spock.« Sie streckte die Hand aus.

»Mutter.« Er näherte sich mit einigen langen Schritten, stellte die Reisetasche ab und griff nach der dargebotenen Hand.

Amanda berührte ihn an der Wange — eine menschliche Geste, die er nur erlaubte, weil sie seine Mutter war. »Fünf Jahre sind vergangen, seit wir uns zum letztenmal sahen, bei der Abschlußfeier in der Akademie. Ich habe dich vermißt, Sohn.«

»Ich weiß. Du hast des öfteren darauf hingewiesen, in deinen Briefen.«

Amanda lachte. »Ja, das stimmt.« Sie musterte den jungen Mann kritisch. »Du siehst gut aus.«

»Du auch, Mutter.« Sie wirkte gesund und munter, unterschied sich kaum von der Frau, an die sich Spock erinnerte. Ihr blaugraues Kleid, nicht zu weit und nicht zu knapp, wies auf eine immer noch schlanke Gestalt hin, obwohl sie jetzt auf die Fünfzig zuging. Er bemerkte einige zusätzliche Falten in den Augenwinkeln, im Haar auch dünne silbrige Strähnen. Aber an ihrer Schönheit hatte sich nichts geändert, und das galt auch für ihren singenden Tonfall.

In ihren blauen Augen funkelte es. »Wie ich sehe, hat es Starfleet für angemessen gehalten, dich zum vollwertigen Lieutenant zu befördern. Früher als bei anderen Absolventen der Akademie, nehme ich an.«

Spock erwiderte ihren Blick mit würdevoller Gelassenheit. »Ich habe damit gerechnet, etwa zu diesem Zeitpunkt befördert zu werden. Meine bisherigen Leistungen rechtfertigen ...«

»Hast du damit begonnen, alles in deinem Leben zu planen? Als Kind bist du spontan gewesen und wußtest Überraschungen zu schätzen ...«

Spock legte die Hände auf den Rücken — auf die gleiche Weise reagierte sein Vater, wenn er nicht über ein bestimmtes Thema zu sprechen wünschte. »Ich bin kein Kind mehr.«

»Nein.« Amanda seufzte und musterte ihn erneut. »Das ist lange, lange her.« Sie schmunzelte wieder. »Wie dem auch sei: Jetzt bist du für einige Tage zu Hause.«

»Ich bin hier, weil das dem Willen meines Vaters entspricht — wie du sehr wohl weißt. Worum geht es ihm?«

»Das kann ich nicht mit dir erörtern. Sarek hat eine Beratung der Familie geplant, die nach dem Essen stattfinden soll. Eine formelle Beratung.«

Spocks Miene veränderte sich nicht, aber er wölbte die Brauen, was auf Erstaunen hindeutete. »Dann hat er also vor, mit mir zu sprechen.«

Amanda schüttelte den Kopf. Diese Angelegenheit ließ sich nur schwer erklären, und einen solchen Versuch wollte sie nicht jetzt unternehmen, unmittelbar nach der Ankunft ihres Sohns. »Nein, nicht unbedingt. Komm herein. Du wirst später verstehen, was ich meine.«

Spock nahm die Reisetasche und folgte seiner Mutter ins kühle Haus. Sein Vater würde *nicht unbedingt* mit ihm sprechen? Was hatte Sarek vor?

Spock und Amanda aßen allein. Eigentlich war es kein Wunder, daß Sarek darauf verzichtete, ihnen bei der Mahlzeit Gesellschaft zu leisten. Bei der Familienberatung standen wahrscheinlich unangenehme Dinge zur Debatte, und vorher ein offizielles Essen zu veranstalten, bei dem zwei Personen am Tisch ein eisiges Schweigen wahrten ... *Seit acht Jahren hat er nicht mehr mit mir gesprochen,* dachte Spock. *Seit acht langen Jahren ...*

Amanda plauderte ungezwungen, stellte Fragen und berichtete von allgemeinen Neuigkeiten. Sie hatte es immer verstanden, auf eine sehr interessante Weise zu erzählen, und einige der von ihr geschilderten Zwischenfälle amüsierten Spock. Selbst die Familie betreffende Nachrichten — sie verlangten ernste Aufmerksamkeit — bekamen durch Amandas Formulierungen etwas Erheiterndes. Spock gab seinerseits Auskunft, erläuterte Beförderung und Versetzung zur USS *Enterprise,* den kurzen Urlaub.

»Ka'a? Ein herrlicher Strand.« Amanda lächelte. »Bist du dort spazierengegangen?«

»Ich habe dort gesessen und nachgedacht.«

»Dafür eignen sich Strände gut. Manchmal können sie sehr nachdenklich stimmen.«

Spock griff nach seinem Glas, trank einen Schluck Wasser und sah seine Mutter an. »Darüber hinaus habe ich die Stiefel ausgezogen.«

»Oh, gut.«

»Du hast mit deinen früheren Hinweisen recht behalten, Mutter: Es handelte sich um eine recht lehrreiche Erfahrung.«

Amanda neigte den Kopf zur Seite, und in ihren Augen schimmerte es humorvoll. »Ich habe in diesem Zusammenhang nie von ›lehrreichen Erfahrungen‹ gesprochen. Es ging mir um folgendes: Nur mit nackten Füßen kann man den Boden spüren, seine Essenz. Es ist eine Frage des richtigen *Fühlens.*«

»Ich ...« Spock zögerte, räusperte sich und begann noch einmal. »Ich habe etwas gefühlt.«

Amanda beugte sich vor, streckte den Arm aus und berührte sanft die Hand ihres Sohns. »Das freut mich.« Die Uhr im Korridor läutete, und Spocks Mutter hob den Kopf, biß sich kurz auf die Lippe. »Es ist jetzt soweit.«

Die Beratung fand in der Bibliothek statt, direkt neben Sareks Arbeitszimmer. Bücherregale zogen sich an drei Wänden entlang, und die vierte wies ein großes Fenster auf, das Ausblick in den Sandgarten gewährte. Die Bücher in den Regalen stammten von zahlreichen Welten, und die Themen zeichneten sich durch eine ähnliche Vielfalt aus: Enzyklopädien und Lexika, aber auch Poesie und Literatur. Hier und dort standen bequeme Lesesessel. Spock hatte in diesem Raum als Kind viele Stunden verbracht, sich Worten hingegeben, die Informationen vermittelten oder mit imaginären Beschreibungen die Phantasie stimulierten. An diesem Abend erwartete ihn sicher keine so angenehme Erfahrung.

Amanda ließ sich in einen der Sessel sinken und forderte Spock mit einer stummen Geste auf, ihrem Beispiel zu folgen. Doch er schüttelte den Kopf, blieb stehen und rechnete jeden Augenblick damit, daß Sarek hereinkam. Seine Mutter griff nach einem kleinen, perlenartigen Objekt, das auf dem nahen Tisch lag, schob sich den Gegenstand ins Ohr. »Sarek kommt nicht hierher, Spock.«

Er drehte sich um, und Falten bildeten sich in seiner Stirn. »Warum wurde dann eine Beratung der Familie anberaumt? Das verstehe ich nicht.«

»Dein Vater sieht von seinem Arbeitszimmer aus zu.« Amanda deutete auf eine kleine Kamera, die Bilder zum Monitor in Sareks häuslichem Büro übertrug. »Und ich gebe seine Fragen und Bemerkungen an dich weiter.« Sie hob kurz die Hand zur Kom-Perle im Ohr und zuckte entschuldigend mit den Schultern. »So entspricht es seinem Wunsch.«

Spock nickte langsam. Sarek konnte also alle Kommentare abgeben, die er für erforderlich hielt — ohne direkt mit Spock zu sprechen. Ihr persönlicher, inzwischen acht Jahre alter Konflikt war noch immer nicht gelöst; Sarek lehnte nach wie vor die Kommunikation mit seinem Sohn ab.

Spock hatte damals gerade erst seinen sechzehnten Geburtstag hinter sich, als er auf eigene Faust beschloß, mit einer Ausbildung an der Starfleet-Akademie zu beginnen. Aufgrund seiner ausgezeichneten schulischen Leistungen bekam er sofort einen Studienplatz. Natürlich bat man ihn um Angaben über seinen familiären Hintergrund, und der Akademie-Leiter übermittelte Botschafter Sarek routinemäßige Glückwünsche.

Unglücklicherweise hatte Sarek eine ganz andere berufliche Laufbahn für den Sohn vorgesehen und bereits Vorbereitungen für sein Studium an der vulkanischen Akademie der Wissenschaften geplant. Der Umstand, daß Spock nicht die Genehmigung der Familie eingeholt hatte, bevor er beschloß, einen ganz anderen Lebensweg zu beschreiten, weckte Zorn in Sarek. Äußerlich ließ er sich natürlich nichts davon anmerken. Nur der kalte Glanz in den Augen und Lippen, die einen dünnen Strich bildeten, deuteten darauf hin.

Amanda hatte eine Diskussion vorgeschlagen, doch dabei stellte sich heraus, daß Vater und Sohn auf ihrem jeweiligen Standpunkt beharrten, ohne auch nur einen einzigen Millimeter davon abzurücken. Schließlich wandte sich Sarek von seinem Sohn ab. »Wie du willst. Wir reden nicht mehr darüber.« Nach vier Wochen des Schweigens begriff Spock, daß es nicht nur darum ging, ein kontroverses Thema auszuklammern: Sein Vater lehnte *jedes* Gespräch mit ihm ab.

Spock nickte Amanda bestätigend zu. »Ich beuge mich dem Wunsch meines Vaters.«

»Bitte setz dich.«

»Ich stehe lieber«, erwiderte Spock steif. »Wir können beginnen.«

»Sarek weist dich darauf hin, daß du deine Pflichten gegenüber dem Erbland vernachlässigt hast.«

»Ich sehe mich außerstande, diese Ansicht meines Vaters zu teilen«, entgegnete Spock. »Während meiner Abwesenheit leitet Senak von Zayus das Keldeen-Gut. T'Lan von Lan empfahl ihn mir, jene Person, die sich um das Erbland meines Vaters kümmert, wenn *er* nicht auf Vulkan weilt. Keldeen bringt inzwischen höhere durchschnittliche Ernteerträge als erwartet, und außerdem ist der Anbau von experimentellem Getreide geplant. Deshalb ...«

Amanda unterbrach ihn. »Diese begrüßenswerten Umstände beweisen nur, daß mein Sohn einen guten Verwalter gewählt hat.« Sie hielt ihren Gesichtsausdruck unter Kontrolle, als sie Sareks Worte wiederholte. »Du weist darauf hin, das sei auch bei meinem ... bei Sareks Anwesen der Fall. Und damit hast du recht. Allerdings betont Sarek, daß er seine diplomatischen Missionen in regelmäßigen Abständen unterbricht, um nach Vulkan zurückzukehren. In deinem Fall hingegen war es nötig, dich hierherzurufen. Seit acht Jahren bist du nicht mehr auf deinem Heimatplaneten gewesen. Die vulkanische Tradition verlangt, daß du dich persönlich um die Angelegenheiten deines Lands kümmerst, soweit es die Umstände erlauben. In dieser Hinsicht spielt es überhaupt keine Rolle, daß es an der Verwaltung deines Guts nichts auszusetzen gibt. Weitaus wichtiger ist dein mangelndes persönliches Engagement.«

»Der Grund dafür heißt Starfleet. Ich habe geschworen, meine Pflichten als Offizier zu erfüllen. Diesen Eid werde ich achten. Und ich bin nicht bereit, den Dienst zu quittieren. Ich kann nur versprechen, daß ich auch weiterhin einen tüchtigen Verwalter beauftragen werde, mich zu vertreten — jemanden, mit dem ich so oft wie möglich einen Kom-Kontakt herstelle. Übrigens: Wenn der Anbau des experimentellen Getreides zu einem Erfolg führt, so profitiert die ganze Familie davon.«

Amanda lauschte eine Zeitlang und nickte. »Trotzdem ist es notwendig, daß du gelegentlich persönlich nach dem Rechten siehst. So oft es deine übrigen Verpflichtungen erlauben. Sarek stimmt dir zu: Deinen Eid Starfleet gegenüber darfst du nicht brechen.«

Spock spürte, wie sich ein Teil seiner Anspannung verflüchtigte. Wenn es nicht noch mehr gab ... Dann war der erzwungene Besuch daheim vielleicht weniger schlimm, als er zunächst befürchtet hatte.

»Nun ...«, fuhr Amanda fort, »nicht nur das Erbland erfordert deine Aufmerksamkeit. Ein weiteres Problem kommt hinzu.« Sie zögerte kurz und musterte ihren Sohn unsicher. »Es betrifft deine Verlobte T'Pring.«

Spocks Züge veränderten sich nicht, aber so etwas wie Unbehagen erfaßte ihn, als er den Namen T'Pring hörte. Die Verwaltung von Erbland war eine alte Tradition in vielen Kulturen — er verstand sie, wußte auch um ihren Wert in der familiären Struktur des Clans. Aber die Verlobung von Kindern, mit der Verpflichtung, als Erwachsene zu heiraten ... An diesen Brauch konnte er sich kaum gewöhnen, obwohl er die vulkanischen Familien seit Jahrtausenden begleitete. Lag es daran, daß man ihn gegen seinen Willen gebunden hatte? Oder ließ sich der Widerwille auf die menschliche Hälfte seines Selbst zurückführen, auf den Rebellen, der sich zwischen den Wurzeln seines Selbst verbarg und alle Entscheidungen selbst treffen wollte?

»Was ist mit T'Pring?«

»Es wird Zeit, daß die Verlobung endet und der Ehe weicht.«

»Wir kennen uns kaum«, sagte Spock. »Seit Jahren haben wir uns nicht gesehen. Ich höre nur sehr selten von ihr.«

»Was nichts an der Bindung ändert. Sie ist eine gute Wahl für dich.«

»Nach den üblichen Maßstäben, ja. Sie gilt als sehr hübsch und stammt aus einem angesehenen Haus. Darüber hinaus ist sie ganz und gar Vulkanierin. Trotzdem ... Hast du jemals daran gedacht, daß ich vielleicht selbst wählen möchte, so wie du in bezug auf meine Mutter?«

Amanda stand auf und sprach jetzt für sich selbst, nicht für ihren Mann. »Das ist unfair, Spock. Sarek war nicht gebunden und hatte deshalb die Möglichkeit der freien Wahl.«

»Seine Eltern mißachteten die Tradition, indem sie ihn nicht als Knaben mit einem vulkanischen Mädchen banden. Und Sarek setzte sich über die Gebote der Tradition hinweg, indem er dich heiratete, eine Terranerin. Warum ist es nicht auch mir gestattet, die Tradition zu ignorieren?«

»Du bist der erste und einzige Sohn Sareks, der Erbe dieses Hauses. Deshalb sind die Traditionen für dich Gesetz.«

Spock stand steif und reglos, sah seine Mutter an und wußte, daß Sarek in seinem Arbeitszimmer vor dem Bildschirm saß, ihn beobachtete. Etwas in ihm flüsterte und forderte ihn zum Ungehorsam auf, doch eine zweite innere Stimme übertönte die erste und akzeptierte auch die vulkanischen Pflichten. Nach einigen langen Sekunden blickte er zur Kamera und nickte. »Ich verstehe. Aber es sollte auch klar sein, daß ich nicht sofort heiraten kann. In wenigen Tagen muß ich den Dienst an Bord der *Enterprise* antreten, und der Einsatzbefehl hat Vorrang. Ich weiß nicht, wie lange meine erste Mission mit dem neuen Schiff dauert — vielleicht Jahre. Welche Vorbereitungen auch immer getroffen werden ... Sie können erst konkrete Bedeutung gewinnen, wenn ich das nächste Mal hierher zurückkehre.«

Amanda zögerte, lauschte erneut und lächelte melancholisch. »Einverstanden. Du solltest T'Pring so bald wie möglich besuchen, um alles weitere mit ihr zu besprechen.«

»Morgen. Gute Nacht, Mutter.« Spock deutete eine Verbeugung an und verließ das Zimmer.

Amanda folgte ihm nicht, blieb stehen und zog sich die Kom-Perle aus dem Ohr. Sarek erschien neben ihr und wartete stumm, bis sie sich ihm zuwandte.

»Sicher ist es nicht angenehm für dich gewesen, Gemahlin«, sagte er leise.

»Es geht hier nicht um mein Leben. Ich hatte Glück, ich weiß. Jene Traditionen, denen Spock verpflichtet ist ... Du warst nicht an sie gebunden, und deshalb konnten wir heiraten. Wir haben ihn geschaffen, Sarek. Hast du kein Mitgefühl für die menschlichen Aspekte seines Wesens? Du hast mich gewählt, und daher bist du für die entsprechenden Charakteristiken deines Sohns mitverantwortlich.«

Ein Schatten senkte sich auf Sareks Gesicht herab. Vielleicht wohnte Zweifel in ihm, aber selbst wenn das der Fall sein mochte: Er gestand ihn nicht ein. »Er hat den vulkanischen Weg gewählt, und jetzt muß er ihm folgen. Seine zukünftige Gemahlin ist T'Pring. Den vulkanischen Traditionen gemäß wurde sie als Lebensgefährtin für ihn ausgewählt.«

»Ganz gleich, ob er sie will oder nicht?«

»Aus welchem Grund sollte er sie ablehnen? Spock hat selbst bestätigt, daß T'Pring hübsch ist und aus einem angesehenen Haus stammt.«

Amanda schüttelte den Kopf und sah zu ihrem hochgewachsenen Ehemann auf. »Wenn es nur darauf ankommt ... Warum bin *ich* dann hier?«

Darauf gab Sarek keine Antwort.

Die USS *Enterprise* lag in Bucht 14 des großen Raumdocks im Orbit der Erde, wirkte wie eine Spinne, die sich in ihrem eigenen Netz verfangen hatte. Wartungsshuttles schwebten über und neben ihr, lieferten den Technikern am Rumpf Werkzeuge und Energie, damit sie die Arbeit fortsetzen konnten. Das große Schiff war erst vor zwei Jahren in Dienst gestellt worden, aber aufgrund der rasanten technischen Entwicklung mußte es schon jetzt neu ausgestattet werden.

Nummer Eins steuerte das kleine, für nur eine Person bestimmte Shuttle an der großen Scheibe des Diskussegments vorbei, sah aus dem Fenster und stellte fest, welche Fortschritte bei der Umrüstung erzielt worden waren. In Gedanken bewertete und katalogisierte sie den aktuellen Stand der verschiedenen Arbeiten, berechnete den jeweiligen Zeitpunkt der voraussichtlichen Fertigstellung. Nach der Inspektionsrunde kippte sie die Fähre und flog zum geschlossenen Hangarschott im oberen Bereich des primären Rumpfs.

»Nummer Eins an Shuttledeck-Offizier«, sagte die Frau an den Kontrollen scharf, nachdem sie einen externen Kom-Kanal geöffnet hatte.

»Hier Shuttledeck«, erklang die Antwort aus dem Lautsprecher.

»Machen Sie die Tür auf. Ich kehre heim.«

»Ja, Ma'am.«

Die beiden Schotthälften glitten langsam auseinander. Nummer Eins schaltete auf Umkehrschub, und die Geschwindigkeit des kleinen Shuttles verringerte sich. Der Anflug dauerte gerade lang genug, um eine ausreichend große Öffnung im Diskus der *Enterprise* zu schaffen: Rechts und links blieben nur wenige Zentimeter Platz. Sie lenkte die Fähre zur markierten Stelle, ließ sie dort auf den Boden des Hangars sinken. Da sie keinen Druckanzug trug, mußte sie warten, bis sich das Schott wieder schloß und ein normaler Luftdruck hergestellt war. Sie nutzte die Zeit, um ihren Bericht für den Captain zu formulieren. Kurze Zeit später meldete der Shuttledeck-Offizier, es sei alles in Ordnung, und daraufhin stieg sie aus, mit der Absicht, den gedanklich bereits formulierten Bericht zu diktieren und im Computer zu speichern.

Sie hatte gerade erst den Hauptkorridor erreicht, als ein rhythmisches Pfeifen aus den Interkom-Lautsprechern tönte, gefolgt von einer Stimme: »Nummer Eins, Captain Pike erwartet Sie im Konferenzzimmer.« Der Erste Offizier blickte zu einem Chronometer und runzelte die Stirn. Die Inspektionstour hatte länger als geplant gedauert — sie war spät dran. Sie näherte sich dem nächsten Kom-Anschluß und aktivierte ihn.

»Hier spricht Nummer Eins. Ich bin unterwegs.«

Captain Christopher Pike wartete im Konferenzzimmer und wußte genau, auf welche Weise seine Stellvertreterin hereinkommen würde. Sie enttäuschte ihn nicht. Das Schott glitt beiseite, und die hochgewachsene Frau trat mit langen, energischen Schritten ein. In der einen Hand hielt sie einige Daten-Chips. »Melde mich wie befohlen zur Stelle, Sir. Bitte entschuldigen Sie die Verspätung ...«

»Schon gut«, erwiderte Pike freundlich. »Ich hätte mir das Schiff selbst gern von außen angesehen. Wie läuft's?«

»Die Installation der technischen Ausstattung sollte bis morgen elf Uhr Bordzeit beendet sein. Die nächsten beiden Tage können wir nutzen, um die notwendigen Tests durchzuführen.« Nummer Eins hob die Daten-Chips. »Hier drin sind die elektronischen Personalakten der neuen Besatzungsmitglieder gespeichert.«

»In den Scanner damit«, sagte Pike.

Das lange schwarze Haar der großen Frau wogte nach vorn, als sie auf der anderen Seite des Tisches Platz nahm und einen Chip ins Abtastmodul der Bildschirmkonsole schob. Der Captain beobachtete sie, bewunderte einmal mehr die hohen, gewölbten Wangenknochen, die dem Gesicht einen subtilen Reiz gaben. Hinzu kamen große, dunkelblaue Augen. Kein Zweifel: Die Frau ihm gegenüber war hinreißend schön. Ihr haftete ein natürlicher Reiz an, den Männer außerordentlich attraktiv fanden. Pike unterdrückte ein Lächeln, als er sich an zwei Flottenoffiziere erinnerte, die ihr in Starbase 13 auf Schritt und Tritt gefolgt waren, in der Hoffnung, daß sie ihnen einen einladenden Blick zuwarf. Sie hofften vergeblich. Nein, Nummer Eins ermutigte keine Annäherungsversuche. Zwar pflegte sie nicht nur dienstlichen, sondern auch privaten Umgang mit ihren Kollegen, aber es wurde nie etwas Intimes daraus. Schon vier Jahre diente sie unter Pike als Erster Offizier, zunächst an Bord der *Yorktown,* dann hier in der *Enterprise.* Sie erfüllte ihre Pflichten immer mit einer Perfektion, die tatsächlich *einzigartig* war, so wie sie selbst. Gelegentlich bedauerte er, daß ihn keine engere Freundschaft mit Nummer Eins verband. Kühle Präzision und Förmlichkeit schufen natürliche Barrieren zwischen ihnen. Pike fand sich schlicht und einfach damit ab, den besten Ersten Offizier in der ganzen Flotte zu haben.

»Zweiter Offizier Lieutenant Spock, ID-Nummer S179-276SP. Versetzt von der USS *Artemis.*«

»Ich weiß nicht recht, ob mir ein Vulkanier auf meiner Brücke gefallen wird, Nummer Eins.« Pike verlagerte voller Unbehagen das Gewicht im Sessel, als er den Blick der Frau spürte. »Ich habe nie über längere Zeit hinweg mit einem zusammengearbeitet.« Seine Stellvertreterin sah ihn auch weiterhin stumm an, wartete offenbar darauf, daß er fortfuhr.

Als er schwieg, fragte sie schließlich in einem neutralen Tonfall: »Rechnen Sie mit Schwierigkeiten, Sir?«

»Nun ... Vulkanier sind durch und durch logisch. Und das könnte zu Problemen führen. Manchmal müssen Kommando-Offiziere ihre Entscheidungen auf der Grundlage von Instinkt und Intuition treffen. Manchmal wäre es verkehrt, sich allein von emotionsloser Vernunft leiten zu lassen.«

»Bisher hatten Sie nichts gegen Effizienz im Kontrollraum einzuwenden«, kommentierte Nummer Eins.

Pike zuckte innerlich zusammen. Diese Frau konnte ebenso kühl und emotionslos-tüchtig sein wie ein Vulkanier — und ihr Gebaren hatte ihm nie Anlaß zu Kritik gegeben.

»Außerdem ist Lieutenant Spock nur zur Hälfte Vulkanier«, betonte sie. Tasten klickten unter ihren Fingern, und kurz darauf zeigte der Bildschirm zusätzliche Informationen. »Vater: Botschafter Sarek von Vulkan. Mutter: die frühere Amanda Grayson aus Colorado Springs, Colorado. Wohnort: die Stadt ShiKahr auf Vulkan. Normale vulkanische Bildung. Im Alter von sechzehn Jahren begann er mit dem Studium an der Starfleet-Akademie. Interessant ist in diesem Zusammenhang, daß er sich selbst bewarb. Er bekam mehr Auszeichnungen als jeder andere Kadett: Sie betreffen nicht nur sein überragendes physisches Leistungsvermögen als Vulkanier, sondern auch die geistigen Fähigkeiten ...«

»Hat er keine ›Schwächen‹, die auf seine menschliche Hälfte zurückgehen?« Pike meinte seine Frage nicht ganz ernst, aber Nummer Eins überhörte den Humor darin.

»Zumindest keine offensichtlichen. Die sich auf ihn beziehenden Bewertungen der Akademie-Instruktoren sind erstklassig. Als Hauptfächer wählte er Wissenschaften und Computertechnik. Er beendete das Studium im Alter von neunzehn Jahren.« Nummer Eins warf Pike einen kurzen Blick zu und betätigte eine weitere Taste. »Zwei Jahre lang belegte er Schnellkurse für Vulkanier, und zwölf weitere Monate verbrachte er zusammen mit anderen Kadetten an Bord von verschiedenen Raumschiffen. Nach Erhalt des Offizierspatents arbeitete er drei Jahre lang als Assistent des wissenschaftlichen Offiziers eines Raumkutters im Sol-System. Vor zwei Jahren erhielt er den Rang des Junior-Lieutenant und wurde zum Dritten und wissenschaftlichen Offizier der *Artemis,* eines Kreuzers, der in unerforschte Raumsektoren vorstieß. Er ist mehrmals wegen heldenhaften Verhaltens bei Einsätzen auf unbekannten Planeten belobigt worden, und auch seine Tätigkeit als Forscher blieb nicht ohne Anerkennung. Trotzdem fand er noch Zeit genug, um sein Studium der Computertechnik fortzusetzen und die entsprechende Einstufung zu verbessern. Derzeit lautet sie A-5.«

Pike hob überrascht den Kopf. »Die meisten Offiziere kommen nicht über A-3 hinaus.«

»In der Tat, Sir.« In den dunkelblauen Augen leuchtete es amüsiert, und Pike senkte verlegen den Blick. »Hm, ich verstehe«, murmelte er und räusperte sich. »Was ist mit Beurteilungen des Charakters und seinen Beziehungen zu Offizieren und Crewmitgliedern?«

»Im großen und ganzen einwandfrei. Die Bemerkungen der Vorgesetzten befinden sich im Anhang, falls Sie sich dafür interessieren. Der Lieutenant ist von Natur aus reserviert und zurückhaltend, doch es fällt ihm nicht schwer, mit Kollegen und Vorgesetzten zusammenzuarbeiten. Captain Daniels erwähnt, daß Spock mit der vulkanischen Laute umzugehen versteht. Obgleich es ihm vermutlich an musikalischer Vollkommenheit mangelt. Aber immerhin *ist* er zur Hälfte Mensch.« Nummer Eins lächelte dünn. »Ein überaus fähiger Offizier, nach der Personalakte zu urteilen.«

»Auch mit *meiner* Personalakte scheint alles in Ordnung zu sein, zumindest auf den ersten Blick betrachtet. Aber wenn man genauer hinsieht ... Sie enthält Hinweise auf einige dumme Fehler, die mir als junger Lieutenant unterliefen.«

»Sie haben sie überlebt, Sir.«

»Und *wir* überleben es sicher, einen ziemlich jungen Vulkanier als wissenschaftlichen und Zweiten Offizier an Bord der *Enterprise* zu bekommen. Na schön. Wer ist der nächste?«

Nummer Eins rief einen neuen Datensatz auf den Schirm. »Junior-Lieutenant Montgomery Scott, technischer Offizier, ID-Nummer SE-197-514 ...«

KAPITEL 3

T'Pring wohnte und lebte auf dem Anwesen ihres Vaters von In-Yar, etwa sechzig Kilometer außerhalb der Stadt. Spocks Bodenwagen rollte über eine Straße, die zehn Kilometer weit durch das Gut führte. Bäume säumten den letzten Abschnitt der langen Zufahrt, und das aus Metall bestehende Tor war geöffnet — man erwartete ihn.

Spock parkte neben einem hübschen Springbrunnen, der funkelndes blaues Wasser in ein anmutig gewölbtes Becken spritzte, wo es von einer geschickt getarnten Recycling-Einheit aufgenommen wurde. Buttergelbe Pflanzen gediehen dort, breiteten ihre Blätter auf der Wasseroberfläche aus. Ein kleiner Vogel landete auf einem davon und schenkte Spock keine Beachtung, als er hielt und ausstieg. Nachdenklich blickte der Besucher in den Brunnen und nahm sich einige Sekunden Zeit, um die fragile Schönheit der Pflanzen zu bewundern.

Das Gebäude hinter ihm wies zwei Etagen auf, und Spock wußte, daß die dunklen Steine der Außenmauern aus den Llangon-Bergen stammten. Die Wände hätten sicher düster gewirkt, wenn nicht einige Rebengewächse mit roten und orangefarbenen Blüten gewesen wären. Blumen schmückten die Balkone des Obergeschosses, und die Ranken krochen noch höher hinauf, reichten fast bis zum Dach. Hinter den Fenstern reflektierten silbergraue Gardinen und Vorhänge das bereits grelle Licht der Morgensonne, und Spock kniff andeutungsweise die Augen zu, als er in Richtung Haus sah.

Er näherte sich dem Eingang und bemerkte nicht die

geringfügige Bewegung einer Gardine in der oberen Etage.

T'Pring wandte sich vom Fenster ab, als ihr Vater fragte: »Ist er es?«

»Ja, natürlich. Er kommt pünktlich.«

Solen brummte. »Sechs Jahre Verspätung kann man wohl kaum als pünktlich bezeichnen. Du hättest mit achtzehn heiraten sollen.«

T'Pring zuckte mit den Achseln, als käme dieser Sache nur wenig Bedeutung zu. »Seit seinem sechzehnten Geburtstag weilte er in Außenwelt. Wir alle wissen, daß die Akademie und Starfleet seine volle Aufmerksamkeit erforderten.«

»Mir scheint, du bist erstaunlich geduldig in Hinblick auf die Heirat. Dein Verlobter hat sich mehr Zeit gelassen, als es dem Angehörigen eines ehrenwerten Clans gebührt ...«

»Der Grund dafür sind die besonderen Pflichten meines Verlobten«, warf T'Pring kühl ein. »Wer Wert auf Ehre legt, kann wohl kaum von ihm verlangen, daß er seine Obliegenheiten vernachlässigt.« Sie hatte schon oft mit diesen Worten geantwortet, wenn Solen das Thema von Heirat und Ehe anschnitt.

Im Erdgeschoß läutete die Glocke, und T'Pring deutete zur Tür. »Jetzt ist Spock gekommen, um alles zu besprechen und zu regeln.«

»Ich begrüße ihn unten. Möchtest du ihn im Garten empfangen?«

»Dort sind wir ungestört. Und es sollte doch eine private Angelegenheit sein, nicht wahr, Vater?«

Solen brummte erneut, widersprach jedoch nicht. T'Pring wußte, daß sie eine besondere Sorge für ihren Vater darstellte: Sie war die einzige Tochter in einer Familie aus fünf Kindern, und die Mutter lebte schon seit zehn Jahren nicht mehr. Solen hatte beschlossen, nicht noch einmal zu heiraten, und keinem Hauslehrer war es gelungen, in jungen Jahren einen prägenden Einfluß auf das Mädchen auszuüben. Würdevoll und ernst wuchs T'Pring auf, wählte ihren eigenen Weg und schwieg die meiste Zeit über. Wenn Solen sie auf die längst fällige Heirat ansprach, so ignorierte sie ihn entweder oder wies auf Spocks Verpflichtungen Starfleet gegenüber hin, auf die Ehre, die es von ihm verlangte, jene Verantwortung wahrzunehmen. Solen fand sich schließlich damit ab, daß seine Tochter das Problem der Heirat auf ihre Weise lösen würde; die Meinungen anderer Personen — unter ihnen auch der eigene Vater — spielten dabei überhaupt keine Rolle.

Leise Stimmen im Erdgeschoß kündeten davon, daß sich Spock nun im Haus befand. »Ich schicke ihn zu dir«, sagte Solen und ging nach unten.

Sein jüngster Sohn Senak bedrängte den Gast mit Fragen in Hinsicht auf Starfleet. Der Junge bewunderte Spock, und Solen wußte, daß auch er mit dem Gedanken spielte, die Akademie zu besuchen. *Nun, als jüngster meiner Söhne hat Senak mehr Freiheit als die anderen,* dachte das Familienoberhaupt. Die drei anderen Erben waren bereits verheiratet, hatten eigene Söhne gezeugt und traditionelle Berufe auf Vulkan gewählt, wodurch sie dem Clan zur Verfügung standen. Was Senak die Möglichkeit gab, Vulkan zu verlassen. Bei Spock lag der Fall ganz anders. Nach vielen Jahren kehrte er nun zum erstenmal in die Heimat zurück. Wie dem auch sei: Er war der einzige Sohn Sareks und kam aus einem Haus, das einen guten Ruf genoß. Von Spock hieß es, wegen seiner Abstammung sei er ›vulkanischer als die meisten Vulkanier‹. Solen glaubte fest daran, daß er seiner Tochter ein guter Ehemann sein würde. Aber wann?

Spock wandte sich von dem neugierigen Jungen ab und hob die rechte Hand zum vulkanischen Gruß. »Glück und langes Leben, Solen von In-Yar.«

»Glück und langes Leben, Spock. Beziehungsweise *Lieutenant* Spock, nicht wahr?«

»Ja.«

»Sie haben in vergleichsweise kurzer Zeit viel geleistet. Ihr Haus kann stolz auf Sie sein.«

»Ich hoffe, daß ich auch Ihnen irgendwann Anlaß gebe, stolz auf mich zu sein«, erwiderte Spock.

»Meine Tochter wartet im Garten auf Sie. Wenn Sie mir bitte folgen würden ... Ich führe Sie zu ihr und schicke Ihnen anschließend Erfrischungen.« Solen deutete zum rückwärtigen Bereich des Foyers, das den zentralen Bereich des Hauses bildete. Jenseits von zwei breiten Türflügeln zeigte sich ein schattiger Garten. Spock nickte, und Solen ging voraus.

»Darf ich ihm noch eine Frage stellen, Vater?« stieß Senak hervor.

»Vielleicht später. Deine Schwester wartet bereits auf Lieutenant Spock.«

Der Junge senkte den Kopf und achtete darauf, sich seine Enttäuschung nicht anmerken zu lassen. Er verbeugte sich vor Spock und verschwand in einem Nebenzimmer, ließ die beiden Männer allein. Solen näherte sich der hinteren Foyertür und öffnete sie. »T'Pring sitzt am Teich. Das ist einer ihrer Lieblingsplätze um diese Tageszeit.« Solens ausgestreckte Hand wies durch den Garten, zu einem Pfad aus flachen schwarzen Steinen unter grünen Bäumen. Dann kehrte er wortlos ins Haus zurück und schloß die Tür hinter sich.

Spock wanderte über den Pfad. Er ging langsam, zum Teil deshalb, weil er die herrliche Struktur des Gartens bewunderte: Einheimische Pflanzen gaben sich hier ein harmonisches Stelldichein mit Hybriden und Außenwelt-Gewächsen, wie in den städtischen Parks. Zahlreiche Blumen fügten den sanften grünen, blauen und gelben Tönen der Bäume und Zierbüsche hellere Farben hinzu. Aber es gab auch noch einen anderen, wichtigeren Grund, der Spock davon abhielt, sich zu beeilen: Es widerstrebte ihm, jener Frau gegenüberzutreten, der er den Rest seines privaten Lebens widmen sollte. Sie war ihm immer zu fremd gewesen.

Er erreichte den Teich, einen ruhigen, stillen Ort. Ein dichtes Geflecht aus Zweigen und Ästen spendete kühlen Schatten, und ein Teppich aus Gras erstreckte sich auf dem Boden. T'Pring saß auf einer kunstvoll behauenen Steinbank neben dem Wasser, den Kopf zur Seite gedreht, während sie einige von der Erde stammende Schwertlilien beobachtete, die sich im lauen Wind hin und her neigten. Als Spock sie das letztemal gesehen hatte, war sie ein dünnes, schüchternes Mädchen gewesen, das die ersten noch vagen Hinweise auf spätere Schönheit offenbarte. Er zögerte nun, um einen Eindruck von ihr zu gewinnen, und nach einigen Sekunden mußte er zugeben: Sie war exquisit. Sie schien nicht viel größer zu sein als vor acht Jahren, aber Reife hatte ihrer Gestalt mehr Weiblichkeit verliehen. Die dunklen, mandelförmigen Augen dominierten noch immer in ihrem Gesicht, doch die hohen Wangenknochen formten nun einen Rahmen, und hinzu kam ein sehr sinnlicher Mund. Das lange schwarze Haar bildete einen schlichten Zopf, geschmückt mit einem silberblauen Band. Sie spürte seine Präsenz, drehte sich um und stand auf, als er am Teich vorbeischritt und auf sie zutrat.

»Spock.«

»Glück und langes Leben, T'Pring«, erwiderte er förmlich.

»Ja. Wir haben uns lange nicht gesehen.« Das war nicht die traditionelle Antwort.

Spock musterte die junge Frau aufmerksam, als sie ihm bedeutete, neben ihr auf der Bank Platz zu nehmen. Er beschloß, zunächst stehenzubleiben. T'Pring wölbte eine Braue, setzte sich und ignorierte etwas, das man als Zurückweisung interpretieren konnte.

Der Mann vor ihr hatte sich fast ebensosehr verändert wie sie selbst. Die Brust war voller geworden, die Schultern breiter. Er ähnelte nicht mehr dem schlaksigen Bürschchen von damals. Er trug das dichte schwarze Haar kurz, mit Koteletten in Form eines langgezogenen Dreiecks, wie bei Starfleet-Offizieren üblich. Der ruhige Ernst in seinen Augen überraschte T'Pring — das Gedächtnis präsentierte ihr einen lebhafteren, rebellischeren Spock.

»Der Starfleet-Dienst hat mich von Vulkan ferngehalten.«

Sie nickte knapp. »Was ich immer wieder Verwandten und Freunden erklären mußte. Inzwischen habe ich diese Antwort selbst satt, Spock. Soweit ich weiß, ist Heimaturlaub auch bei der Flotte üblich.«

»Das stimmt. Aber nicht immer war die Entfernung nach Vulkan gering genug, um mir die Hin- und Rückreise in einem vertretbaren Zeitraum zu gestatten.«

»Und jetzt?«

Spock überlegte und entschied, ganz offen zu sein. »Man gewährte mir auf der Erde einen kurzen Urlaub, bevor ich mich an Bord meines neuen Schiffes melden muß. Ich wurde hierherbeordert.«

»Mit anderen Worten: Wenn Sarek dich nicht zur Rückkehr aufgefordert hätte, fände dieses Treffen gar nicht statt. Findest du mich so häßlich, so unattraktiv?«

»Du bist ausgesprochen schön. Auch damals konnte an deinem ästhetischen Reiz kein Zweifel bestehen.«

»Dann hast du vermutlich einen anderen Grund dafür, unsere Heirat immer weiter hinauszuschieben.«

»Wie ich schon sagte: Die Pflicht verlangt von mir einen langen Aufenthalt in Außenwelt.«

Mit einem jähen Ruck stand T'Pring auf und blieb dicht vor Spock stehen. »Du bist auch mir gegenüber verpflichtet. Seit unserem siebten Geburtstag sind wir einander versprochen.«

»Ich würde dir deine Wünsche gern erfüllen, T'Pring, so wie du es verdient hast, aber meine Starfleet-Verantwortung hat mich immer wieder daran gehindert. Und wenn ich den Anschein erwecke, auf einer persönlichen Ebene zu zögern ... Es liegt an dem Empfinden, dich nicht zu kennen. Selbst als Kinder standen wir uns nicht nahe.«

»Dann wird es Zeit, daß wir uns näherkommen.« Die Vulkanierin hob die Hand und tastete nach Spocks Fingern. »Mit der Zeit werden wir uns immer besser kennenlernen.«

Er widerstand der Versuchung zurückzuweichen — und fühlte nichts, als T'Pring einen physischen Kontakt herstellte. Er glaubte, etwas Kühles in ihren Augen zu erkennen, etwas Berechnendes. »Die Zeit ist das eigentliche Problem«, sagte er. »In fünf Tagen muß ich wieder auf der Erde sein, um den Dienst an Bord meines neuen Schiffes anzutreten. Ich bin ziemlich sicher, daß man uns praktisch sofort mit einer Mission beauftragen wird, und daraus folgt: Ich weiß nicht, wann ich in der Lage bin, nach Vulkan zurückzukehren.«

T'Prings Augen schienen dunkler und noch kühler zu werden. »Unsere Ehe ist vorherbestimmt, und niemand von uns kann sich ihr entziehen. Bevor du Vulkan verläßt, wirst du unsere Heirat ankündigen. Ich will nicht länger durch Ungewißheit gedemütigt werden. Befrei mich von der Notwendigkeit, ständig dein Verhalten zu entschuldigen.«

»Ich bin nicht imstande, ein Datum zu nennen ...«

»Dann mußt du den Brautpreis bezahlen — bis wir verheiratet sind.«

Auf Vulkan wurde die Mitgift nicht etwa von der Braut-Familie bezahlt, sondern vom Bräutigam — der sich glücklich schätzen konnte, eine solche Lebensgefährtin zu gewinnen. Von der offiziellen Heiratsverlautbarung an mußte der zukünftige Ehemann monatliche Beträge an die Familie der Braut zahlen, bis zur Eheschließung. Das Geld diente dazu, den Lebensunterhalt der betreffenden Frau zu gewährleisten, bis der Mann seinen ehelichen Pflichten nachkommen konnte. Dabei spielte es keine Rolle, ob die Frau reich oder berufstätig war. Nun, der Brautpreis hing von den Vermögensverhältnissen des Bräutigams ab. Nach vulkanischen Maßstäben war Spock alles andere als arm, und deshalb mußte er mit einem ziemlich hohen Brautpreis für T'Pring rechnen.

»Du verlangst viel von mir«, sagte er.

Sie wich zurück. Ihr Gesicht blieb maskenhaft starr, doch der Ärger zeigte sich in ihren Augen. »Ich verlange viel von *dir?* Ich bin meinem Haus verpflichtet — und dir, aufgrund der Verlobung. Normalerweise müßten wir schon seit Jahren verheiratet sein. Normalerweise wäre bereits dein Erbe geboren. Du hast es aus freiem Willen abgelehnt, nach Vulkan zurückzukehren. Warum sollte ich darin *keine* Beleidigung sehen, die mir und meinem Clan gilt?«

»Es lag nie in meiner Absicht ...«

»Was *ist* deine Absicht?«

Spock wandte sich ab und legte die Hände auf den Rücken. »Ich muß noch einmal darauf hinweisen, daß ich kein Datum für die Heirat nennen kann — da ich nicht weiß, was es mit meinen zukünftigen Starfleet-Missionen auf sich hat.« Er sah zu T'Pring. »Mir ist klar, daß ich dir verpflichtet bin, daß ich dir ein guter Ehemann sein sollte, den vulkanischen Traditionen gemäß. Aber es gibt auch noch andere Pflichten für mich, und sie beziehen sich auf Starfleet. Manchmal zwingen sie mich, der Heimat jahrelang fernzubleiben. Es ist unfair, zugegeben. Aber ich habe mich für Starfleet entschieden, und nun muß ich die Konsequenzen tragen.«

»Lehnst du mich als Lebensgefährtin ab, weil ich für dich ausgewählt worden bin?«

»Nein. Ich denke nur an die Möglichkeit, daß du dir jemand anders wünschst. Vielleicht ziehst du einen anderen Ehemann vor.«

»Das ist nicht der Fall. Man hat uns verlobt — *und wir werden heiraten.*« T'Prings Stimme wurde zu einem Flüstern. »Sobald es die Umstände erlauben. Ich überlasse es dir, den genauen Zeitpunkt zu bestimmen.«

»Bist du bereit, bis zum *Pon farr* zu warten?« fragte Spock plötzlich.

Die junge Frau hob den Kopf, musterte ihn mit einem durchdringenden Blick. Schließlich nickte sie. »Nun gut — bis zum *Pon farr.* Aber du wirst unsere Heirat sofort ankündigen und den Brautpreis bezahlen.«

»Einverstanden.«

»Erfrischungen«, ertönte eine leise, respektvolle Stimme hinter ihnen.

Sie drehten sich um und sahen Senak, der sich ihnen mit einem Tablett näherte, das verschiedene Spezialitäten anbot: Konfekt und leckere Törtchen, eine Karaffe mit kühlem Aromawasser sowie eine Kanne mit dem heißen vulkanischen Getränk *Saya* — es ähnelte dem irdischen Kräutertee. Die zierlichen Kristallgläser stießen mehrmals aneinander und klirrten; es klang fast wie das Läuten von Glocken.

Spock sah zu T'Pring. Er wollte nicht noch länger bleiben, aber es wäre eine Beleidigung gewesen, diese Gabe abzulehnen. Die junge Frau schien ähnlich zu empfinden und winkte ihren Bruder zu sich.

»Stell das Tablett auf die Bank, Senak.«

Der Junge trat vor und kam der Aufforderung nach. Dann sah er Spock an und öffnete den Mund, doch seine Schwester kam ihm zuvor. »Du kannst jetzt gehen.« Er nickte steif und eilte fort. T'Pring ließ sich neben der Sitzbank ins Gras sinken, und Spock nahm ebenfalls Platz. »Was möchtest du?« fragte seine Verlobte. »*Saya* oder Aromawasser?«

»Es ist mir gleich«, erwiderte er. Und dann: »*Saya.*«

Gelassen füllte sie eine Tasse mit der heißen Flüssigkeit und reichte sie ihm. Spock griff nach einem Törtchen, verzehrte es mit zwei Bissen. T'Pring ließ sich Zeit und knabberte an einem Stück Konfekt. Die Stille zwischen ihnen dehnte und vertiefte sich, als Spock am *Saya* nippte und versuchte, ihn so schnell zu trinken, wie es Takt und Anstand erlaubten. T'Pring schien nichts davon zu bemerken, kostete Aromawasser und blickte über den Teich hinweg zu den Bäumen auf der anderen Seite. Sie präsentierte ihm ein wunderschönes Profil. Wenn es Spock nur um Ästhetik gegangen wäre, hätte er sicher nicht gezögert, die Heirat zu arrangieren. Aber die Vorbehalte in bezug auf diese Frau wurzelten zu tief in ihm, reichten bis in die Kindheit zurück.

Schon als Mädchen war T'Pring eine seltsame Mischung aus Berechnung und Unnahbarkeit gewesen, insbesondere in der Gegenwart von Spock. Damals wußte er nicht, was er davon halten sollte. Jetzt dachte er einmal mehr daran und sah die Dinge aus einem neuen Blickwinkel. Vulkanier waren von Natur aus kühl und reserviert, doch hier lag der Fall anders. Selbst wenn sich sein Vater noch distanzierter gab als sonst: Er strahlte nie eine so manipulierende Kühle aus. Spock mußte sich eingestehen, daß er dem Problem der Heirat bisher nicht die notwendige Aufmerksamkeit geschenkt hatte. Das *Pon farr* würde ihn schließlich zu einer Entscheidung zwingen, aber bis dahin mochten noch einmal viele Jahre vergehen. Bisher hatte ihn die menschliche Hälfte seines Wesens vor dem *Pon farr* bewahrt, einem plötzlich erwachenden Sexualtrieb, der Vulkanier in jene undisziplinierten Wilden zurückverwandelte, die sie vor dem Siegeszug von Vernunft und Logik gewesen waren. Die meisten vulkanischen Männer erlebten diese spezielle Metamorphose zum erstenmal vor ihrem zwanzigsten Geburtstag, und anschließend wiederholte sie sich in Abständen von jeweils sieben Jahren. Spock hatte sich davor gefürchtet, aber bis jetzt war er verschont geblieben. In der Akademie und an Bord von verschiedenen Raumschiffen hatte man ihn immer wieder untersucht, und manche Ärzte vermuteten, daß ihn die menschlichen Faktoren im Blut vielleicht für immer vor dem *Pon farr* schützten. Wenn es doch dazu kam ... Dann blieb ihm nichts anderes übrig, als dem biologischen Dämon nachzugeben, der in jedem vulkanischen

Mann lauerte. Dann mußte er die Ehe mit T'Pring sofort vollziehen.

Er trank den Rest *Saya,* stellte die Tasse aufs Tablett zurück und erhob sich. »Ich muß jetzt gehen, um mit dem Verwalter meines Anwesens einige wichtige Dinge zu besprechen. Morgen verlasse ich Vulkan und fliege zur Erde.«

T'Pring sah ihn an. »Bevor du aufbrichst, wirst du offiziell unsere Heirat ankündigen.«

»Ja, natürlich. Ich wünsche dir noch einen guten Abend.«

»Auf Wiedersehen, Spock. Wenn du beschließt, hierher zurückzukehren, oder wenn dich die Umstände dazu zwingen — du wirst mich an diesem Ort antreffen.« Sie wandte sich ab und streckte die Hand nach dem Tablett aus.

»Glück und langes Leben, T'Pring.«

Die Vulkanierin nickte nur und griff nach einem weiteren Stück Konfekt. Sie wartete, bis sie hörte, wie sich die Haustür hinter Spock schloß. Dann stand sie auf und lauschte, hörte leises Motorbrummen, als der Bodenwagen fortrollte. Daraufhin setzte sie sich abrupt in Bewegung, ging mit langen Schritten am Teich vorbei und eilte zu den Bäumen auf der anderen Seite.

»Stonn.«

Ein Vulkanier trat ihr entgegen. Er mochte nicht ganz so groß sein wie Spock, aber er war muskulös und auf eine düstere Art attraktiv. Er streckte die Hand aus und berührte T'Prings Finger. »Wird er die Heirat ankündigen?«

»Ja. Und er ist bereit, den Brautpreis zu bezahlen. Er hat nicht einmal gefragt, wieviel ich von ihm verlange. Und noch etwas, Stonn: Er will mit der Eheschließung bis zum *Pon farr* warten.«

»Aber vielleicht ...«

»Ja, ich weiß. Vielleicht kommt es nie dazu. Trotzdem bin ich seine Lebensgefährtin. Ganz Vulkan wird die

Bekanntmachung zur Kenntnis nehmen. Und Spock … Er wird bezahlen, und zwar *regelmäßig,* weil er ehrenhaft ist.« T'Prings Zeigefinger strich über Kinn und Wange des Mannes vor ihr, glitt zum Ohr und kitzelte ihn an der Spitze. »Und in der Zwischenzeit können wir zusammensein.«

Stonn runzelte die Stirn, als ihm etwas einfiel. »Wenn bei ihm das *Pon farr* beginnt, mußt du ihn heiraten.«

T'Pring lachte leise, obwohl sich ihre Lippen kaum dabei rührten. »Trotzdem fühlt er sich in erster Linie Starfleet verpflichtet. Er wird nie lange hierbleiben. Und wenn er fort ist … Dann können wir erneut zusammensein.« Stonn setzte zu einem weiteren Einwand an, aber die junge Frau preßte ihm zwei Finger auf die Lippen, fügte wenige Sekunden später einen Kuß hinzu. »Und selbst wenn er irgendwann einmal entscheiden sollte, sich für immer auf Vulkan niederzulassen … Selbst dann finden wir Möglichkeiten, um zusammenzusein.«

Stonn zog sie näher, spürte einen warmen, geschmeidigen Körper. T'Prings Lippen glitten ihm über den Nacken, hinterließen dort feuchte Spuren des Verlangens.

Der vulkanische Mann fragte sich, warum er manchmal innerlich erschauerte, wenn ihm diese Frau Gesellschaft leistete.

KAPITEL 4

Die *Enterprise* bot einen herrlichen Anblick. Spock beobachtete sie, während ihn das Shuttle zu dem großen Raumschiff trug. Er hätte im Starfleet-Hauptquartier von San Francisco den Transporter benutzen und sich einfach an Bord beamen können — das wäre zweifellos viel einfacher gewesen —, doch statt dessen erfüllte er sich den Wunsch, die *Enterprise* von außen zu sehen. Oft mochte auf das äußere Erscheinungsbild nur wenig Verlaß sein, aber Spock sah nun ein Schiff, wie es kaum besser sein konnte. Es wirkte schlank und voller Kraft, schien es gar nicht abwarten zu können, das Dock zu verlassen und durchs All zu rasen. Die Umrüstung war gerade beendet, und alles sah neu aus. Darüber hinaus nahm das elfenbeinfarbene Raumschiff bereits die Startposition im Hangar ein, neigte den Bug dem großen Schott entgegen. Der Captain brauchte jetzt nur noch den Befehl zu geben, das Impulstriebwerk zu aktivieren ...

Einige andere Offiziere und Besatzungsmitglieder hatten wie Spock beschlossen, sich Zeit für einen Shuttle-Flug zu nehmen. Die meisten von ihnen sahen ebenfalls aus dem Fenster und blickten zu dem Schiff, das für die nächsten Jahre ihr Zuhause sein würde. Ein junger Lieutenant verließ seinen Platz und eilte von einem Panoramafenster zum anderen, als die Raumfähre den Kurs änderte und sich dem Hangar im Diskussegment näherte. Das Interesse des dunkelhaarigen Manns schien nicht dem ganzen Schiff zu gelten, sondern vor allem den Warpgondeln, und er lächelte glücklich, während er ihre Einzelheiten betrachtete. Als er sich umdrehte, um zu seinem Sitz zurückzukehren, bemerkte Spock die Insignien an seiner Uniform. *Natürlich*, dachte er. *Ein Techniker. Was denn sonst?*

Man berichtete Pike von der Ankunft des Shuttles mit den letzten neuen Crewmitgliedern. Als sie ausstiegen, wurden sie von Nummer Eins in Empfang genommen, die jeden mit Namen und Rang begrüßte. Sie wies den Neuankömmlingen Quartiere zu und teilte ihnen mit, daß der Captain sie um dreizehn Uhr im Konferenzraum erwartete. Anschließend überließ sie die Männer und Frauen sich selbst.

Es fiel Spock nicht schwer, seine Kabine zu finden. Während der Reise von Vulkan zur Erde hatte er sich die Konstruktionspläne der *Enterprise* angesehen und alle Einzelheiten dauerhaft in seinem Gedächtnis gespeichert. Die Größe der aus zwei Zimmern bestehenden Unterkunft überraschte ihn nicht, aber der offensichtliche Komfort veranlaßte ihn dazu, anerkennend eine Braue zu wölben. Die Architekten des Schiffes hatten daran gedacht, daß solche Quartiere nicht nur den Bedürfnissen von Menschen gerecht werden mußten. Ambientekontrollen ermöglichten es, die Temperatur auf ein für Vulkanier angenehmes Maß zu erhöhen oder sie zu senken und zum Beispiel tellaritischen Erfordernissen anzupassen. Bei Tellariten handelte es sich um bärenartige Wesen, die sich mit Kühlanzügen vor der ›Hitze‹ an Bord von terranischen Schiffen schützen mußten. Spock stellte zufrieden fest, daß der entsprechende Regler bereits auf einen vulkanischen Wert eingestellt war.

Auch die Beleuchtung ließ sich verändern, damit es für niemanden zu hell oder zu dunkel war. Was die Einrichtung betraf ... Sie entsprach dem üblichen Starfleet-Standard. Aber es gab interessante kleine Ecken, Regale und freie Stellen an den Wänden, für persönliche Gegenstände bestimmt. Spock sah zum Chronometer im großen Tisch — ihm blieb noch genug Zeit fürs Auspakken, bevor er das Konferenzzimmer aufsuchen mußte. Er griff nach seinen Reisetaschen und öffnete sie.

Auch dem Junior-Lieutenant Montgomery Scott fiel es leicht, sein Quartier zu finden. Wie Spock kannte er alle Einzelheiten des Schiffes, doch damit noch nicht genug: Als er von seiner Versetzung zur *Enterprise* erfuhr, hatte er sofort damit begonnen, ein maßstabgetreues Modell zu bauen. Die Korridore, Decks und Wartungsschächte waren ihm bereits ebenso vertraut wie das Haus seiner Mutter in Linlithgow, West Lothian, Schottland.

Da er noch kein vollwertiger Lieutenant und offiziell ›nur‹ ein Assistent des Chefingenieurs war, mußte er seine Unterkunft mit einem anderen Besatzungsmitglied teilen. Aufgrund einer sorgfältig geplanten und strukturierten Diensteinteilung gab es nie eine zeitliche Übereinstimmung zwischen Scotts Schicht und der seines Kollegen, der ebenfalls im Maschinenraum arbeitete und eine Nachricht im Computerterminal hinterlassen hatte.

»Hallo, Scott. Ich bin im Dienst, aber machen Sie es sich ruhig bequem. Kommen Sie zum Maschinenraum und stellen Sie sich vor, wenn Ihnen genug Zeit bleibt. Andernfalls sehen wir uns um sechzehn Uhr Bordzeit. Bob Brien.«

Scott zögerte nicht, öffnete seine Taschen und Koffer. Uniformen und Freizeitkleidung schützten zwei wertvolle Gegenstände. Zuerst nahm er Hemden und Hosen, legte sie in den Wandschrank, der ihm zur Verfügung stand. Dann strich er vorsichtig roten Schottenstoff beiseite, und darunter kamen eine alte Tartsche und ein großes, in der Scheide steckendes Breitschwert zum Vorschein. Seit Jahrhunderten befanden sich diese beiden Objekte im Besitz seiner Familie, wurden vom Vater an den ältesten Sohn weitergereicht. Ohne Schwert und Schild zog Scott nie ins All — mit der gleichen Entschlossenheit hätte er es abgelehnt, sich auf ein

Triebwerk zu verlassen, ohne es vorher selbst zu überprüfen. Er sah sich nun um und entdeckte eine geeignete Stelle an der Wand, zwischen seiner Koje und einigen integrierten Regalen. Entschlossen holte er mehrere Haken hervor, die an Metall festklebten und stabil genug waren, um das Gewicht der beiden schweren Gegenstände zu tragen. Dann hob er die große, mit bronzenen Beschlägen versehene Tartsche, hängte sie an die Wand und fügte ihr das Breitschwert hinzu. *Ja,* dachte Scott, als er zurückwich und sein Werk betrachtete. *Sie gehören hierher. Ich bin daheim.* Zufrieden wandte er sich wieder dem Gepäck zu und griff nach diversen technischen Handbüchern.

Die neuen Offiziere und Besatzungsmitglieder warteten im Konferenzraum, als das Schott beiseite glitt und Pike hereinkam. Der junge Junior-Lieutenant namens Scott hatte einen Platz im vorderen Bereich des Zimmers gewählt und stand neben einigen anderen Technikern. Spock wartete weiter hinten und musterte den Captain. Niemand versperrte ihm den Blick, denn er überragte die meisten übrigen Anwesenden. Der Kommandant des Raumschiffs *Enterprise* wirkte recht beeindruckend. Er war nur zwei oder drei Zentimeter kleiner als der Vulkanier und überaus attraktiv, hatte schwarzes Haar und durchdringend blickende blaue Augen, denen nichts zu entgehen schien. Hinzu kam eine athletische Gestalt. Die Stimme klang selbstsicher und freundlich.

»Willkommen an Bord der USS *Enterprise.* Ich bin Captain Pike. Ich kenne Sie noch nicht alle persönlich, aber ich versichere Ihnen: Es ist nur eine Frage der Zeit, bis das der Fall sein wird. Womit ich niemandem drohen will.« Die Zuhörer lachten leise, und Pikes Schmunzeln schien jedem einzelnen von ihnen zu gelten. »Die Besatzung der *Enterprise* ist eine Gemeinschaft, eine Art Familie. Ich lege großen Wert darauf, alle Personen an Bord zu kennen. Manchmal könnten sowohl mein Leben als auch das anderer Leute von Ihren Entscheidungen abhängen. Und ich weiß: *Ihr* Leben hängt von *mir* ab, von meinen Anweisungen und Befehlen. Ich möchte uneingeschränktes Vertrauen zu Ihnen haben, und ich hoffe, daß Sie mir ebenfalls mit einem solchen Vertrauen begegnen. Ich bin immer davon überzeugt gewesen, daß Starfleet die Besten und Intelligentesten anlockt. Bitte beweisen Sie mir, daß ich mich nicht irre. Nun, unsere erste gemeinsame Mission mag einigen von Ihnen langweilig und als reine Routine erscheinen. Andererseits ...« Pike legte eine kurze Pause ein, um die Bedeutung der nächsten Worte hervorzuheben. »Ich versichere Ihnen, daß *keine* Mission ganz und gar Routine ist. Wenn wir ins All aufbrechen, so erwartet uns immer das Fremde und Unbekannte. Wir müssen bereit sein zu lernen. Und wir sollten immer daran denken: Der Weltraum ist nicht unser Verbündeter, im Gegensatz zur *Enterprise.* Wir sind hier an Bord eines hervorragenden Raumschiffs, und ich bestehe auf einer hervorragenden Crew. Zweifellos werden Sie meinen Ansprüchen gerecht.« Pike ließ seinen Blick über die Gesichter schweifen und lächelte erneut. »Ich freue mich schon darauf, Sie persönlich kennenzulernen. Wegtreten.«

Als die Offiziere und Besatzungsmitglieder den Raum verließen, musterte Pike sie nacheinander, bis er schließlich den Vulkanier bemerkte. »Mr. Spock ...«

Der neue Zweite Offizier nahm sofort Haltung an. »Ja, Sir?«

»Bitte begleiten Sie mich zu meiner Kabine. Ich möchte einige Dinge mit Ihnen besprechen.«

»Ja, Sir.«

Spock folgte dem Captain durch den Korridor zum nächsten Turbolift. Pike schwieg, und Spock gab ebenfalls keinen Ton von sich. Als sich die Tür der Transportkapsel schloß, nannte der Kommandant mit scharfer Stimme das Ziel: »Deck Fünf.« Der Turbolift setzte sich sofort in Bewegung.

»Sind Sie Nummer Eins begegnet, Mr. Spock?«

»In gewisser Weise, Sir. Sie begrüßte uns, als wir mit dem Shuttle eintrafen.«

»Ich möchte, daß Sie eng mit ihr zusammenarbeiten.«

»Ja, Sir.«

»Rechnen Sie dabei nicht mit Problemen?«

»Nein, Sir. In meiner Personalakte dürften sich Hinweise darauf finden lassen, daß sich bei meinen dienstlichen Beziehungen zu den Ersten Offizieren nie irgendwelche Schwierigkeiten ergaben.«

»Manche Leute können sich kaum an die Vorstellung gewöhnen, daß es sich bei Nummer Eins um ein genetisch perfektes Wesen handelt. Auf ihrem Heimatplaneten Ilyria ist Vortrefflichkeit das einzige Kriterium. Von meiner Stellvertreterin heißt es, sie sei das beste Individuum ihres Jahrgangs.«

»Ich verstehe. Die Bezeichnung ›Nummer Eins‹ bezieht sich also nicht nur auf ihren Status als Erster Offizier.«

»Sie haben's erfaßt.«

Spock dachte darüber nach und warf Pike einen kurzen Blick zu, als die Transportkapsel langsamer wurde. »Auf Vulkan sind keine genetischen Manipulationen in dem Sinne üblich, Sir. Allerdings gab und gibt es in meiner Heimat so etwas wie selektiven Nachwuchs, der als erstrebenswert geltende Eigenschaften fördern soll. Ich glaube, ich kann den kulturellen Hintergrund von Nummer Eins verstehen und ihn akzeptieren. Auch ich weiß Vortrefflichkeit zu schätzen.«

Pike sah den jungen Vulkanier an und fragte sich, ob er scherzte. Aber offenbar meinte Spock seine Worte ernst.

Der Turbolift erreichte das oberste Deck der Quartierssektion, und die beiden Schotthälften glitten auseinander. Spocks Unterkunft befand sich auf der linken Seite des Korridors. Pike wandte sich nach rechts, und der Zweite Offizier folgte ihm bis zur letzten Tür. Der

Captain gab seinen Zugangscode ein, und daraufhin öffnete sich das Schott. Die beiden Zimmer dahinter boten ebensoviel Platz wie Spocks Quartier, nicht mehr und nicht weniger — ein Umstand, den der Vulkanier begrüßte. Er wußte natürlich, daß die ›offizielle‹ Unterkunft des Captains an Bord der *Enterprise* aus drei Räumen bestand. Ganz offensichtlich zog Pike ein kleineres Quartier vor — er wollte es nicht besser haben als seine Offiziere.

Der Wohnraum war komfortabel eingerichtet und wies sanfte Pastelltöne auf. Spocks anerkennender Blick strich über die vielen Bücher in den Regalen, und interessiert las er einige Titel. Romane und Poesie, daneben Sachbücher, technische Lexika und Bände mit Starfleet-Vorschriften. Pike ließ sich in einen Sessel sinken und bedeutete Spock, ihm gegenüber Platz zu nehmen. »Wir starten in vierundzwanzig Stunden, Mr. Spock. Sie ersetzen Lieutenant Commander Davies als wissenschaftlichen und Zweiten Offizier. Wann können Sie Ihren Dienst antreten?«

»Wenn der Commander das Schiff sofort verlassen möchte... Ich halte mich für fähig, seine Pflichten schon jetzt zu übernehmen.«

Pike beugte sich vor, und in seinen blauen Augen glitzerte es neugierig. »Sie haben noch keine Tour durch die *Enterprise* hinter sich, Spock. Glauben Sie wirklich, daß Sie für den Dienst bereit sind?«

»Sir, in Hinsicht auf dieses Raumschiff bin ich mit allen Informationen vertraut, die aus frei zugänglichen Datenbanken abgerufen werden können. Während des Flugs von Vulkan zur Erde habe ich auch die Logbücher und Missionsberichte eingesehen. Darüber hinaus kenne ich die technische Ausstattung der wissenschaftlichen Station — das gehörte zu meinen Fachgebieten während des Studiums an der Akademie.«

»Eines Studiums, das Sie mit Auszeichnung abgeschlossen haben«, sagte Pike.

»Ja, Sir.«

»Vermutlich wissen Sie auch über die Angehörigen der wissenschaftlichen Abteilung dieses Schiffes Bescheid.«

»Die betreffenden Personalakten sind mir nicht bekannt — weil man sie nur an Bord der *Enterprise* einsehen kann. Ich wollte mich unmittelbar nach diesem Gespräch damit befassen. Was die Crew betrifft ... Ich kenne die Routineberichte in Hinsicht auf den allgemeinen Einsatz des Personals.«

Pike lehnte sich zurück. »Dann gibt es also etwas, das Sie *nicht* wissen, Mr. Spock.«

»Sir?«

»Wir haben noch einen zweiten wissenschaftlichen Offizier, eine Astrobiologin, die vorher an Bord der USS *Musashi* tätig war. Sie stammt ebenfalls von Vulkan: Lieutenant T'Pris.«

Spock wölbte beide Brauen — und senkte sie rasch wieder, um nicht zu deutlich auf seine Überraschung hinzuweisen. »Ich werde mich mit großem Interesse über sie informieren, Sir. Bestimmt stellt sich dabei heraus, daß Lieutenant T'Pris bisher ausgezeichnete Arbeit geleistet hat und auch weiterhin leisten wird.«

»Höre ich da ein Vorurteil in bezug auf Vulkanier?« fragte Pike und lächelte.

Spock hielt dem Blick des Captains stand, und seine dunklen Augen deuteten Humor an, als er antwortete: »Es handelt sich nur um eine Feststellung. Die gleiche Objektivität bringe ich Menschen entgegen. Beide Völker zeichnen sich durch Eigenschaften aus, die ich bewundere.«

Lieutenant Bob Brien war hager und etwa eins fünfundneunzig groß. Er hatte dunkles, lockiges Haar, buschige Brauen und blaue Augen, in denen es schelmisch blitzte. Dünne Falten in den Mundwinkeln deuteten darauf hin, daß er oft lächelte. Pünktlich um sechzehn Uhr

Bordzeit kehrte es ins Quartier zurück und traf dort Scotty an, der seine letzten Sachen auspackte und verstaute.

»Montgomery Scott? Bob Brien.« Er streckte die Hand aus, und die beiden Männer begrüßten sich. »Willkommen an Bord.«

»Danke. Tut mir leid, daß ich keine Zeit gefunden habe, den Maschinenraum aufzusuchen. Zuerst bestellte der Captain alle Neuen in den Konferenzraum, und dann fand ich heraus, daß ich heute die zweite Nachtschicht habe. Ich wollte hier alles in Ordnung bringen, bevor ich mich zum Dienst melde. Natürlich habe ich die Wartungsberichte durchgesehen und kenne auch den aktuellen Status der Triebwerke ...«

»Es wird Ihnen bei uns gefallen. Chefingenieur Barry hat echt was auf dem Kasten, und sie wird Ihnen alles zeigen. Übrigens ... Wie nennt man Sie? Monty?«

»Scotty.« Er zuckte mit den Schultern. »Ein solcher Spitzname liegt auf der Hand — immerhin bin ich Schotte.«

Brien lachte. »Na schön. Scotty. Ich hab hier was Besonderes zur Begrüßung.« Er öffnete seinen Wandschrank, kramte in einem Fach und holte eine seltsam geformte Flasche daraus hervor. Sie enthielt klare Flüssigkeit.

»Nun, dann und wann weiß ich einen guten Tropfen zu schätzen«, sagte Scott. Er betrachtete die Flasche. »Kein Etikett.«

»Nein.« Brien stellte zwei Gläser auf den Tisch und schenkte ein.

»Ich glaube, ich weiß, was es damit auf sich hat.«

»Der beste Maschinenraum-Schnaps, den Sie je probiert haben.«

»Ah ...« Scott grinste breit. »Nun, da sprechen Sie mich auf ein Thema an, von dem ich wirklich etwas verstehe.« Leute, die gern und viel tranken, waren in Starfleet normalerweise fehl am Platz. Doch die Existenz von Maschinenraum-Schnaps ging auf eine lange Tradition zurück, und kaum jemand erhob Einwände, wenn entsprechender Fusel gebrannt, abgefüllt und bei besonderen Anlässen getrunken wurde. Während der Akademie-Ausbildung hatte Scott zusammen mit einigen anderen Technikern eine kleine Brennerei im Generatorenraum des Verwaltungsgebäudes eingerichtet. Der Akademie-Leiter hatte sie — angeblich — nie entdeckt. Vielleicht aus gutem Grund: Es hieß, daß er sich selbst ab und zu ein Gläschen von dem Zeug genehmigte. Scotts Aufmerksamkeit galt in erster Linie dem Dienst und den geliebten Maschinen, aber er ließ nie die Gelegenheit ungenutzt, etwas Hochprozentiges herzustellen — vorausgesetzt, er hatte genug Zeit dafür und vernachlässigte dadurch nicht seine Pflichten.

Er nahm nun das ihm dargebotene Glas entgegen, setzte es an die Lippen und leerte es in einem Zug. Zwei oder drei Sekunden später keuchte er hingebungsvoll. »Lieber Himmel, was haben Sie damit angestellt?« brachte er hervor und schnappte nach Luft.

»Wie meinen Sie das? Dies ist beste Qualität.«

»Wenn Ihnen Sumpfwasser schmeckt ... Bei allen schottischen Schloßgespenstern: Wissen Sie nicht, was es mit *gutem* Schnaps auf sich hat?«

Brien schien beleidigt zu sein. »Nun, zugegeben, es ist die erste Flasche, aber dieses Zeug gilt als das beste in der ganzen Flotte. Wir haben das Rezept von der *Lionheart*, und sie genießt in diesem Zusammenhang einen ausgezeichneten Ruf.«

Scott schnaubte abfällig und stellte das Glas so ab, als enthielte es Gift. »Jeder *weiß*, daß man ein gutes Rezept niemandem verrät. Und ich bin sicher, daß die *Lionheart* ihr Geheimnis bewahrt hat. Nun, damit wir einen guten Start haben, möchte ich Ihnen etwas Besseres anbieten.«

Er öffnete seinen eigenen Spind und entnahm ihm eine kostbare Flasche Glenlivet. »*Das hier* ist echte Qualität.« Scott schenkte zwei andere Gläser voll und reichte eins seinem Kollegen.

Brien nippte daran und lächelte anerkennend. »Echter Whisky. Kein Wunder, daß er besser schmeckt.«

»Mein Lieber, wenn *ich* Maschinenraum-Schnaps brenne, dann läßt sich kein Unterschied mehr feststellen.«

Briens Lächeln wurde zu einem Grinsen, und er stieß mit Scott an. »Willkommen an Bord der *Enterprise*, Scotty.«

Spocks Inspektion der wissenschaftlichen Abteilung war kurz und gründlich. Lieutenant Commander Davies ließ sich gern fast einen Tag vor dem geplanten Zeitpunkt ablösen, und es überraschte ihn kaum, daß Spock mit dem aktuellen Stand der Dinge in der wissenschaftlichen Sektion weitgehend vertraut war. Davies überließ es dem Vulkanier, die Personalakten einzusehen, zog sich in seine Kabine zurück und traf dort die letzten Vorbereitungen, um das Schiff zu verlassen.

Alle Berichte in Hinsicht auf die Offiziere und Besatzungsmitglieder seiner Abteilung stellten Spock zufrieden. Etwas anderes hatte er auch nicht erwartet: Wer zur Crew der *Enterprise* gehörte, *mußte* qualifiziert sein. Als er die Lieutenant T'Pris betreffenden Aufzeichnungen durchging, hörte er, wie sich hinter ihm die Tür öffnete. Ein leises ›Entschuldigen Sie bitte, Sir‹ erklang, und als Spock den Kopf drehte, sah er eine Vulkanierin in der Tür.

»Lieutenant T'Pris ... Ich bin Lieutenant Spock.«

Die Frau nickte knapp. »Ja, Sir. Ich wollte gerade mit dem Dienst beginnen.«

»Kommen Sie herein. Solange wir im Raumdock sind, beschränkt sich Ihre Tätigkeit darauf, die Monitore im Auge zu behalten. Reine Routine. Wenn unsere Reise beginnt ... Ich nehme an, dann wollen Sie sich um eigene Forschungsprojekte kümmern.«

Sie kam mit anmutigen Schritten näher und offenbarte in ihren Bewegungen eine besondere Geschmeidigkeit, die darauf hinwies, daß sie eine klassische vulkanische Ausbildung hinter sich hatte. Vermutlich war sie als Kind in den alten Künsten unterwiesen worden. Einige Familien glaubten noch immer an solche Traditionen. Spock fragte sich, ob T'Pris der Wechsel von den alten Bräuchen zu den technologisch und wissenschaftlich geprägten Lehren an der Akademie schwergefallen war. Ihre elektronische Akte enthielt nur wenige Angaben bezüglich des persönlichen Hintergrunds, aber der Haus-Name reichte mindestens ebensoweit in die Vergangenheit wie sein eigener. T'Pris' Vorfahren waren militärische Kommandeure gewesen, damals, bevor die Logik auf Vulkan triumphierte. Später, als sich die Vernunft durchsetzte und Frieden brachte, wurden aus den Generälen Rechtsanwälte und Notare.

Die akademischen Leistungen der jungen Frau ließen nichts zu wünschen übrig, ganz im Gegenteil, und außerdem hatte sie vier Jahre lang praktische Diensterfahrungen gesammelt. Spock wußte, daß sie seit gut zwölf Standard-Monaten Witwe war. Ihr Ehemann Lieutenant Sepel hatte ebenfalls zur Besatzung der *Musashi* gehört und kam bei einer Auseinandersetzung auf Lindoria ums Leben. T'Pris' Unterlagen gaben nur in groben Zügen Auskunft über Sepels Tod, und Spock erinnerte sich an einige weitere Hinweise. Von den Einzelheiten wußte er nichts. An Bord der *Artemis* war nur bekannt geworden, daß die Landegruppe der *Musashi* in einen Hinterhalt geriet. Wie dem auch sei: Es wäre unhöflich gewesen, T'Pris auf den Trauerfall anzusprechen; dieses Thema konnte nur erörtert werden, wenn sie selbst die Initiative ergriff.

Spock bemerkte die erstaunliche Attraktivität dieser Frau. Sie war größer als die meisten Vulkanierinnen, wenn auch von der Natur nicht so reichlich ausgestattet wie T'Pring. Sie schien schlanker zu sein, hielt sich kerzengerade. Eine klassische vulkanische Schönheit: das pechschwarze Haar zu Zöpfen geflochten, die eine Art Krone auf ihrem Haupt bildeten, die Augen groß und dunkelbraun. Spock wandte den Blick von ihr ab, als er den Duft von vulkanischer Kräuterseife wahrnahm, die T'Pris bei ihrem letzten Bad benutzt hatte.

»Ich habe alle persönlichen Forschungsprojekte an Bord der *Musashi* beendet. Aber sicher bekomme ich hier Gelegenheit, mit neuen zu beginnen.« Sie streckte die Hand aus. »Es ist mir eine Ehre, mit Ihnen zusammenzuarbeiten, Spock aus dem Hause Surak und dem ehrenwerten Clan Talek-sen-deen.«

Er berührte T'Pris' Hand, drückte den rechten Zeigefinger sanft gegen ihren — so verlangte es das Gruß-Ritual. Das jähe, fast elektrische Prickeln in seinem Innern verblüffte ihn, und er mußte sich bemühen, ruhig zu sprechen, als er entgegnete: »Die Ehre ist ganz meinerseits, T'Pris aus dem Hause Sidak und dem ehrenwerten Clan Ansa-sen-tar.«

Der physische Kontakt schien ohne Wirkung auf sie geblieben zu sein. »Ich hoffe, es ist nicht taktlos von mir, die Familie zu erwähnen, Mr. Spock«, sagte T'Pris ernst.

»Wir fügen uns der Tradition, indem wir die Familien bestätigen«, erwiderte der Zweite Offizier ruhig. Er stellte fest, daß er noch immer den Zeigefinger der jungen Frau berührte, zog die Hand zurück. »In Starfleet gibt es so wenige Vulkanier, daß die Traditionen willkommen sind.«

Ein sanftes Lächeln verlieh T'Pris' Gesicht zusätzliche Schönheit. »Wenn es in der Flotte nur wenige Vulkanier gibt, so bekommt jeder von uns noch mehr Bedeutung. Sind Sie nicht auch dieser Meinung, Mr. Spock?«

Er zögerte und dachte über die möglichen Konsequenzen seiner Antwort nach. Schließlich nickte er. »Ja, Lieutenant. Ich teile Ihre Ansicht.«

KAPITEL 5

Auf der Brücke herrschte immer reger Betrieb, erst recht dann, wenn die *Enterprise* zu einer neuen Mission aufbrach. Diesmal waren nicht nur die üblichen Offiziere zugegen, sondern auch der Bordarzt Dr. Philip Boyce. Er sah zum Wandschirm, während Pike seine Crew anwies, das Schiff aus dem Raumdock zu steuern. Der untere Teil des Projektionsfelds zeigte den gewölbten Horizont der Erde, blauen Glanz unter weißen Wolkenfransen, und Boyce seufzte leise, als der Planet aus dem visuellen Erfassungsbereich glitt.

Die Umrüstung der *Enterprise* im Raumdock hatte dem Arzt Gelegenheit gegeben, einige Wochen zu Hause zu verbringen. Eigentlich seltsam, daß er den baufälligen Bungalow auf Cape Cod noch immer für sein Zuhause hielt, obwohl er nur alle zwei, drei oder vier Jahre die Möglichkeit bekam, dort für einen Monat zu wohnen. Alicia war kurze Zeit nach ihrer Heirat gestorben, und dadurch hatte Boyce das Gefühl, immer ein Junggeselle gewesen zu sein. Er hatte kein zweites Mal geheiratet, was jedoch nicht bedeutete, daß es ihm an weiblicher Gesellschaft mangelte. Aber nach Cape Cod begab er sich immer allein. Viele Stunden lang angelte er dort, surfte oder unternahm Ausflüge mit dem Schlauchboot. Er hielt es kaum für sinnvoll, einen Garten anzulegen, da aufgrund seiner seltenen Anwesenheit das Unkraut überhand nehmen würde. Außerdem hätte der im Winter sehr heftige Wind seine Bemühungen bald zunichte gemacht. Dennoch fand er großen Gefallen an Pflanzen:

In seinem Quartier standen immer mehrere flache, mit Erde und kleinen Steinen gefüllte Kübel, und dort gediehen sorgfältig gepflegte Gewächse, unter ihnen kleine *Bonsai*-Bäume. Er zog Eichen, Birken und Ahorn allen anderen vor.

Boyce fragte sich nun, ob Chris Pike einen angenehmen Landurlaub verbracht hatte. Der Captain war ganz versessen darauf gewesen, nach Hause zurückzukehren, doch als er später wieder an Bord der *Enterprise* eintraf, schwieg er über seine Erlebnisse auf der Erde. *Er wird mir davon erzählen, wenn er den richtigen Zeitpunkt für gekommen hält,* dachte der Bordarzt. Seit vier Jahren gehörte er zu Pikes Crew und glaubte, ihn gut zu kennen. Oft besprach der Captain persönliche Angelegenheiten mit ihm, Dinge, die ihn belasteten. Und solche Probleme existierten, obgleich Pike immer den Eindruck erweckte, sich vollkommen unter Kontrolle zu haben. Zweifel regte sich nur selten in ihm, doch er wußte, daß ihm manchmal keine andere Wahl blieb, als seine emotionalen Regungen zu ignorieren, um Kommandant zu sein. Und diese Erkenntnis setzte ihm zu.

Derzeit wirkte Pike völlig ruhig und gelassen. Mit geradem Rücken saß er im Sessel des Befehlsstands und lauschte den Melodien der Brückeninstrumente, als die *Enterprise* aus dem Raumdock glitt. Die Sensoren des großen Schiffes waren bereits aktiv und schickten Ortungssignale durchs All. Pikes Anweisungen galten Nummer Eins, die am ›Ruder‹ saß.

»Impulskraft, Nummer Eins.«

»Impulskraft, aye.«

Ihre langen, schlanken Finger huschten über Tasten, und die *Enterprise* wurde schneller.

»Programmieren Sie einen Kurs durchs Sol-System, bis zum Transferpunkt.«

»Kurs programmiert und eingegeben, Sir«, antwortete Lieutenant Andela, der neben Nummer Eins die Navigationskontrollen bediente.

Das Schiff beschleunigte und begann damit, das Sonnensystem zu durchqueren. Pike lehnte sich zurück und sah zum großen, hageren Bordarzt. »Nun, Phil — wir sind wieder unterwegs.«

»Nach Areta.« Boyce zuckte mit den Schultern. »Wir fliegen nicht zum erstenmal dorthin.«

Pike lächelte und schüttelte den Kopf. »Das klingt so, als kennst du dich bestens mit dem Planeten aus. Aber du bist die ganze Zeit über hier in der *Enterprise* geblieben.«

»Mir blieb wohl kaum etwas anderes übrig. *Du* wolltest dich unbedingt allein runterbeamen. Was nichts an der Tatsache ändert, daß die meisten von uns an der ersten Reise teilnahmen.«

Pike drehte den Kommandosessel und sah zum Vulkanier an der wissenschaftlichen Station. »Mr. Spock, es befinden sich auch Besatzungsmitglieder an Bord, die nicht an unserer ersten Areta-Mission beteiligt gewesen sind. Bitte informieren Sie die Crew über unser Ziel.«

»Ja, Sir.« Spock berührte einige kleine Schaltflächen an der Konsole des Bibliothekscomputers, und das Bild auf dem großen Wandschirm wechselte. Das Projektionsfeld — und alle damit verbundenen Monitorsysteme an Bord — zeigte nun den Planeten Areta. Spocks klare Stimme klang aus den Interkom-Lautsprechern an Bord, als er die wichtigsten Fakten nannte.

»Beta Circinus, von den Einheimischen Areta genannt, ist ein Planet der Klasse M. Vor eintausendvierhundertsiebenundfünfzig Jahren kam es dort zu einem Atomkrieg, der große Teile der Oberfläche verheerte. Die betreffende Welt regeneriert sich langsam, aber es gibt noch immer weite Bereiche, die man ›Heißes Land‹ nennt: radioaktive Wüsten, völlig unbewohnbar. Die einheimische Bevölkerung bildet drei Gruppen, die jeweils unter besonderen Bedingungen überlebt haben: Städter, Nomaden und Mutanten. Die Mutanten sind Ausgestoßene und gelten als außerordentlich gefährlich. Derzeit sind die drei Gruppen voneinander isoliert und sich ausgesprochen feindlich gesinnt. Allerdings: Vor vier Jahren kam es zu ersten Handelskontakten zwischen Städtern und Nomaden, was vor allem den Bemühungen von Captain Pike zu verdanken ist. Starfleet vertritt die Ansicht, daß jene Zivilisation wieder zu einer harmonischen Einheit werden und wachsen kann, wenn neue Verbindungen — insbesondere durch Handel — zwischen den einzelnen kulturellen Komponenten geschaffen werden.«

»Danke, Mr. Spock«, sagte Pike. »Genau darin besteht unsere Mission. Wir sollen die Basis schaffen für Zusammenarbeit und Kooperation, zumindest in Hinsicht auf Nomaden und Städter. Während des ersten Einsatzes hatte ich eine Menge Glück, und ich hoffe, das ist auch diesmal der Fall.«

Boyce rollte mit den Augen. »Der Captain will wieder alles im Alleingang erledigen und uns an Bord des Schiffes zurücklassen«, brummte er.

Dem Sicherheitsoffizier gefiel es ganz und gar nicht, daß Captain Pike plante, sich allein auf den Planeten zu beamen. Lieutenant Commander Orloff hatte seine vier Sektionsleiter zu sich ins Büro bestellt; mit ihrer Hilfe wollte er sich etwas einfallen lassen, um dem Kommandanten Alternativen zu präsentieren. Orloff war klein — einige Millimeter weniger, und er hätte aufgrund der in den Vorschriften festgelegten Mindestgröße keine Starfleet-Uniform tragen können —, aber er hielt sich in Form: Zwar dauerte es nicht mehr lange bis zu seinem vierzigsten Geburtstag, doch in physischer Hinsicht konnte er es jederzeit mit einem durchtrainierten Fünfundzwanzigjährigen aufnehmen. Die vier Offiziere, drei Lieutenants und ein Junior-Lieutenant, beobachteten ihn, als er auf und ab schritt. Jeder von ihnen dachte, daß Orloff diese Sache zu ernst nahm.

»Sir ...«, sagte Lieutenant Myoki Takahara. »Der

Captain hat sich schon einmal allein auf den Planeten Areta begeben.«

»Und er gibt zu, daß er nur durch Glück einem Nomadenstamm begegnete, der sich als freundlich erwies«, erwiderte Orloff.

Die dunkelhaarige Takahara sah zu Daniel Reed und hob eine Braue — das Äquivalent eines Schulterzukkens. Reed runzelte andeutungsweise die Stirn und sah zu Orloff, der erneut durchs Büro stapfte. »Er brach nicht auf, ohne vorher Sicherheitsmaßnahmen zu ergreifen.«

»Oh, natürlich. Er beauftragte Sondierungsteams, Informationen über angemessene Kleidung zu sammeln, Karten in bezug auf die Wanderungen der Nomaden anzulegen sowie Beispiele der Sprache aufzuzeichnen, zu analysieren und zu übersetzen. Aber im konkreten Einsatz stellt sich schon bald die Lückenhaftigkeit solcher Daten heraus. Wenn man ganz allein ist und den Kommunikator aufklappt, um sich mit dem Schiff in Verbindung zu setzen ... Allein das genügt vielleicht, einen Angriff zu provozieren. Ganz abgesehen davon: Welche Wirkung könnte die Präsenz von so hochentwickelter Technik auf eine vergleichsweise primitive Zivilisation haben?«

Junior-Lieutenant Endel war Kelyaner, ein reptilienartiger Humanoide mit grauer Schuppenhaut und einem langen, geschmeidigen Leib. Sein Gesicht war gar nicht imstande, ein Lächeln zu zeigen, aber ein subtiler Glanz in den hellen Knopfaugen deutete auf Humor hin, als er seinen Vorgesetzten musterte. »Commander, bisher sind Sie auf keinen unserer Vorschläge eingegangen. Haben Sie möglicherweise einen eigenen Plan, um Captain Pike daran zu hindern, noch einmal den Planeten zu besuchen?«

»Er muß davon überzeugt werden, daß sich Raumschiff-Kommandanten keinen Gefahren auf fremden Welten aussetzen!« stieß Orloff hervor.

»Vielleicht neigen andere Kommandanten dazu, derartige Risiken zu meiden — daran scheinen zumindest Sie gewöhnt zu sein«, sagte Lieutenant Pete Bryce. Er wechselte stumme Blicke mit den anderen Sektionsleitern, und sein Gesichtsausdruck erinnerte Orloff daran, daß er erst seit kurzer Zeit an Bord der *Enterprise* weilte. Nun, vielleicht wußte der Sicherheitsoffizier noch nicht über den Charakter des Captains Bescheid, obgleich Pike in der ganzen Flotte bekannt war. Er *führte* seine Leute, forderte sie auf, ihm zu folgen. Christopher Pike wies häufig darauf hin, daß ein Anführer an die Spitze seiner Truppe gehörte, nicht in die Nachhut. »Wer weit hinten bleibt, darf nicht damit rechnen, alles zu sehen. Und Informationen aus zweiter Hand sind unzuverlässig.« So lautete sein Motto.

Takahara lächelte sanft. »An was auch immer Sie gewöhnt sind, Sir: Captain Pike paßt nicht ins übliche Schema.«

»Das ist mir bereits aufgefallen«, entgegnete Orloff scharf.

»Allerdings versäumt er es nie, sich Vorschläge anzuhören«, warf Endel ein.

»Tatsächlich nicht?«

»Sie sollten sich hüten, etwas von ihm zu *verlangen*. Aber wenn Sie mit einer alternativen *Anregung* an ihn herantreten, so wird er sie bestimmt in Erwägung ziehen.«

»Als Leiter der Sicherheitsabteilung bin ich verpflichtet, den Captain unter allen Umständen zu schützen ...«

»In der Tat, Sir«, unterbrach Reed, und in seiner Stimme erklang leiser Tadel. »Aber der Captain ist der ranghöchste Offizier an Bord und an Starfleet-Befehle gebunden. Natürlich können Sie ihm vorschlagen, die betreffende Order auf eine Weise auszuführen, die unnötige Risiken meidet. Aber ob er schließlich auf Ihre Vorschläge eingeht ...« Reed zuckte mit den Achseln.

Orloff musterte die Sektionsleiter nachdenklich. Sie alle hatten mehr Erfahrung mit Pike, und damit waren sie ihm gegenüber im Vorteil. »Ich schätze, ich sollte mit dem Captain sprechen.«

Die vier anderen Offiziere nickten. Orloff glaubte nun, einen Weg gefunden zu haben, um das Problem des Captains zu lösen. Es kam ihm überhaupt nicht in den Sinn, daß der Captain *ihn* für ein Problem halten mochte.

Orloffs Besorgnis amüsierte Pike zunächst, aber die Erheiterung verwandelte sich in Ärger, als der Sicherheitsoffizier auf seinem Standpunkt beharrte. Der Captain hörte geduldig zu — und winkte ungeduldig ab, als sich Orloff zu wiederholen begann. »Vielen Dank, Commander. Ich weiß es zu schätzen, daß Ihnen meine Sicherheit so sehr am Herzen liegt, doch ich glaube, Sie haben nicht alle Fakten berücksichtigt. Die Nomadenstämme von Areta sind Fremden gegenüber sehr mißtrauisch. Eine *Gruppe* unbekannter Personen, die versucht, Kontakt mit ihnen aufzunehmen, geriete in weitaus größere Gefahr als ein einzelner Reisender. Auf diese Weise habe ich auch schon beim erstenmal Erfolg erzielt.«

»Aber den Planeten noch einmal allein aufzusuchen ...«

Der Interkom-Anschluß auf Pikes Schreibtisch zirpte, und Lieutenant Zacharias melodische Stimme erklang. »Eine Nachricht für den Captain.«

Der Kommandant durchquerte das Zimmer und betätigte den Aktivierungsschalter. »Hier Pike.«

»Sir, wir haben eine Mitteilung von Starfleet empfangen. Verschlüsselt und höchste Priorität.«

»Auf meinen Schirm, Lieutenant.« Er hörte kaum Zacharias Bestätigung, als er sich zu Orloff umdrehte.

»Ich gehe, Sir«, sagte der Sicherheitsoffizier sofort.

Er stand auf, doch Pikes Stimme hielt ihn zurück.

»Mr. Orloff, ich weiß, daß es Ihnen nur um meine Sicherheit geht. Aber Sie sollten auch daran denken, daß dies nicht mein erstes Kommando ist. Vor der *Enterprise* hatte ich den Befehl über drei andere Schiffe, und ich kann auf viele planetare Solo-Missionen zurückblikken.« Er streckte die Hand aus. »Sehen Sie? Kein einziger Kratzer. Bisher bin ich immer mit heiler Haut davongekommen.«

»Bisher«, betonte Orloff. »Aber irgendwann erwischt es einen, wenn man immer wieder den Tod oder Verletzungen herausfordert.«

Pike bedachte den Sicherheitsoffizier mit einem kühlen, fast eisigen Blick. »Ich nehme Ihren Hinweis hiermit zur Kenntnis, Mr. Orloff. Ich erwarte von Ihnen, daß Sie Ihre Pflicht erfüllen. Aber hindern Sie mich nicht daran, meiner Verantwortung gerecht zu werden.«

Der kleine, gedrungene Mann setzte zu einer Erwiderung an, überlegte es sich dann anders und salutierte statt dessen. »Ja, Sir«, murmelte er. Der Captain sah zur Tür, und Orloff verstand den stummen Hinweis, hatte es plötzlich sehr eilig, die Kabine zu verlassen. Das Schott glitt vor ihm beiseite, und rasch trat er in den Korridor. Hinter ihm schloß sich die Tür mit einem leisen Zischen, und daraufhin war Pike allein.

Das Interkom auf dem Schreibtisch summte ein Signal, das aus vier verschiedenen Tönen bestand und dem Captain damit folgendes zu verstehen gab: Eine vertrauliche Nachricht war gespeichert und wartete darauf, von ihm abgerufen zu werden. Er beugte sich vor und berührte eine Sensorfläche. Der Schirm wurde heller, zeigte zunächst die wirren Symbole der komplexen Verschlüsselung. Wenige Sekunden später metamorphierten die unverständlichen Zeichen zu Buchstaben.

Pike las die Mitteilung, überlegte kurz und öffnete einen internen Kom-Kanal.

»Captain an Brücke. Mr. Spock?«

»Hier Spock, Sir.«

»Bitte melden Sie sich unverzüglich im Konferenzzimmer.«

»Aye, Sir.«

Stille folgte, und Pike lächelte. Spock machte auch weiterhin einen guten Eindruck auf ihn. Er hatte den Befehl entgegengenommen, ohne zu zögern, ohne eine Frage zu stellen, bestätigte ihn einfach nur. *Vielleicht hat Nummer Eins recht,* fuhr es ihm durch den Sinn. *Es ist gar nicht schlecht, Offiziere auf der Brücke zu haben, die Wert auf Effizienz legen.*

Nummer Eins sah auf, als sich Pike mit Spock in Verbindung setzte. Auch sie nahm die Reaktion des neuen Zweiten Offiziers mit Zufriedenheit zur Kenntnis und stellte fest, daß Spock Lieutenant T'Pris verständigte, um sich von ihr an der wissenschaftlichen Station vertreten zu lassen. Stumm zählte sie die Sekunden: Es dauerte nur zwei Minuten, bis die junge Vulkanierin im Kontrollraum eintraf, um Spock abzulösen. Alles korrekt, alles präzise. Nummer Eins mochte es, wenn die Arbeit auf der Brücke allein von Tüchtigkeit und Rationalität bestimmt wurde. Pike hingegen zog eine lockere Team-Atmosphäre vor. Nun, jeder hatte seinen eigenen Stil. Wenn sie Areta erreichten, wenn der Captain das Schiff verließ, um den Planeten aufzusuchen ... Dann bekam Nummer Eins das Kommando über die *Enterprise;* dann mußte die Crew ihren Ansprüchen genügen. Als Erster Offizier bestand ihre Pflicht unter anderem darin, die volle Einsatzbereitschaft des Raumschiffs zu gewährleisten, unter allen Umständen und zu jedem Zeitpunkt; deshalb freute sie sich über die Erkenntnis, daß sie sich auf die neuen Besatzungsmitglieder verlassen konnte, insbesondere auf Spock und T'Pris.

Spock betrat das Konferenzzimmer nur kurze Zeit nach Pike. Der Captain hatte gerade den Daten-Chip mit der aufgezeichneten Mitteilung in den Kom-Scanner geschoben und bedeutete dem Zweiten Offizier, am

Tisch Platz zu nehmen. Spock setzte sich, und Pike begann: »Was wissen Sie von ›Vulkans Ruhm‹?«

»Soviel wie alle anderen Vulkanier, Captain.«

»Bitte geben Sie mir einen Überblick.« Pike lächelte plötzlich. »Ich bin sicher, Sie kennen sich mit der Geschichte Ihres Heimatplaneten besser aus als ich.«

»Das halte ich für sehr wahrscheinlich, Sir«, erwiderte Spock ruhig. Er überlegte einige Sekunden lang und sammelte seine Gedanken. »Vulkans Ruhm ist ein riesiger Smaragd: Er wiegt zweiundzwanzigtausendachthundertneunzig Komma vier Karat. Er soll dunkelgrün und praktisch fehlerlos sein, obgleich er nie geschliffen wurde.«

Pike nickte. »Diese Informationen sind auch mir bekannt.«

Spocks Blick kehrte sich nach innen. »Man erbeutete den Edelstein als Kriegstrophäe, im vulkanischen Jahr 1433. Nach dem Zeitempfinden von Menschen ist das sehr lange her. Ich möchte daran erinnern, daß auf Vulkan seit mehr als dreitausend Jahren keine kriegerischen Auseinandersetzungen mehr stattgefunden haben. Nun, damals gehörte der Kristall dem Haus Kawarda, das ihn in der Schlacht von Deen T'zal verlor. Es handelt sich um eine so wertvolle Trophäe, daß man ihr jenen Namen gab, unter dem wir sie auch heute noch kennen: Vulkans Ruhm.«

»Warum wurde der Stein nie geschliffen?«

»Er galt als das Herz des Hauses Kawarda, und man glaubte, er enthielte den Geist des Clans. Wer auch immer ihn besaß: Er hatte damit die Seele — die innere Essenz — der Kawarda. Aus diesem Grund kam ein Schleifen nicht in Frage. Der Kristall gewann für den Planeten Vulkan die Bedeutung eines Symbols, und man überließ ihn der Obhut des Clans Archenida, dessen Kriegsherr Sorrd ihn erbeutet hatte.

Über Jahrhunderte hinweg schützten die Archenida Vulkans Ruhm. Manchmal brachte der Clan den Stein ins All, um ihn an Bord von Forschungs- und Handelsschiffen zu zeigen. Derartige Zeremonien dienten dazu, die Verbindungen zum Heimatplaneten zu erneuern. Bei einer solchen Gelegenheit kam es zu einem fatalen Zwischenfall: Das Raumschiff *He-shii* verschwand zusammen mit dem Kristall.«

»Aus den Aufzeichnungen geht folgendes hervor«, warf Pike ein. »Man hat im Bereich der letzten bekannten Koordinaten nach Trümmern gesucht — ohne Erfolg.«

Spock spürte, wie sich Kummer in ihm regte, als er an das verschollene Schiff dachte, an seine Crew und die einzigartige Kostbarkeit an Bord. Er hielt dieses Empfinden eisern unter Kontrolle und verdrängte es aus der bewußten Wahrnehmung. »In der Tat, Captain. Man nahm eine Havarie an, die das Schiff als Wrack in einen unbekannten Raumsektor schleuderte. Jahrhundertelang haben vulkanische Techniker und Astronomen alle möglichen Kursänderungen berechnet und die Ergebnisse ihrer Bemühungen mit den Daten korreliert, die Forschungsschiffe aus bis dahin nicht kartographierten Quadranten zurückbrachten. Aber nie fand man irgendeine Spur von der *He-shii.*« Spock zögerte kurz und fügte leise hinzu: »Es war ein großer Verlust für Vulkan.«

»Sie meinen das Schiff und die Besatzung.«

»Und auch den Kristall.«

Pike musterte den Zweiten Offizier aufmerksam und suchte in dem maskenhaft starren Gesicht nach Anzeichen für Emotion. »Vulkans Ruhm war eine Kriegstrophäe, und Ihre Heimatwelt lehnt den Krieg schon seit langer Zeit als philosophisches Konzept ab. Warum halten Sie das Verschwinden des Edelsteins trotzdem für einen Verlust?«

»Als der Smaragd damals zur Trophäe wurde, glaubten die vulkanischen Krieger, die Essenz des Kristalls ginge auf sie über. Als sich die philosophischen Prinzipien unserer Kultur änderten, wandelte sich auch der

›Geist‹ des Kristalls: Aus Krieg wurde Frieden, aus Leidenschaft Logik.«

Spock bezweifelte, ob Pike in vollem Ausmaß verstehen konnte, was Vulkans Ruhm für Vulkanier bedeutete. Der Smaragd symbolisierte die Veränderungen im vulkanischen Denken und Fühlen, den Übergang zu einer Gesellschaft, die von hoher Moral geprägt wurde, von den logischen Grundsätzen, die das Leben der modernen Vulkanier bestimmten.

Der Captain seufzte und nickte. »Als ranghöchster vulkanischer Kommando-Offizier an Bord haben Sie das Recht, über folgendes informiert zu werden, Mr. Spock: Ich habe eine Prioritäts-Nachricht bekommen, die möglicherweise neue Informationen über Vulkans Ruhm enthält.«

»Neue Informationen?« wiederholte Spock.

Pike betätigte eine Taste. Buchstaben- und Zahlenkolonnen wanderten über den Bildschirm. »Theoretiker der vulkanischen Akademie der Wissenschaften haben einen neuen Kurs für die *He-shii* extrapoliert.«

»Zweifellos handelt es sich um T'Clar und Spens.«

Pike wölbte amüsiert eine Braue. »Wissen Vulkanier tatsächlich *alles?*«

»Nein, Sir. Allerdings verfügen sie über ein ausgezeichnetes Gedächtnis und *merken* sich alles.«

»Danke für diesen Hinweis, Mr. Spock. Nun, Sie haben recht. Die Doktoren Spens und T'Clar haben eine automatische Sonde gestartet und darauf programmiert, dem entsprechenden Kurs zu folgen. Nach einem langen Flug entdeckte der Robotspäher einen kleinen Planeten, dem man die Codebezeichnung GS391 gab. Leider fehlte es der Sonde an den notwendigen Instrumenten, um Lebensformen zu entdecken.«

»Nach so langer Zeit kann man wohl kaum mit Überlebenden rechnen.«

»Nein. Wie dem auch sei: Die Sonde nahm eine Sondierung der Planetenoberfläche vor und entdeckte metallene Trümmer. Starfleet hat uns angewiesen, nach GS391 zu fliegen, um dort Untersuchungen anzustellen. Ich möchte, daß Sie die Landegruppe leiten.«

Eine Zeitlang saß Spock völlig reglos, und dann hob er langsam den Kopf. »Ich halte eine nur aus Vulkaniern bestehende Einsatzgruppe für angemessen, Captain.«

»Ich bin ganz Ihrer Meinung, Mr. Spock.«

Nummer Eins drehte sich mitten in der Luft und neigte den Körper zur Seite, als die Entfernung zur Wand der Nullschwerkraft-Kammer schrumpfte. Mit dem rechten Bein stieß sie sich ab und kehrte in Richtung Mitte zurück. Chefingenieur Caitlin Barry hatte mit dieser Reaktion des Ersten Offiziers gerechnet und schirmte den Ball mit ihrem Leib ab. Sie prallten gegeneinander, und in der Schwerelosigkeit sorgte die Wucht der Kollision dafür, daß sie voneinander fortglitten. Caitlin streckte gerade noch rechtzeitig die Hand aus, bekam den Ball zu fassen, warf ihn mit einer fließenden Bewegung und traf das gegnerische Fangtor. Nummer Eins ›landete‹ an der gegenüberliegenden Wand, direkt unter Caitlins Ziel, und nur eine Sekunde später hupte die Anzeigetafel, gab dem Chefingenieur drei zusätzliche Punkte.

»Reines Glück!« rief Nummer Eins und lächelte.

»Drei Punkte sind drei Punkte!« erwiderte Caitlin und lachte.

Die beiden Frauen stießen sich ab und segelten ihren jeweiligen Zielmarken entgegen. Nummer Eins griff nach einer der gepolsterten Halteschlaufen an den Wänden und wartete darauf, daß der Ball vom Fangtor zum automatischen Werfer wechselte.

Die Freizeit während Routinemissionen empfand Nummer Eins oft als langweilig. Aber sie verspürte auch eine unangenehme Unruhe, wenn ihr Dienst monoton und ereignislos blieb. Diese Ballspiele in der Nullschwerkraft-Kammer des Schiffes halfen ihr dabei, sich von der inneren Anspannung zu befreien, vor allem dann, wenn sie gegen den Chefingenieur antrat. In rein physischer Hinsicht war eine derartige Aktivität nicht unbedingt notwendig. Muskulatur und Kondition blieben selbst dann einwandfrei, wenn sie über längere Zeit hinweg untätig war. Ihr *Bewußtsein* benötigte ein solches Ventil. Nach den langen Stunden schlichter Routine liebte es Nummer Eins, sich mit der Strategie des schwerelosen Ballspiels abzulenken — die Gen-Techniker auf Ilyria hatten diese seltsame ›Schwäche‹ übersehen.

Lieutenant Commander Barry und Nummer Eins waren im gleichen Alter und hatten gemeinsam an der Akademie studiert. Damals verband sie noch keine enge Beziehung. Die Unterschiede zwischen ihren Interessen erwiesen sich zunächst als zu groß: Die eine Frau befaßte sich in erster Linie mit Triebwerkstechnik, und die andere lernte, was es bedeutete, Kommando-Verantwortung zu tragen. Doch seit sie beide zur Besatzung der *Enterprise* gehörten, entwickelte sich eine feste Freundschaft zwischen ihnen. Caitlin war fast so groß wie Nummer Eins, hatte kastanienfarbenes Haar und nußbraune Augen. Die Sommersprossen auf der Nase beeinträchtigten ihre Schönheit keineswegs. Viele Offiziere stellten sich einen Chefingenieur ganz anders vor. Sie begegnete ihren Untergebenen mit hohen Ansprüchen und verlangte von ihnen, daß sie Geräte und Aggregate mit der gebotenen Vorsicht behandelten, aber sie *liebte* ihre Maschinen nicht. Sie informierte sich immer über technische Innovationen und dergleichen, aber sie verbrachte nicht ihre ganze Freizeit mit entsprechenden Handbüchern. Ihr gefiel der Dienst an Bord der *Enterprise,* aber sie bewunderte das Schiff nur als ein konkretes Beispiel für die Kompetenz von Entwicklungstechnikern. Manche Chefingenieure gingen ganz und gar in ihrer Arbeit auf; Caitlin hatte auch noch andere Interessen. Zum Beispiel wollte sie Nummer Eins beim Null-G-Ballspiel schlagen. Derzeit war sie auf dem besten

Weg, einen Erfolg zu erzielen. Es stand bereits vierundzwanzig zu achtzehn, und es blieb nur noch eine knappe Minute Spielzeit.

»Ein solcher Treffer gelingt dir nicht noch einmal«, sagte Nummer Eins.

»Du schaffst *überhaupt keinen* mehr«, erwiderte Caitlin.

Der Ball erreichte das kleine Katapult. Einige Sekunden verstrichen, ohne daß etwas geschah — der automatische Werfer war auf unregelmäßige Verzögerungen programmiert —, und dann sauste der Spielball durch die Kammer. Beide Frauen warteten, bis er von der gegenüberliegenden Wand abprallte, bevor sie die Beine streckten und ihm entgegenhechteten. Das weiße Leder hielt fast direkt auf Caitlin zu, aber Nummer Eins kam von unten, riß den Ball aus seiner Flugbahn, krümmte sich an der Decke zusammen und warf ihre Trophäe in Richtung von Caitlins Fangtor.

Der Ball traf den Rand der Markierung und raste nach links. Die Frau mit dem kastanienbraunen Haar griff danach, stieß sich einmal mehr ab und flog auf Nummer Eins zu.

Der Erste Offizier wich zuerst aus, drehte sich dann blitzschnell und hielt Caitlin am Fuß fest. Zwar blieb sie im Ballbesitz, aber sie konnte ihre Position nicht gut genug kontrollieren, um zu zielen und zu werfen.

Sie versuchte, sich aufzurichten und die kreiselnde Bewegung unter Kontrolle zu bringen, aber Nummer Eins kehrte bereits von der anderen Wand zurück und schlug ihr den Ball aus der Hand: Er traf den Boden, segelte von dort aus schräg der Decke entgegen. Reiner Zufall trug ihn zu Nummer Eins, die nicht zögerte, ihren Vorteil zu nutzen. Sie fing den Spielball, zielte und warf ihn mit beiden Händen. Die offene Mitte des Tors nahm ihn auf, und erneut hupte die Anzeigetafel, als sie dem Ersten Offizier drei Punkte gab — jetzt stand es vierundzwanzig zu einundzwanzig. Unmittelbar darauf ertönte ein anderes akustisches Signal: Das Spiel war zu Ende. Der autarke Gravitationsgenerator reagierte und schuf ein Schwerkraftfeld geringer Intensität. Es sorgte dafür, daß die beiden Frauen langsam zu Boden sanken.

»Beim nächsten Mal schlage ich dich«, behauptete Nummer Eins.

»Diesmal habe ich Rücksicht auf dich genommen«, sagte Caitlin fröhlich und nahm ihr Handtuch, das außerhalb der Null-G-Zone lag. »Beim nächsten Mal mache ich dich fertig.«

Der Erste Offizier lächelte. »Du hast dir einen Gratis-Drink auf dem Freizeitdeck verdient.«

»Wenigstens verlierst du mit Anstand.«

»Nein. Du gewinnst nur nicht so oft.« Nummer Eins duckte sich, als Caitlin mit dem Handtuch zuschlug, eilte dann voraus zum Umkleidezimmer.

Dort zogen sie sich aus, duschten, streiften frische Uniformen über und suchten das Freizeitdeck auf. Um diese Zeit trafen sie dort nur wenige Personen an. Einige Poker-Spieler hockten mit ernsten Bluffer-Mienen in der Ecke, und mehrere Video-Fans saßen vor einem Projektionsschirm, sahen sich dort einen alten Videofilm an. Nummer Eins deutete zum Synthetisierer, und Caitlin sagte: »Kräutertee für mich.«

»Ich schließe mich dir an.«

Der Erste Offizier tippte die Bestellung ein und wartete. Sie brauchte sich nicht lange zu gedulden. Fast sofort erschienen zwei Becher mit heißer Flüssigkeit im Ausgabefach.

Caitlin hatte unterdessen an einem der kleineren Tische Platz genommen, und Nummer Eins setzte sich zu ihr. Sie stießen an und tranken Tee.

»Wie läuft's in deiner Abteilung?« fragte Nummer Eins nach einer Weile.

Caitlin sah sie an und wölbte eine Braue. »Du bekommst jeden Tag einen schriftlichen Bericht von mir.«

»Den ich jedesmal aufmerksam lese. Aber ich habe nicht um eine offizielle Auskunft gebeten, Cait. Mir geht es um deinen emotionalen Eindruck. Wie *fühlt* sich die Situation im Maschinenraum an?«

Caitlin dachte nach und nickte schließlich. »Gut. Es könnte besser sein — aber auch viel schlechter.« Sie bemerkte den fragenden Blick des Ersten Offiziers und hob wie abwehrend die Hand. »Keine Sorge: Es ist alles in Ordnung. Das Warptriebwerk ist so perfekt justiert, daß die Leistungswerte nicht die geringste Abweichung von der Norm aufweisen. Bei der Impulskraft-Einheit auf der Steuerbordseite haben wir eine Anomalie festgestellt, aber es ist nichts Ernstes. Ich habe eine Rekalibrierung angeordnet, um ganz sicher zu sein. Wir beginnen damit, sobald wir Areta erreichen.«

»Und das Personal?«

»Das Team der Veteranen läßt nichts zu wünschen übrig, und die Neuen sind dabei, sich einzugewöhnen. Für besonders vielversprechend halte ich den Schotten.«

»Scott.«

Caitlin nickte. »Ja. Montgomery Scott. Die Technik liegt ihm im Blut. Er trifft *instinktiv* die richtigen Entscheidungen, während sich seine Kollegen Zeit nehmen müssen, um gründlich nachzudenken. Ich glaube, er wird's weit bringen. Mehr noch: Wenn ich nicht aufpasse, macht man ihn irgendwann zu meinem Chef.«

Nummer Eins lächelte. »Das bezweifle ich, Cait.«

»Noch besteht keine Gefahr. Aber er hat wirklich was auf dem Kasten.«

Sie nippten an ihrem Tee und schwiegen — bis Caitlin fragte: »Was ist mit dem Captain?«

»Was soll mit ihm sein?«

»Normalerweise hältst du mir immer einen langen Vortrag darüber, wie er aussieht, wie er sich zu fühlen scheint, was er macht und so weiter. Diesmal erwähnst du ihn nicht einmal. Woraus ich schließe: Irgend etwas muß dort oben passiert sein.« Bei den letzten Worten blickte Caitlin zur Decke — ein deutlicher Hinweis darauf, daß sie die Brücke meinte.

Nummer Eins schüttelte den Kopf und starrte so in ihren Becher, als verberge sich dort eine geheime Botschaft für sie. »Ich weiß nicht ... Als wir zum letztenmal Gelegenheit hatten, Landurlaub auf der Erde zu verbringen, kehrte er fröhlich zurück und berichtete mir von einer Frau — offenbar steckte mehr dahinter als nur eine kurze Affäre.«

»Ja, ich erinnere mich. Du hast mir davon erzählt.«

»Sie studiert jetzt an der Akademie, und ich dachte, Chris ...« Nummer Eins berichtigte sich sofort. »Ich dachte, der Captain kündigt seine Verlobung an. Statt dessen schweigt er sich aus. Verliert nicht ein einziges Wort darüber.«

»Vielleicht bekam er gar keine Möglichkeit, die Frau zu sehen. Vielleicht nimmt sie an einem interstellaren Ausbildungsflug für Kadetten teil ...«

»Mhm.«

»Was hast du dir erhofft?«

»Nichts.«

»He, Nummer Eins, kennst du mich noch? Ich bin Caitlin. Dir sitzt keine Fremde gegenüber — du sprichst mit einer Freundin.«

Die Frau von Ilyria starrte auch weiterhin in ihren Tee, und Caitlin musterte sie. Schließlich sah Nummer Eins auf. »Was ich mir erhofft habe? Eine Antwort. Auf die Frage, ob er verlobt ist, ob er heiraten will, ob es sich um eine ernste Angelegenheit handelt. Aber er bleibt stumm. Er scheint besorgt, manchmal sogar launisch zu sein. Das sieht ihm gar nicht ähnlich.«

»Warum nimmst du solchen Anteil daran?«

»Ein glücklicher Captain bedeutet ein glückliches Schiff.«

»Ein Klischee, das du für ebenso unsinnig hältst wie ich. Seit wie vielen Jahren bist du jetzt Pikes Erster Offizier? Seit vier?« Nummer Eins nickte, und Caitlin zögerte, als sie etwas zu ahnen begann. »Weißt du ... Ich habe dich nie gefragt, welche Bedeutung Chris Pike für dich hat.«

»Er ist mein Vorgesetzter.«

»Ich glaube, er ist noch mehr für dich.«

»Caitlin ...«

»Nein, ich *glaube* es nicht nur. Ich bin *sicher.*«

»Cait.«

»Vielleicht ging etwas zwischen ihm und jener Frau in die Brüche. Es wird Zeit, daß du ihm deine Gefühle offenbarst.«

»Ausgeschlossen. Ich ... ich fühle überhaupt nichts für ihn.«

Caitlin schnaubte abfällig. »Nach den Maßstäben deines Planeten magst du genetisch perfekt sein, aber du bist eine lausige Lügnerin. Du willst nur nicht zugeben, was du für Pike empfindest. Das verstehe ich. Du arbeitest eng mit ihm zusammen, und zwar nicht nur auf der Brücke. Du bist ihm zu Hilfe geeilt, wenn er bei planetaren Einsätzen in Gefahr geriet. Ihr seid beide Profis, und du befürchtest, daß eure Beziehung belastet wird, wenn sie persönliche Züge gewinnt. Aber vielleicht wäre genau das Gegenteil der Fall. Denk nur daran, daß an Bord von anderen Schiffen Ehepartner Kommando-Posten bekleiden.«

»Er könnte gar nicht ...« Nummer Eins unterbrach sich und preßte die Lippen zusammen. Dann platzte es plötzlich aus ihr heraus: »Er hält mich für perfekt!«

»Ich kenne viele Frauen, die glücklich wären, wenn jemand wie Pike sie für perfekt hielte.«

»Für sie bedeutet Perfektion etwas anderes als für mich.«

Caitlins Blick verweilte im Gesicht ihrer Freundin. Sie wußte, daß sich Nummer Eins manchmal fehl am Platz fühlte, trotz ihres Selbstbewußtseins und einer starken Persönlichkeit. Genetische Manipulationen waren auf mehreren Planeten gebräuchlich, aber normalerweise verwendete man dieses Mittel, um Geburtsfehler und dergleichen zu korrigieren. Diese Frau hingegen war ›am Reißbrett‹ geplant und entworfen worden, wobei man Eigenschaften wie Intelligenz, Temperament, Kraft und ein angenehmes Erscheinungsbild berücksichtigte. Jemand anders hatte sich eine perfekte Frau vorgestellt, und Nummer Eins war das konkrete Ergebnis jener Imagination. Zufälligerweise teilten viele Männer den Geschmack des betreffenden Gen-Technikers, aber ...

»Ich glaube, du überträgst deine eigene Meinung von dir auf Pike«, sagte Caitlin. »Warum findest du nicht heraus, was *er* von dir hält? Weis ihn auf deine Gefühle hin.«

»Mal sehen. Vielleicht.«

»Ja.«

»Wenn er Zeit für mich hat.«

»Ja.«

»Wenn er nicht im Dienst ist.«

»Ja.«

»Und wenn ich genug Mut aufbringe.«

Während der sogenannten ›zweiten Nachtschicht‹ erfüllte Junior-Lieutenant Montgomery Scott nicht nur seine normalen Dienstpflichten, sondern entfaltete zusätzliche Aktivitäten, die ihm spezielle Genugtuung bereiteten. An Bord der *Enterprise* gab es einen Tag-und-Nacht-Zyklus: Tagsüber waren alle Räume und Korridore hell erleuchtet, doch des Nachts herrschte in vielen Sektionen des Schiffes diffuses Zwielicht. Im Maschinenraum arbeitete immer ein volles Team, aber während der Nachtwachen waren der Chefingenieur und sein Stellvertreter meistens nicht zugegen — wodurch die anwesenden Techniker ein hohes Maß an Freiheit bekamen.

Während der vergangenen Stunden hatte Scott eine kompliziert anmutende, aber nicht besonders große Apparatur konstruiert. Da die anderen Techniker dieser Schicht um seine Absicht wußten und geschworen hatten, nichts zu verraten, brauchte der junge Schotte keine Entdeckung zu befürchten. Bob Brien erschien um zwei Uhr Bordzeit im Maschinenraum, und in seinen blauen Augen funkelte es erwartungsvoll. »Hat alles geklappt, Scotty?«

»Natürlich, Mann. Wie gefällt's Ihnen?« Scott trat zu einer Konsole, hob das aus Rohrleitungen und einem Behälter bestehende Gebilde dahinter hervor. Das Ding wirkte nicht besonders hübsch und machte kaum einen vielversprechenden Eindruck.

Enttäuschung zeichnete sich in Briens Zügen ab. »Nun ...«, begann er skeptisch.

»Lassen Sie sich vom Erscheinungsbild nicht täuschen«, mahnte Scott. »Sehen Sie hier.« Er deutete auf bestimmte Stellen. »Die Ingredienzen kommen hier hinein, in den Kessel.« Seine Fingerkuppen strichen über ein dünnes Rohr, das in einer knollenartigen Ansammlung aus Metall endete. »Durch die Spirale bis zum Kollektor. Dort ...« Er zögerte ehrfürchtig. »Dort *vermischt* sich alles.« Scotts Hände glitten über den Rest. »Und hier tropft das Ergebnis heraus: hundert Prozent *echter* Maschinenraum-Schnaps.«

»Sieht alles ganz einfach aus«, murmelte Brien. »Wir hatten eine ähnliche Vorrichtung, als wir es mit dem Rezept der *Lionheart* versuchten.«

Scott schnaufte verächtlich. »Dies ist der *Mechanismus,* Mann. Das Rezept ... Nun, das *Rezept* kennen nur die Eingeweihten. Wenn Sie meinen, daß Ihnen die *Lionheart* wirklich die Herstellungsformel gegeben hat ... Dann glauben Sie an viele Dinge, für die es im Universum keinen Platz gibt. *Mein* Rezept stammt aus dem Hügelland der Lowlands. Es ist *alt* und hat *Geschichte.* Seit tausend Jahren dient es dazu, ausgezeichneten Whisky zu brennen. Das Zeug ist verhext und verzaubert, enthält eine ganz besondere Form von Magie.« Scott grinste breit. »Außerdem schmeckt es verteufelt gut.«

Brien lächelte. »Bestimmt haben Sie recht. Aber wo wollen Sie das Ding unterbringen? Wir können es nicht hier im Maschinenraum lassen.«

»Warum denn nicht?« Scott trug seine Konstruktion zu einigen Rohrleitungen, die Kühlmittel für den Wandler enthielten, der Materie und Antimaterie in reine Energie fürs Warptriebwerk verwandelte. Der Schotte verbarg die Vorrichtung so in dem Durcheinander, daß es den Anschein hatte, sie sei ein integraler Bestandteil der gesamten Apparatur. »Ich kann den Destillierapparat hier anschließen. Wenn Sie einen Schritt zurücktreten, fällt Ihnen überhaupt nichts auf. Und aus der Nähe betrachtet gewinnt man den Eindruck, daß es sich nur um einige zusätzliche Rohrleitungen handelt. Es wird noch etwas mehr Wärme abgeleitet, was niemandem schadet, und das Resultat ist erstklassiger *Enterprise*-Scotch.«

»Sind Sie sicher?«

»So sicher wie man nur sein kann.«

KAPITEL 6

Nach der ersten Sensorerfassung zu urteilen, schien GS391 kein sehr einladender Planet zu sein, und als die *Enterprise* in den Orbit schwenkte, bestätigte sich dieser Eindruck. Spock las die Daten auf dem Monitor über der wissenschaftlichen Station. T'Pris stand neben ihm und kopierte die einzelnen Angaben in ihren Tricorder. Solche Informationen mochten sich während des Einsatzes der Landegruppe als nützlich erweisen.

»Kleiner als die Erde, nur zum Teil der Klasse M zuzuordnen. Keine Wasserflächen, die es verdienen, als Ozeane bezeichnet zu werden. Aber es gibt dreizehn große Seen, die man ›Binnenmeere‹ nennen könnte. Die sechs wichtigsten Landmassen bestehen aus niedrigen Bergen und steppenartigen Ebenen. Keine höher entwickelten Lebensformen. Bei Vögeln und Insekten existiert eine bemerkenswerte Artenvielfalt. Hinzu kommen kleine Fleisch- und Pflanzenfresser. Bei den Säugetieren fehlen mit einer gewissen Intelligenz ausgestattete Spezies wie Affen oder Delphine. Es ist ein alter Planet, der nie eine Zivilisation hervorbrachte.«

»Keine Anzeichen von Siedlungen und dergleichen, Mr. Spock?«

»Nein, Captain. Allerdings bestätigen unsere Sensoren die von der Sonde ermittelten Daten in Hinsicht auf große Metallteile. Sie befinden sich in der südwestlichen Hemisphäre und sind dort in einem etwa sechs Quadratkilometer großen Bereich verstreut.«

»Können Sie die Art des Metalls mit unseren Scannern verifizieren?« fragte Nummer Eins.

Spock beugte sich über die Konsole, und seine langen, dünnen Finger betätigten mehrere Tasten. Er justierte die Scanner, unterzog die von ihnen gelieferten Daten einer raschen Analyse, hob schließlich den Kopf und warf T'Pris einen bedeutungsvollen Blick zu, bevor er sich an den Captain wandte. »Die Legierung läßt den Schluß zu, daß jenes Metall von Vulkan stammt.«

»Die *He-shii*«, murmelte T'Pris.

»Eine sehr hohe Wahrscheinlichkeit spricht dafür«, bestätigte Spock.

Pike drehte den Kommandosessel und nickte den beiden Vulkaniern zu. »Brechen Sie mit Ihrer Landegruppe auf und sehen Sie nach, Mr. Spock.«

Der Zweite Offizier ging bereits zum Turbolift, und T'Pris folgte ihm. »Aye, Sir. Wir beamen uns in neun Minuten und sechs Sekunden auf den Planeten.« Die beiden Schotthälften glitten auseinander, und Spock drehte sich halb um, sah zu Pike. Ein dünnes Lächeln umspielte die Lippen des Captains — offenbar amüsierte ihn die exakte Zeitangabe. »Die von mir ausgewählten Personen warten bereits im Transporterraum auf den Einsatz.«

»Danke für die Erklärung«, erwiderte Pike trocken. »Ich erwarte einen Bericht von Ihnen, und zwar in zehn Minuten und zehn Sekunden — oder so.«

Die im Transporterraum 2 auf Spock und T'Pris wartenden Vulkanier bildeten eine gemischte Gruppe aus Spezialisten: ein Techniker, ein Astrophysiker, ein Computer-Analytiker und ein Junior-Navigator. Es gab noch elf andere Vulkanier an Bord, aber Spock hatte sich für eine repräsentative Auswahl in bezug auf Alter und Clan entschieden.

Sie drehten sich synchron um, als der Zweite Offizier und T'Pris hereinkamen. »Ich zweifle nicht daran, daß die metallischen Objekte auf dem Planeten von einem

Raumschiff stammen«, sagte Spock. »Wenn es sich dabei um das Wrack der *He-shii* handelt ... Dann wäre es möglich, daß unsere Heimatwelt bald wieder in den Besitz von Vulkans Ruhm gelangt.«

»Möge uns das Schicksal diesen Wunsch erfüllen«, intonierte der Astrophysiker Sefor.

Die übrigen Vulkanier wiederholten die rituellen Worte: »Möge uns das Schicksal diesen Wunsch erfüllen.«

Spock nickte, und sie schritten zur Transferplattform. Der Transporterchef wartete, bis sie alle die richtigen Positionen einnahmen. »Ich bin soweit, Sir«, sagte er dann. »Die Retransfer-Koordinaten betreffen einen Ort, der sich mitten in dem Trümmerfeld befindet.«

»Energie.«

Die sechs Gestalten auf der Plattform entmaterialisierten und verwandelten sich in schimmernde Säulen. Innerhalb weniger Sekunden verblaßte das Gleißen, und zurück blieben leere Transferfelder.

Die Vulkanier rematerialisierten in einem hügeligen Gebiet. Überall wuchs dichtes, hohes Gras, das im leichten Wind hin und her wogte. Stumm sahen sie sich um. T'Pris holte wortlos ihren Tricorder hervor und begann mit einer Sondierung.

Die verstreut herumliegenden Metallteile kündeten von einer Katastrophe, berichteten von einem Raumschiff, das einen gewaltsamen Tod gestorben war. Unübersehbare Schmelzspuren boten eindeutige Hinweise. Vor dem inneren Auge sah Spock einen Raumer, der mit hoher Geschwindigkeit in die Atmosphäre des Planeten stürzte; in der glühenden Außenhülle bildeten sich Risse ... Die Struktur des Trümmerfelds ließ den Schluß zu, daß über der Oberfläche des Planeten eine Explosion stattgefunden hatte. Das Schiff war also schon vor dem Aufprall auseinandergebrochen.

Der Transporterchef hatte die Landegruppe in unmittelbarer Nähe eines großen Rumpfteils abgesetzt. Ein

Knochen des Raumschiffs: Zeit, Wetter und die Zähne von Nagetieren hatten nur den inneren Kern übriggelassen.

»Das Metall ist eindeutig vulkanischen Ursprungs.« T'Pris sprach leise und beherrscht, doch in ihrem kurzen Zögern kam ein Hauch von Emotion zum Ausdruck. »Die Zersetzung aufgrund der vom Wetter verursachten Erosion läßt ein Alter von ...«

»Es sind die Reste der *He-shii*«, sagte Spock schlicht. Er deutete auf Spuren von Symbolen an der einen Seite des großen Trümmerstücks: kaum mehr erkennbare vulkanische Schriftzeichen, die den letzten Teil des Namens formten und ihm eine Identifikationsnummer hinzufügten.

Die Wahrscheinlichkeit, unbeschädigte Gegenstände zu bergen, war so gering, daß Spock sie nicht einmal zu berechnen versuchte. Trotzdem setzte er einen Fuß vor den anderen und näherte sich einer weiteren zerfetzten Rumpfkomponente. Reine Neugier trieb ihn an, nicht die Hoffnung, etwas zu finden. T'Pris folgte ihm pflichtbewußt, behielt dabei die Anzeigen ihres Tricorders im Auge. Vielleicht ließen sich mit neuerlichen Sondierungen Daten gewinnen, die Aufschluß darüber gaben, was damals mit der *He-shii* geschehen war.

Als sich Spock und T'Pris dem großen Metallbrocken bis auf drei Meter genähert hatten, erklang plötzlich eine kratzende Stimme. Spock brauchte einige Sekunden, um die Worte zu verstehen und sich über ihre Bedeutung klarzuwerden. Er wollte sich zu den anderen umdrehen und triumphierend lächeln, und es gelang ihm gerade noch rechtzeitig, diese menschliche Reaktion unter Kontrolle zu halten. Als er sich schließlich umwandte, sahen seine Begleiter ein ausdrucksloses vulkanisches Gesicht.

»Die Nachrichtenkapsel des Schiffes.«

Pike und Nummer Eins empfingen die allein aus Vulkaniern bestehende Landegruppe im Konferenzraum. Boyce hatte den Captain begleitet — die auf dem Planeten entdeckte Nachrichtenkapsel erfüllte ihn mit Neugier. Sie lag nun auf dem Tisch und war noch immer aktiv. Kratzer, Risse und Dellen zeigten sich in ihrer Hülle, doch die den Menschen unverständlich bleibende Stimme erklang auch weiterhin, vermittelte offenbar eine Botschaft

»Altes Hochvulkanisch, Sir«, sagte Nummer Eins, nachdem sie mehrere Sekunden lang gelauscht hatte.

Sechs vulkanische Blicke richteten sich voller Anerkennung auf sie. Pike musterte seine Stellvertreterin überrascht.

»Sie verstehen die Worte?«

»Ich kann sie nur einer Sprache zuordnen«, lautete die ruhige Antwort. »Bei einigen Zeremonien auf Vulkan wird noch immer das alte Hochvulkanisch als Ritual-Idiom verwendet.«

»Nummer Eins hat recht, Captain.« Spock trat vor, streckte die Hand nach der Kapsel aus und betätigte einen verborgenen Schalter. Die heisere, metallene Stimme verklang. »Lieutenant T'Pris hat die Nachricht aufgezeichnet. Ich glaube, mir ist schon jetzt eine einigermaßen genaue Übersetzung möglich. Aber wenn Sie noch etwas warten möchten, bis die linguistische Analyse abgeschlossen ist ...«

»Ihre Übersetzung reicht mir, Spock. Wir können sie später mit den Analyse-Ergebnissen vergleichen und feststellen, ob es Diskrepanzen gibt.«

»Wie Sie meinen, Sir. Nun, die Nachricht beginnt mit ID-Code und Name des Schiffes. Sie stammt von Captain Stepn. Der Tonfall deutet darauf hin, daß die Mitteilung hastig aufgezeichnet wurde, unter Umständen, die zur Eile drängten. Die *He-shii* brach auseinander, als sie sich GS391 näherte. Es gab keine Chance mehr für das Schiff; die wenigen überlebenden Besatzungsmitglieder verließen es und versuchten, sich mit einem Rettungsboot in Sicherheit zu bringen. Zu ihnen gehörte auch jemand aus dem Clan Archenida, und er nahm Vulkans Ruhm mit. Eine sehr ungewisse Zukunft erwartete jene Männer und Frauen: Das Rettungsboot enthielt gerade genug Proviant und Sauerstoff, um zehn Personen drei Monate lang am Leben zu erhalten.«

»Verfügte es über Warpkapazität?«

Der junge Techniker namens Spahn verlagerte das Gewicht vom einen Bein aufs andere, und sein Gesicht zeigte eine gewisse Wachsamkeit. Pike nickte ihm zu. »Ja, Fähnrich?«

»Unsere Vorfahren benutzten keine derartigen Termini, Sir, doch das Rettungsboot war mit einem Antrieb ausgestattet, der eine Beschleunigung bis auf Warp zwei zuließ.«

»Ich stelle mir dabei eine Art Shuttle vor«, sagte Pike. »Ist das richtig?« Und als die Vulkanier nickten: »Nun, jenes Shuttle konnte also für eine bestimmte Zeit mit geringer Warpgeschwindigkeit fliegen und eine nicht unerhebliche Strecke zurücklegen.«

»Die Länge des möglichen Warptransits ging weit über die maximale Überlebenszeit der Passagiere hinaus«, sagte Spock ruhig. »Captain Stepn legte den Kurs fest und beschloß, in der *He-shii* zu bleiben. Wahrscheinlich bestand seine Absicht darin, die Nachrichtenkapsel auszuschleusen und in eine Umlaufbahn von GS391 zu steuern — damit sie zu senden begann, wenn sich ein anderes Raumschiff näherte. Diesen Plan konnte er jedoch nicht verwirklichen. Einige Hintergrundgeräusche lassen mich vermuten, daß die *He-shii* noch während der Aufzeichnung auseinanderbrach, und die Nachrichtenkapsel stürzte mit dem Wrack auf den Planeten. Unsere Präsenz aktivierte sie. Vielleicht gaben die Sondierungssignale der Tricorder den Ausschlag.«

Nummer Eins klopfte mit einem langen Fingernagel auf die jetzt stumme Kapsel. *In dieser Woche benutzt sie blauen Nagellack,* dachte Boyce. Der Erste Offizier hatte einen sehr individuellen Geschmack, wenn es um kosmetische Dinge ging. In diesem Fall paßten die blauen Fingernägel gut zum Farbton ihrer Pupillen. »Sie sprachen eben davon, daß Captain Stepn den Kurs des Rettungsbootes festlegte.«

»Ja, und die betreffenden Koordinaten sind recht interessant. Der Kursvektor: zweiunddreißig Komma eins acht null.« Spock wartete, gab seinen Zuhörern Gelegenheit, diese Information geistig zu verdauen.

Pike und Nummer Eins verstanden zur gleichen Zeit. »Das Rettungsboot flog in Richtung Areta!« entfuhr es dem Captain.

Der Erste Offizier nickte. »Ein für drei Monate ausreichender Vorrat an Nahrungsmitteln, Wasser und Sauerstoff müßte für die Reise bis dorthin genügen. Vorausgesetzt natürlich, der Kurs wurde unterwegs nicht geändert.«

»Die Überlebenden haben ihn sicher nicht modifiziert«, warf T'Pris ein. »Sie beschlossen damals, ihr Schicksal zu akzeptieren. Und das bedeutet: Sie hielten an dem einmal eingeschlagenen Kurs fest.«

Pike sah sich um. Die Vulkanier schwiegen geduldig; Boyce wirkte interessiert und sogar fasziniert; die Frau von Ilyria wahrte eine neutrale Miene, aber ein subtiler Glanz in ihren Augen verriet sie. »Nummer Eins ...«, sagte der Captain langsam. »Steuern Sie die *Enterprise* aus dem Orbit und nehmen Sie Kurs auf Areta. Geschwindigkeit: Warp sechs. Bei unserem ersten Besuch hatten wir keinen Grund, nach den Resten eines Raumschiffs Ausschau zu halten oder Mutanten mit spitzen Ohren zu erwarten. Diesmal sieht die Sache ganz anders aus.«

Spock meditierte, als der Türmelder summte. Dünne Falten fraßen sich ihm in die Stirn, und er stand auf, drehte sich um. Er rechnete nicht mit Besuch. »Herein«, sagte er und schob die Kapuze seines Umhangs zurück. Die Tür öffnete sich, und der Zweite Offizier erkannte T'Pris.

»Oh«, sagte sie, als sie den vulkanischen Umhang bemerkte. »Entschuldigen Sie bitte. Ich wußte nicht, daß Sie meditieren. Ich kehre später zurück.«

»Nein. Bitte kommen Sie herein. Es fiel mir ohnehin schwer, mich richtig zu konzentrieren.« Das war keineswegs übertrieben. Es erwies sich als sehr problematisch, die richtige innere Einstellung fürs Meditieren zu finden. Er hatte eine persönliche Kom-Nachricht von T'Pring erhalten, in der sie ganz offiziell die Höhe des Brautpreises festlegte: eintausendfünfhundert *Nakh* pro Monat. Eine Menge Geld. Nun, er sah keinen Grund, Einwände dagegen zu erheben — die von seinem Anwesen erwirtschafteten Erträge genügten, um regelmäßig solche Summen zu bezahlen. Etwas anderes beunruhigte ihn: Als er versuchte, T'Prings Gesicht in den Fokus seines Selbst zu projizieren, entstand dort nur ein vages Oval mit dunklen Augen, gesäumt von schwarzem Haar — mehr nicht. Als wesentlich leichter stellte es sich heraus, an diese Frau zu denken, die ihn nun besuchte. Vor dem mentalen Auge sah er nicht nur ihr Gesicht — in aller Deutlichkeit —, sondern auch den Körper. Er beobachtete ihre geschmeidigen Bewegungen, hörte ihre Stimme. Vielleicht lag es nur an ihrer Nähe, an ihrer täglichen Kooperation, die eine enge Beziehung schuf. Aber er hatte schon mit anderen Vulkanierinnen zusammengearbeitet, ohne so häufig an sie zu denken. Eigentlich sollte er sich mit T'Pring auf diese Weise verbunden fühlen — statt dessen beanspruchte diese junge Witwe einen großen Teil seiner Aufmerksamkeit. Er fühlte sich ihr weitaus näher als T'Pring, von der ihn immer eine große geistige Distanz getrennt hatte.

Er bedeutete T'Pris, in einem Sessel Platz zu nehmen. »*Saya?*«

»Ja, gern.«

Spock trat an den Synthetisierer heran und gab die Bestellung ein. Wenige Sekunden später materialisierten zwei Tassen mit dampfender Flüssigkeit im kleinen Ausgabefach. Er griff danach, reichte eine der Besucherin, setzte sich ihr gegenüber und hielt die eigene Tasse in beiden Händen. »Möchten Sie etwas mit mir besprechen?«

»Ich habe über Vulkans Ruhm nachgedacht. Halten Sie es wirklich für möglich, den Kristall zu finden? Selbst wenn das Rettungsboot Areta erreichte: Inzwischen könnte soviel geschehen sein ...«

»Sie geben sich nutzlosen Spekulationen hin. Wenn es auf Areta etwas zu entdecken gibt, so werden wir es finden.«

T'Pris nippte an ihrem *Saya* und sah dabei zu Boden. »Sie haben natürlich recht, Mr. Spock.«

»Ist das alles?« Es klang schärfer als beabsichtigt, und Spock bedauerte seine Worte sofort. Er begriff plötzlich, daß er Gefallen an der Präsenz dieser jungen Frau fand.

»Nein. Um ganz ehrlich zu sein: Ich wollte feststellen, wie Sie leben. Hier, meine ich. In Ihrer Freizeit.«

»Warum interessiert Sie das?«

T'Pris sah auf, und zu seiner großen Überraschung bemerkte er ein humorvolles Funkeln in ihren Augen. »Sie sind ein Rätsel, Mr. Spock. Und Sie wissen ja, daß ungelöste Rätsel einen unwiderstehlichen Reiz auf Vulkanier ausüben. Einerseits gehören Sie zu unserem Volk und andererseits nicht. Es heißt von Ihnen, Sie seien vulkanischer als ein Vulkanier. Ihren Starfleet-Dienst nehmen Sie noch ernster als alle anderen Offiziere. Aber Sie scheinen selbst dann allein zu sein, wenn Sie in der Gesellschaft von Kollegen — oder von Vulkaniern — weilen.«

Unbehagen erfaßte Spock. T'Pris schnitt mit ihren Ausführungen Fragen an, auf die er keine Antwort geben wollte. Es erstaunte ihn ein wenig, daß er die Neugier der Vulkanierin nicht als Verletzung seiner Privatsphäre empfand. »Vielleicht *wirke* ich allein, auf Personen, die mich nicht kennen. Ich habe Freunde.«

»Auf Vulkan?«

»Und in Starfleet. Darüber hinaus bin ich...« — Spock zögerte kurz — »... verlobt. Ich habe ganz offiziell meine Heirat angekündigt.«

»Die meisten Vulkanier in Ihrem Alter sind bereits an einen Ehepartner gebunden. Warum ist Ihre Verlobte nicht ebenfalls an Bord dieses Schiffes?«

»T'Pring bekleidet keinen Starfleet-Rang.«

»Meinen Sie T'Pring aus der Familie von Solen?«

»Ja. Ist sie Ihnen bekannt?«

»Ich habe von ihr gehört.« T'Pris musterte Spock einige Sekunden lang, senkte dann den Blick. »Als ich Sepels Leichnam heimbrachte, damit er auf dem Anwesen seiner Vorfahren bestattet werden konnte, kamen Solen, seine Tochter T'Pring und die Söhne, um meinem verstorbenen Gemahl die letzte Ehre zu erweisen. T'Pring und ihr Begleiter waren sehr freundlich zu mir.«

Spock dachte über die letzten Worte nach. Vulkanierinnen gaben sich nicht dem Klatsch hin. Manchmal flüsterten sie, aber sie blieben immer bei der Wahrheit. »Ihr Begleiter... Ich nehme an, es handelte sich um Stonn. Seine Familie hat Solens Haus seit Jahrhunderten ehrenvolle Dienste erwiesen.«

»Es ist schade, daß Sie nicht mit Ihrer Verlobten zusammensein können«, entgegnete T'Pris nach einer Weile. »Mein Ehepartner hätte unter solchen Umständen keine Heirat in Erwägung gezogen.« Sie sah zur Kopie der Ahnenstatue aus Spocks Familienschrein: Das Bildnis stand in der einen Ecke des Raums, gehüllt in ein traditionell gesponnenes Tuch mit dem Haus-Muster. Schließlich kehrte ihr Blick zum Zweiten Offizier zurück. »Ich habe den Tod meines Gemahls mit vielen Tränen beweint.«

»Es geziemt sich nicht, Kummer zu zeigen, T'Pris.«

»Trotzdem habe ich geweint.« Sie stellte die leere Tasse auf den Tisch und stand auf. »Vielleicht bin ich nicht die vulkanischste aller Vulkanierinnen.« Sie musterte Spock ruhig. »Ich hoffe, daraus erwachsen keine Belastungen für unsere dienstliche Beziehung.«

»Nein ...«

»Es tut mir leid, daß ich Ihre Meditation unterbrochen habe. Ich möchte Sie nicht länger stören.« T'Pris hob die Hand, als Spock aufstehen wollte, drehte sich um und verließ die Kabine.

Als sich die Tür hinter ihr schloß, begriff Spock: Sie hatten nicht als Offiziere miteinander gesprochen, sondern wie zwei Freunde. Er zog die Kapuze des Umhangs wieder über den Kopf und setzte sich auf den Boden, um die Meditation fortzusetzen. Nach wie vor schwebte das Gesicht der jungen Vulkanierin T'Pris im Fokus seines Selbst.

Während des Flugs nach Areta kam es zu keinen Zwischenfällen. Pike spürte so etwas wie Wiedersehensfreude, als er beobachtete, wie die größtenteils gelbbraune Planetenkugel auf dem Wandschirm anschwoll, während sie sich ihr mit Impulsgeschwindigkeit näherten und in den Standard-Orbit schwenkten. Der Captain stellte gewisse Veränderungen fest: In den grelleren Farben der verwüsteten Regionen gab es jetzt auch sanfte blaue und grüne Töne. Spocks Analyse bestätigte Pikes Vermutungen: Die beiden wichtigsten Stadt-Bereiche hatten damit begonnen, sich auszudehnen. Man pflanzte Bäume und Büsche an, bewässerte weite Getreidefelder.

»Nehmen Sie eine Sondierung des ganzen Planeten vor, Mr. Spock. Wenn das Rettungsboot bis hierher kam, so besteht die Möglichkeit, daß es irgendwo landete.«

»Die Havarie der *He-shii* fand nach der nuklearen Katastrophe von Areta statt, Captain — und bevor sich die Umweltbedingungen auf dem Planeten wieder verbesserten.« Nummer Eins hielt es für ihre Aufgabe, auch Unangenehmes zu erwähnen. Diese unerquickliche Pflicht mußte sie recht häufig wahrnehmen. »Selbst wenn den Vulkaniern eine Landung gelang ... Auf dem Planeten existierten kaum Überlebenschancen für sie.«

Pike nickte ernst. »Ja, ich weiß. Ich hatte Gelegenheit, einen unmittelbaren Eindruck von den Verhältnissen auf Areta zu gewinnen.« Die Städter der beiden urbanen Konglomerate kamen in erster Linie deshalb mit dem Leben davon, weil ihre Ahnen vor dem Atomkrieg unterirdische Produktionsanlagen und Bunker bauten. Die Nomaden blieben verschont, weil sie sich in entlegenen Regionen aufhielten, die nicht von den Verheerungen betroffen waren. Die Mutanten rangen in kleinen Gruppen mit dem Tod und entgingen ihm nur deshalb, weil genetische Schäden sie in die Lage versetzten, sich in strahlenverseuchten Gebieten aufzuhalten. Im Lauf der Zeit zogen sich die Mutanten in die Berge zurück und bildeten dort größere Gemeinschaften, während die Nomaden Wüsten und einige Oasen unweit der beiden Städte unter ihre Kontrolle brachten. Die Vulkanier an Bord des Rettungsbootes konnten nichts von der Geschichte Aretas gewußt haben, und vielleicht hatte ihnen die Möglichkeit gefehlt, den Landeplatz zu bestimmen. Vielleicht waren sie nur als Mutanten imstande gewesen, im Chaos zu überleben, und in dem Fall mochte es sehr schwer sein, ihre Nachkommen als Vulkanier zu erkennen.

Pike sah sich im stillen Kontrollraum um. »Beginnen Sie mit der planetaren Sondierung, Mr. Spock.«

Der Zweite Offizier wandte sich der wissenschaftlichen Station zu und programmierte die Sensoren. Die übrigen Brückenoffiziere gingen ihren normalen Pflichten nach.

Drei Stunden später richtete sich Spock auf und sah zu Pike.

»Die Sensoren orten einige auf der Planetenoberfläche verstreut liegende Metallteile. Die Legierung entspricht der von vulkanischen Raumschiffen und Rettungsbooten.«

»Position?« fragte Nummer Eins.

»Die planetaren Koordinaten lauten: Breite neunzig Grad und zwanzig Minuten, Länge hundertdreißig Grad und zwölf Minuten. Während der ersten Mission sind Karten von Areta angefertigt worden, und der eben beschriebene Ort befindet sich in einem besonders unzugänglichen Bereich der größten Wüste.«

»Auf den Wandschirm.«

Spock drückte eine Taste, und die Karte erschien im Projektionsfeld. Pike erkannte sie sofort: Vor seinem ersten Einsatz auf dem Planeten hatte er sich Einzelheiten in Hinsicht auf diese große Wüstenregion und die dort lebenden Nomadenstämme eingeprägt. »Selbst die Nomaden meiden jenes Gebiet — es ist dem Lebensraum der Mutanten zu nahe. Allerdings hat es einen unbestreitbaren Vorteil: Dort kam es damals nur zu einem sehr geringen radioaktiven Fallout. In den Berichten des Scout-Schiffs, das die erste Sondierung vornahm, wurde ausdrücklich darauf hingewiesen.«

»Wieso sind dem Scout nicht die vulkanischen Metallteile aufgefallen?« fragte Boyce, der einen freien Platz an der technischen Station gefunden hatte.

Spocks Blick wanderte vom Monitor des Bibliothekscomputers zum Bordarzt der *Enterprise.* »Eine gute Frage, Doktor«, kommentierte er anerkennend. »Nun, das Scout-Schiff *hat* sie bemerkt. Aber offenbar hielt man sie für Relikte der nuklearen Katastrophe. Es wurde keine Analyse des Metalls vorgenommen — man zeichnete nur die entsprechenden Koordinaten auf. Die damaligen Forscher suchten nach Leben, nicht nach etwas, das ihnen wie Schrott erscheinen mußte.«

»Mr. Spock, beamen Sie sich mit Ihrer Landegruppe auf den Planeten.«

»Ja, Sir.«

»Und noch etwas, Mr. Spock ...« Der Vulkanier zögerte und sah zum Captain. »Ich hoffe, diesmal finden Sie den Kristall.«

»Möge uns das Schicksal diesen Wunsch erfüllen«, erwiderte der Vulkanier.

Die Szenerie unterschied sich kaum von GS391. Die Landegruppe bestand aus den gleichen Personen wie vorher, und auch diesmal rematerialisierte sie in einem Ödland. Am Horizont erstreckten sich Berge, deren Gipfel wie die Zacken eines Sägeblatts anmuteten: schroffe Felsen, nicht von Äonen glattgeschliffen, wie auf dem anderen Planeten.

Einmal mehr fand der Retransfer in unmittelbarer Nähe des größten Metallobjekts statt.

Es handelte sich zweifellos um die Komponente eines vulkanischen Rettungsbootes. Man hatte einige Teile davon gelöst, um Hütten daraus zu improvisieren. Die Vulkanier schritten langsam umher, und Spahn eilte seinen Gefährten ein wenig voraus. Plötzlich rief er und deutete zu einer bestimmten Stelle hinter den Unterständen.

»Dort, Sir!«

Die anderen — Spock bildete die einzige Ausnahme — schlossen zu ihm auf und folgten seinem Blick. T'Pris seufzte leise. Wind und Flugsand war es nicht gelungen, die traditionell geformten Steinhaufen von sieben vulkanischen Gräbern zu bewegen.

Ein Phaser fauchte. Die Vulkanier reagierten sofort, zogen ihre Waffen und drehten sich zu Spock um, der völlig reglos neben einer der Hütten stand, den Phaser in der Hand.

»Was ist los?« rief Sefor.

Der Zweite Offizier ignorierte die Frage. »Wie viele haben Sie gefunden?«

»Sieben«, sagte T'Pris. »Es können nicht alle gewesen sein. Wer hat den letzten von ihnen begraben?«

»Jemand, der auf ein Grab verzichten mußte«, sagte Spock leise. »Der bis zum letzten Atemzug seine Pflicht erfüllte. Hier.« Er führte seine Begleiter zu einem der Unterstände, dessen Tür aus einer Luke des Rettungsbootes bestand. Der Zweite Offizier hatte seinen Phaser einsetzen müssen, um die Pforte zu öffnen. In der halbdunklen und muffig riechenden Kammer stand ein niedriger Tisch aus Steinen und einer Metallplatte. Die mumifizierte Leiche eines Vulkaniers lag davor: Der Mann schien sich dort in Erwartung des Todes ausgestreckt zu haben. Auf dem Tisch ruhte ein uralter Behälter aus Silber, in dem sich geometrische Muster zeigten.

Spock fing Sefors Blick ein und nickte ihm zu. »Sie sind der älteste von uns. Bitte.« Er deutete auf den Behälter.

Der Astrophysiker zögerte zuerst, gab sich dann einen Ruck und trat vor. Er streckte die Hand aus, löste langsam den Deckel — und schnappte nach Luft. »Vulkans Ruhm! Spock, es ist der Kristall! Wir haben ihn tatsächlich gefunden ...« Ehrfürchtig griff er nach dem großen Edelstein und hob ihn, damit ihn alle bewundern konnten. Nur mattes Licht fiel durch die geöffnete Tür ins Innere der Hütte, aber es genügte, um den Kristall — er war so groß wie eine Zuckermelone — in Sefors Händen erstrahlen zu lassen. Der Astrophysiker wurde sich plötzlich über die wahrscheinliche Identität des Toten zu seinen Füßen klar, und daraufhin legte er den riesigen Smaragd in die silberne Schatulle zurück. »Es muß jemand aus dem Clan Archenida gewesen sein. Das Schicksal verlangte von ihm, als letzter zu sterben. Aber selbst wenn das nicht der Fall gewesen wäre ... Er hätte bestimmt darauf beharrt, hier zu liegen, in der Nähe von Vulkans Ruhm.«

»Ich bin ziemlich sicher, daß Sie recht haben, Sefor. Lassen Sie uns jetzt die Suche fortsetzen. Vielleicht finden wir Aufzeichnungen irgendeiner Art.« Spock nickte in Richtung der beiden kleinen Truhen an der gegenüberliegenden Wand. »Möglicherweise gibt es Unterlagen, aus denen hervorgeht, auf welche Weise die Passagiere der Rettungskapsel starben. Wenn nicht ... Nun, dann muß es genügen, daß wir sie gefunden haben und nach Hause bringen.« Er klappte seinen Kommunikator auf. »Spock an *Enterprise.* Captain?«

»Hier Pike.«

»Wir haben nicht nur die sterblichen Überreste der Vulkanier aus dem Rettungsboot gefunden, Sir, sondern auch Vulkans Ruhm.«

»Gute Arbeit, Mr. Spock«, tönte es aus dem kleinen Lautsprecher. »Brauchen Sie dort unten Hilfe?«

»Ja, Sir. Um die Skelette der ehrenwerten Toten auszugraben und sie zur *Enterprise* zu beamen. Wir sollten sie nach Vulkan transportieren, damit sie dort auf angemessene Weise bestattet werden können.«

»In zehn Minuten wird eine Gruppe bei Ihnen eintreffen. Sonst noch etwas?«

Spock sah die anderen Vulkanier an. »Nein, Sir. Vulkans Ruhm bringen wir selbst an Bord.«

KAPITEL 7

Gut gelaunt packte Pike die Sachen zusammen, die er auf dem Planeten benötigte. In Hinsicht auf Vulkans Ruhm war alles zu einem erfolgreichen Abschluß gekommen. Starfleet Command nahm die Nachricht von der Entdeckung des Kristalls fast euphorisch zur Kenntnis. Nach der Zusammenstellung und Übermittlung des Berichts verlor Pike praktisch das Interesse an dem Smaragd. Er hatte ihn sich zusammen mit Spock und Nummer Eins angesehen und wußte daher, daß es sich um eine wahrhaft einzigartige Kostbarkeit handelte. Der Edelstein funkelte und glitzerte selbst im ungeschliffenen Zustand, offenbarte dabei eine schier atemberaubende Pracht. Pike beauftragte Spock, Vulkans Ruhm in der Sicherheitskammer zu deponieren. Dort sollte der Kristall bleiben, bis die *Enterprise* Vulkan erreichte.

Anschließend besann sich der Captain auf Areta. Während der nächsten Stunden wurden die notwendigen Vorbereitungen getroffen, und Pikes Gedanken drehten sich nur noch um den bevorstehenden Einsatz. Besser gesagt: *fast* nur noch. Seit der Rückkehr vom Landurlaub auf der Erde dachte er allzu häufig an Janeese. Deshalb hieß er die Möglichkeit willkommen, das Schiff zu verlassen, sich auf einen Planeten zu beamen, wo er Fremden begegnen würde — um dort eine Mission zu erfüllen, die zu besseren Kontakten zwischen Städtern und Nomaden führen, ihnen das gemeinsame Überleben erleichtern sollte. Pikes Absicht bestand darin, sich einen Überblick in Hinsicht auf die Handelsbeziehungen zu verschaffen, die während der vergangenen vier Jahre entstanden waren. Wenn er sie vielversprechend fand ... In dem Fall lautete sein Befehl, keinen Einfluß zu nehmen und zurückzukehren — eine Aufforderung, der Pike gern nachkam. Wenn die Distanz zwischen Städtern und Nomaden gewachsen war ... Auch dann durfte der Captain nicht direkt eingreifen und mußte ebenfalls zurückkehren, begleitet nicht von Freude, sondern von Kummer über den Verlust einer Zivilisation, die sich bemühte, aus Ruinen eine neue Welt zu bauen.

Er trug bereits eine knapp sitzende Hose und ein dazu passendes Hemd, beides aus *Ucha*-Haar, griff nun nach den Stiefeln, deren Schäfte sich an die Waden preßten. Hinzu kamen ein langer, burnusartiger Mantel, die sogenannte Hab-und-Gut-Tasche eines Nomaden sowie ein Wasserbehälter.

Pike stand auf, bemerkte dabei aus den Augenwinkeln sein Spiegelbild und verharrte, um es zu betrachten. Er sah etwas, das Janeese ganz zu Anfang in ihm gesehen hatte: einen jugendlichen, sehr attraktiven und athletisch gebauten Mann, dessen Uniform — die jetzt im Schrank hing — die Streifen eines Captains aufwies. Chris Pike neigte nicht dazu, arrogant zu sein. Schon als Kind hatten andere Leute sein Aussehen bewundert. Damals stellte er bereits nach kurzer Zeit fest, daß ihn ein beeindruckendes Erscheinungsbild kaum vor den üblichen Enttäuschungen des Lebens bewahrte; ebensowenig durfte er erwarten, dadurch in Starfleet leichter voranzukommen. Er lernte, sich auf seine Instinkte zu verlassen, auf die ihm angeborenen Kommando-Qualitäten, nicht ständig zu hoffen, durch das Gesicht in den Genuß besonderer Vorteile zu gelangen. Natürlich gab es Frauen ... Eine hatte ihm mehr bedeutet als alle anderen, aber sie verschwand wieder aus seinem Leben — weil sie nicht Teil von Starfleet sein wollte; und weil sie es nicht ertragen konnte, während der langen Missionen im All von ihm getrennt zu sein. Die anderen Beziehungen waren vorübergehender Natur, ohne emotionale Tiefe. Pike nahm sie ebensowenig ernst wie seine Partnerinnen: Man vergnügte sich zusammen, und anschließend ging man wieder auseinander, ohne Reue.

Janeese hatte ihn weitaus tiefer berührt. Gemeinsame Freunde hatten sie einander vorgestellt, vor anderthalb Jahren, als Pike seine Eltern in Mojave besuchte. Sie träumte davon, Starfleet-Offizier zu werden, und nach ihrem Kennenlernen interessierte sie sich noch mehr für eine derartige berufliche Laufbahn. Zunächst wahrten sie eine gewisse Zurückhaltung, aber nach wenigen Wochen liebten sie sich. Nach dem Landurlaub brach Pike mit der *Enterprise* zu einer neuen Mission auf, und Janeese begann mit einer Ausbildung an der Starfleet-Akademie. Er bekam häufig Kom-Mitteilungen von ihr, die nicht nur zärtliche Worte für ihn enthielten, sondern auch begeisterte Beschreibungen ihres neuen Lebens bei Starfleet. Zwei Jahre vergingen schnell, und sie bekamen beide zur gleichen Zeit Urlaub — was sie in die Lage versetzte, sich noch einmal in Mojave zu treffen.

Pike war nicht ohne eine ausgeprägte Menschenkenntnis zum Captain geworden: Er verstand die Körpersprache und wußte subtile Anzeichen zu deuten. Als er Janeese sah, wußte er sofort, daß etwas nicht stimmte. Und als er sie in die Arme nahm, glaubte er zu verstehen. Sie versuchte zu sehr, herzlich zu sein, doch ihrem Körper fehlte die frühere Geschmeidigkeit. Pike bemühte sich, ruhig zu sprechen und zu lächeln, als er fragte: »Seit wann bist du mit ihm zusammen? Kenne ich ihn? Wird auch er an der Akademie ausgebildet?« Es stellte sich folgendes heraus: Jener Mann, der in Pikes Abwesenheit Janeese's Herz für sich gewonnen hatte, war ein Starfleet-Instruktor, jemand, der am Schreibtisch Akten wälzte und den Planeten fast nie verließ. Eine Ironie des Schicksals, die dem Philosophen in Pike gefiel. Er konzentrierte sich auf dieses Empfinden, um keinen Platz zu lassen für Bitterkeit und Enttäuschung. Von Natur aus war er großzügig und aufgeschlossen; ihm lag nichts daran, den Rest seines Lebens allein zu verbringen, nur in Gesellschaft einer Liebe, die dem All und seinem Schiff galt. Aber oft fragte er sich, welche Frau bereit sein mochte, diese Art von Existenz mit ihm zu teilen.

Pike seufzte, wandte sich von dem traurigen Captain im Spiegel ab und streifte den Mantel über. Anschließend legte er den Gürtel an und zupfte am weiten Umhang, bis der Stoff lange, sich überlappende Falten bildete — so entsprach es der Nomadenart. An dem Gürtel hing eine Scheide mit einem scharfen *Dree*-Messer. Das Dree war der wichtigste und kostbarste Besitz eines Nomaden, stellte gleichzeitig Waffe und Werkzeug dar. Die Hab-und-Gut-Tasche war rechteckig und bestand aus *Ucha*-Leder — bei *Uchas* handelte es sich um gazellenartige Tiere, die von den Nomaden in Herden gehalten wurden. Der Beutel enthielt die üblichen Gegenstände. Pikes Kommunikator ruhte in einer der tiefen Manteltaschen. Dutzende von Falten tarnten die Masse des kleinen Geräts. Die Nomaden brachten der Person an sich sowie ihrem Besitz erheblichen Respekt entgegen, was bedeutete: Niemand würde das Kom-Instrument durch Zufall entdecken. Der Captain entschied, keinen Phaser mitzunehmen. Sein wichtigster Ausrüstungsgegenstand befand sich in dem zylinderförmigen Wasserbehälter: Er enthielt einen versteckten, gut vor Feuchtigkeit geschützten Translator, der gesprochene Worte übersetzte und sie einem winzigen Mikrofon übermittelte, das in seinem Ohr steckte — er verdankte es einer von Boyce durchgeführten Implantation. Die aretanische Sprache sowie den Dialekt der Nomaden hatte Pike vor der ersten Mission im Schlaf gelernt, und das in seinem Unterbewußtsein verankerte Wissen brauchte nur aufgefrischt zu werden. Der Kommunikator stellte eine reine Sicherheitsmaßnahme dar: Er sollte bestätigen oder berichtigen, was der Captain hörte, ihm darüber hinaus passende aretanische Antworten ermöglichen, wenn ihm keine einfiel. Pike befestigte auch den Wasserbehälter am Gürtel und schlang sich den langen Trageriemen der Tasche über die Schulter. Dann ging er zum Transporterraum.

Lieutenant Commander George Meadows trat ihm im Korridor vor dem Transporterraum 3 entgegen. »Haben Sie einen Augenblick Zeit, Sir?«

»Ist es sehr dringend, Meadows? Wenn Sie irgendwelche Probleme haben... Nummer Eins oder Mr. Spock sind bestimmt bereit, Ihnen zu helfen.«

»Was diese Sache betrifft, können allein Sie entscheiden. Wenn Sie verstehen, was ich meine...«

»Leider verstehe ich es *nicht*, Mr. Meadows.«

Pike bekam es nur selten mit dem Geologen zu tun. Zwar bekleidete Meadows einen höheren Rang als Spock, aber als Zweiter Offizier leitete der Vulkanier die wissenschaftliche Sektion der *Enterprise*, und daher sollte sich Meadows eigentlich an ihn wenden. Er war klein und dünn, neigte dazu, sich langsam zu bewegen — als sei er ständig bestrebt, Kraft zu sparen. Pike wußte aus Erfahrung, daß absolut Verlaß war auf den geologischen und mineralogischen Sachverstand dieses Wissenschaftlers. Bisher hatte er Meadows immer für einen ruhigen, gelassenen Mann gehalten. (»In dieser Hinsicht ähnelt er seinen Steinen«, lautete der Kommentar des Bordarztes Phil Boyce.) Jetzt wirkte er unruhig und nervös.

»Es geht um den Kristall, Captain. Um Vulkans Ruhm. Ich brauche Ihre Erlaubnis für eine gründliche Untersuchung.« Meadows gab dem Captain gar keine Gelegenheit, darauf zu antworten. Noch aufgeregter als vorher fuhr er fort: »Ein so großer Smaragd ist im wahrsten Sinne des Wortes einzigartig. Und er soll praktisch makellos sein. Eine solche Chance bekomme ich nie wieder. Ich möchte ihn messen und analysieren. Ich möchte detaillierte Holo-Aufnahmen anfertigen, damit Vulkans Ruhm für immer der Nachwelt erhalten bleibt ...«

»Nein«, sagte der Captain.

»Wie bitte, Sir?«

Pike schüttelte den Kopf. »Eine solche Genehmigung kann ich Ihnen nicht geben. Der Kristall gehört den Vulkaniern. Wenden Sie sich über Starfleet an den Hohen Rat von Vulkan; stellen Sie dort einen entsprechenden Antrag. Ich bin bereit, Ihnen dabei zu helfen.«

»Aber, Sir: Es ist der Wunschtraum eines jeden Geologen.«

»Der Smaragd hat enorme historische Bedeutung für die Vulkanier.«

»Sir, bitte versuchen Sie, mich zu verstehen ...«

»Die Antwort lautet *nein*. Habe ich mich klar genug ausgedrückt?«

Meadows verzog wie ein enttäuschtes Kind das Gesicht und schien den Tränen nahe zu sein. »Ja, Sir.« Steifbeinig schritt er fort und murmelte dabei: »Eine solche Gelegenheit bekomme ich nie wieder. Der Wunschtraum eines jeden Geologen ...«

Pike beobachtete, wie Meadows hinter der Korridorecke verschwand. Ruckartig drehte er sich um und schaltete das nächste Interkom ein. »Pike an Spock.«

Fast sofort klang die Stimme des Vulkaniers aus dem Lautsprecher. »Hier Spock, Sir.«

»Ich befehle Ihnen hiermit, Vulkans Ruhm in der Sicherheitskammer unterzubringen, bis wir den Kristall auf Vulkan abliefern können oder vom Hohen Rat eine Mitteilung bekommen, aus der hervorgeht, wie wir mit dem Smaragd verfahren sollen. Alles klar?«

Spock stand an der wissenschaftlichen Station im Kontrollraum der *Enterprise*, wölbte erstaunt eine Braue und sah zu Nummer Eins, die im Kommandosessel saß. Dünne Falten bildeten sich in ihrer Stirn — diese Anweisung des Captains schien auch sie zu überraschen.

»Ja, Sir«, bestätigte Spock. »Darüber hinaus gebe ich die Order an Sicherheitsoffizier Orloff weiter.«

»Gut. Pike Ende.«

Der Captain wandte sich vom Interkom ab und betrat den Transporterraum, um mit seiner Mission zu beginnen. Er beamte sich auf den Planeten und rematerialisierte in der Wüste. Die Nacht schützte ihn vor Entdekkung — nach dem Einbruch der Dunkelheit geschah es nur selten, daß Nomaden ihr Lager verließen. Pike wählte einen Ort unweit der wichtigsten Weideplätze jenes Stammes, mit dem er damals einen Kontakt hergestellt hatte. Aufgrund der Sensorsondierung wußte er: Eine große Gruppe lagerte etwa vier Kilometer entfernt. Wahrscheinlich handelte es sich um die Gemeinschaft, deren Oberhaupt Farnah hieß — ein *Shinsei* mit viel Charisma. Unmittelbar nach dem Retransfer entschied Pike, in Richtung Lager zu marschieren. Vermutlich fragte niemand nach seiner Herkunft, aber er wollte Spuren hinterlassen, falls jemand Nachforschungen anstellte.

Nach fast zwei Kilometern verharrte er und schlug sein eigenes Nachtlager auf. Der Hab-und-Gut-Beutel lieferte ihm ein Zelt aus speziellem Kunststoff, der tagsüber vor Hitze schützte und während der kalten Wüstennächte die Körperwärme bewahrte. Raubtiere durchstreiften die Ödnis, doch sie zogen Beute vor, die nicht soviel Widerstand leistete wie Nomaden — oder wie Pike. Die anderen, kleineren Geschöpfe stellten keine Gefahr für ihn dar; eine Versiegelung des Zelts genügte, um sie fernzuhalten. Er baute es nun auf, schuf eine einigermaßen bequeme Mulde für die Hüften, häufte etwas Sand als Kopfkissen an und streckte sich aus. Bis morgen früh gab es nichts mehr für ihn zu tun.

Pike träumte von Janeese, sah ein von honigblondem Haar umrahmtes Gesicht mit großen braunen Augen, einer kecken Nase und einem Mund, der immer zu lächeln schien. Sie trug das gleiche Kleid wie damals, als er sie gefragt hatte, ob sie ihm gehören wollte: ein hauchdünnes, rosarotes Gewand, das ihren Körper umschmiegte, ihr zusätzlichen Reiz verlieh. Aber etwas stimmte nicht, denn im Traum wurden sie gerade erst einander vorgestellt. Sie sah zu ihm auf, und ein interessiertes Funkeln in ihren Augen verriet, daß ihr sein Anblick gefiel. Jemand murmelte ihm ihren Namen zu — Janeese Carlisle —, und er lächelte unwillkürlich, spürte eine emotionale Reaktion, deren Intensität ihn überraschte, die er jedoch keineswegs als unangenehm empfand. Dann veränderte sich die Szene. Erneut kam es zu einer Vorstellung, aber diesmal betraf sie ihn und den Instruktor, in den sie sich verliebt hatte. Sie griff nach Pikes Hand, gab ihm den Freundschaftsring, den sie seit zwei Jahren trug, seit er aufgebrochen war, um mit einer neuen Mission im All zu beginnen. »Es tut mir leid, Chris«, sagte sie mit Tränen in den Augen. Ihre Stimme vibrierte. »Es tut mir so leid ...« Sie ritten in den Bergen, auf Pferden, die sie sich von Pikes Eltern ausgeliehen hatten. Janeese bewies gutes Geschick als Reiterin, und sie stellte ihm Fragen, bei denen es um Starfleet ging, um die Akademie. Sie erzählte von ihrem Wunsch, ebenfalls ins All zu ziehen, um zwischen den Sternen Abenteuer zu erleben. Immer wieder warf sie ihm bewundernde Blicke zu, als sie Seite an Seite ritten. »Ich möchte dich begleiten, Chris«, sagte sie. »Ich möchte dort draußen mit dir zusammen sein.« Neuerlicher Szenenwechsel: Janeese und Pike lagen im Bett, die Körper feucht vom Schweiß der Liebe. Er strich ihr durchs Haar und flüsterte von seinen Gefühlen ihr gegenüber. »Ich liebe dich auch, Chris. Ich liebe dich, ich liebe dich.« Und dann schüttelte sie den Kopf, schluchzte leise und wiederholte: »Es tut mir leid, Chris. Es tut mir so leid. Du warst nicht hier, und ich habe mich einsam gefühlt ... Tom tröstete mich, zuerst als Freund. Aber es wurde bald mehr daraus. Du warst nicht hier. Es tut mir leid. Es tut mir so leid, Chris ...«

Pike erwachte schweißgebadet und strich die Zugangsplane des Zelts beiseite, um frische, kühle Luft hereinzulassen. Er saß mit überkreuzten Beinen, blickte zum schwarzen, sternenübersäten Himmel empor. Janeese hatte ihm mehr bedeutet als irgendeine andere Frau, und deshalb litt er so sehr daran, sie verloren zu haben, noch dazu auf eine so banale Weise — an einen anderen Mann. Er betrachtete die Erinnerungsbilder, sah, wie er sich von den Tränen abwandte, wie er den Ring einsteckte ...

Der Captain versuchte, den Kummer aus sich zu verdrängen. *Du bist kein so harter Bursche, wie viele Leute glauben,* dachte er und seufzte. Zumindest war er es nicht in Hinsicht auf Janeese. Sie hatte eine Wunde in ihm hinterlassen, die erst noch heilen mußte.

Eigentlich hatte T'Pris nicht so lange im Laboratorium arbeiten wollen, aber einige Analysen führten nicht zu den erwarteten Ergebnissen. Neue Fragen ergaben sich daraus, fesselten die junge Vulkanierin an ihren Platz. Sie konzentrierte sich so sehr auf die Bildschirme und den wissenschaftlichen Computer, daß ein leises Hüsteln sie zusammenzucken ließ. Abrupt drehte sie den Kopf und sah Meadows.

»Entschuldigen Sie bitte, Lieutenant. Ich wollte Sie nicht erschrecken.« Meadows wirkte alles andere als zerknirscht — aber T'Pris war auch nicht in dem Sinne erschrocken.

»Kann ich Ihnen irgendwie helfen, Commander?« fragte sie höflich.

»Vielleicht. Darf ich Ihnen einige Fragen in Hinsicht auf Vulkans Ruhm stellen?«

T'Pris maß den Mann mit einem neutralen Blick. Sie verstand Meadows' Interesse: Immerhin war er Geologe und Mineraloge. Bei Vulkans Ruhm handelte es sich um einen legendären Kristall, der ihn natürlich faszinierte. Sie deutete ein Nicken an, und das Ergebnis bestand aus einem wahren Wortschwall. Der Mensch erkundigte sich nach Durchmesser, Gewicht, Form, Struktur und anderen Einzelheiten. Die junge Vulkanierin gab so gut wie möglich Auskunft, aber schließlich hob sie die Hände.

»Tut mir leid, Commander. Sie verlangen zu viele technische Informationen. Meine Kenntnisse in bezug auf die Edelsteinkunde sind beschränkt.«

Meadows schob sich etwas näher und streckte die Hand aus, um sie zu berühren. T'Pris wich zurück — die unmittelbare Präsenz des Mannes bereitete ihr Unbehagen. Er schien es überhaupt nicht zu bemerken. »Genau darin besteht das Problem. Ich habe versucht, es dem Captain zu erklären. Abgesehen von mir gibt es niemanden an Bord dieses Schiffes, der fähig ist, den Kristall zu untersuchen, geeignete Holo-Aufnahmen anzufertigen und eine exakte Beschreibung aufzuzeichnen. Nur *ich* verfüge über das dazu nötige Wissen. Die Vulkanier können wohl kaum etwas dagegen haben, wenn andere Föderationsbürger *Bilder* von dem Smaragd bewundern.«

»Ich weiß es nicht. Die Entscheidung darüber gebührt dem Hohen Rat.«

»In diesem Schiff ist der Captain die höchste Autorität. Wenn Sie bereit wären, ein gutes Wort für mich einzulegen ... Das würde genügen. Sie sind eine vulkanische Wissenschaftlerin. Ihre Fürsprache gäbe den Ausschlag.«

»Ich bedauere, Commander. Captain Pike hat klare Anweisungen gegeben, und sie dienen dazu, die Sicherheit von Vulkans Ruhm zu gewährleisten. Um auf Ihren Vorschlag einzugehen, müßte ich meine persönliche Ehre kompromittieren. Ein derartiges Verhalten stünde im Widerspruch zu den Befehlen des Captains.«

Meadows trat zurück und entschuldigte sich hastig. »Ja. Ja, natürlich, Lieutenant. Sie haben völlig recht. Die Order des Captains muß unter allen Umständen respektiert werden. Ebenso Ihre Ehre. Sie erlaubt es Ihnen nicht, zu meinen Gunsten aktiv zu werden. Es tut mir sehr leid, daß ich Sie bei der Arbeit gestört habe. Bitte vergessen Sie unser Gespräch einfach.« Er verbeugte sich und eilte so schnell fort, daß der Tür gerade genug Zeit blieb, sich vor ihm zu öffnen.

T'Pris' nachdenklicher Blick folgte ihm, und sie runzelte die Stirn. Wenige Sekunden später wandte sie sich dem Computer zu, um die Analysen fortzusetzen, aber ihre Gedanken kehrten immer wieder zu Meadows und seinem Anliegen zurück.

Schließlich stand die Vulkanierin auf ging zu Spocks Quartier. Vor der Tür zögerte sie. Durch ihren letzten Besuch hatte sie ihn bei der Meditation unterbrochen — was mochte er von ihr halten, wenn sie ihn so spät zu sprechen wünschte? Trotzdem: Ihrer Ansicht mußte der Zweite Offizier von ihrem Wortwechsel mit Meadows erfahren. Nun, es gab auch noch einen anderen Grund. T'Pris war ehrlich genug, um sich einzugestehen, daß sie eine neuerliche private Begegnung mit Spock wünschte. Sie hatte Sepel sehr geliebt. Seit ihrer Kindheit waren sie befreundet und miteinander vertraut gewesen. Nach seinem Tod spürte sie zum erstenmal in ihrem Leben, was Einsamkeit bedeutete, und in ihr wuchs die Sehnsucht nach Gesellschaft. Das vergangene Jahr hatte ihr nur Leere geboten, sah man einmal von der Arbeit ab. Spock berührte etwas in ihr, das seit langer Zeit ruhte. Eine Aura des Geheimnisvollen umgab ihn, weil er nicht allein vulkanischen Ursprungs war. Seltsam: Auf ihren Gemahl Sepel hatte der weibliche Kern ihres Wesens nie so stark reagiert wie auf Spock. Es überraschte sie — und es erfüllte sie auch mit einer gewissen Zufriedenheit. T'Pris streckte nun die Hand aus und betätigte den Türmelder. Nur ein oder zwei Sekunden später klang Spocks Stimme aus dem Kom-Lautsprecher. »Herein.« Die Tür glitt auf.

Die Vulkanierin trat ein und sah den Zweiten Offizier der *Enterprise* an. »Mr. Spock ...«

»T'Pris ...«

»Vor kurzer Zeit ist etwas geschehen, von dem Sie Kenntnis erhalten sollten. Es betrifft Vulkans Ruhm.«

»Berichten Sie mir davon.« Spock führte die Besucherin zur niedrigen Couch im Wohnzimmer und wartete höflich, bis sie Platz genommen hatte. »Etwas zu trinken?«

»Nein, jetzt nicht. Aber ich danke Ihnen für das Angebot.«

Spock setzte sich ebenfalls. »Was besorgt Sie?«

»Lieutenant Commander Meadows kam zu mir ins Laboratorium. Er bat mich, Captain Pike gegenüber für ihn einzutreten, damit er die Erlaubnis bekommt, den Smaragd zu untersuchen. Ich habe abgelehnt. Bestimmt hat er gewußt, daß der Captain befahl, Vulkans Ruhm in der Sicherheitskammer zu deponieren. Und ihm muß auch bekannt sein, daß allein der Hohe Rat von Vulkan darüber entscheiden kann, wie mit dem Edelstein verfahren werden soll. Aus diesem Grund hielt ich es für erforderlich, Meadows meine Unterstützung zu verweigern.«

Spock musterte T'Pris eine Zeitlang und nickte knapp. »An Ihrem Verhalten gibt es nichts auszusetzen.«

Die junge Vulkanierin zögerte. »Allerdings ...«

»Offenbar sehen Sie in diesem Zusammenhang ein Problem.«

»Nun, nicht unbedingt ein Problem. Aber man sollte auch in Erwägung ziehen, daß die Argumente des Commanders durchaus etwas für sich haben. Vulkans Ruhm ist einzigartig und vermutlich der kostbarste Edelstein in der ganzen bekannten Galaxis. Meadows möchte ihn nur messen und holographieren, Daten, Beschreibungen und Bilder für die Nachwelt festhalten. Das kann doch nicht falsch sein, oder?«

Spock dachte darüber nach. »Nein, wohl kaum — falls Meadows nicht noch mehr im Sinn hat. Er ist ein

Mensch, und deshalb müssen menschliche Schwächen berücksichtigt werden, zum Beispiel das egoistische Streben nach akademischer Anerkennung. Wenn Meadows als rangältester Geologe an Bord eine Untersuchung von Vulkans Ruhm vornehmen könnte, um anschließend die von Ihnen erwähnten Daten, Beschreibungen und Holo-Aufnahmen zu präsentieren ... Man würde für immer seinen Namen damit in Verbindung bringen. Vielleicht geht es ihm allein darum. Vielleicht sucht er nur persönliche Vorteile. Gerade deshalb hat Captain Pike angeordnet, den Kristall in der Sicherheitskammer unterzubringen. *Deshalb* hat er betont, daß die Entscheidung über den Verwendungszweck des Smaragds beim Hohen Rat von Vulkan liegt. Der Captain ist sehr intelligent und aufmerksam. Um es noch einmal zu wiederholen: An Ihrem Verhalten gibt es nichts auszusetzen.«

»Dann habe ich Sie umsonst gestört.«

»Ich war nicht mit wichtigen Angelegenheiten beschäftigt. Und als der Türmelder erklang ... Meine Vermutung in Hinblick auf die Identität des Besuchers erwies sich als richtig.«

Fast scheu wandte T'Pris den Blick ab. »Was veranlaßte Sie zu einer solchen Annahme?«

»Sie neigen dazu, immer dann zu kommen, wenn ich an Sie denke.«

»Sie denken an mich? Nicht an T'Pring?«

»Und Sie haben die Angewohnheit, schwierige Fragen zu stellen.«

T'Pris bestätigte diese Worte mit einem Nicken. »Diesen Standpunkt vertraten auch meine Eltern. Und mein Gemahl. Aber jetzt bin ich *T'Sai* T'Pris, *Aduna* Sepel *kiran*. Für Menschen ... Eine Witwe. Für Vulkanier ... Eine Frau ohne Bindung, dazu berechtigt, einen neuen Partner zu wählen.« Sie hob den Kopf und sah Spock an. »Oder einen Liebhaber. *Diese* Entscheidung fällt besonders schwer.«

»Ich bin verlobt«, sagte der Zweite Offizier leise.

»Aber nicht verheiratet«, erwiderte T'Pris ebenso sanft. »Noch nicht.«

Spock musterte die Besucherin erneut und dachte daran, was er über sie wußte, welche Empfindungen er ihr entgegenbrachte. Einmal mehr rang er sich zu der Erkenntnis durch, daß T'Pris sonderbare Gefühle in ihm stimulierte. Als er einen Vergleich mit T'Pring anstellte ... Ihre Gegenwart weckte ganz andere Emotionen in ihm, erinnerte ihn in erster Linie an Pflichtbewußtsein und Verantwortung.

Langsam streckte er die Hand aus.

Ihre Finger berührten sich, strichen zärtlich übereinander.

Die Dunkelheit der Nacht kroch heran, legte sich einem Mantel gleich über die Stadt Sendai und hüllte ihre Straßen in Finsternis. Die beiden Monde von Areta waren noch nicht aufgegangen, und nur das Licht der Sterne fiel auf eine in Schwarz gekleidete Gestalt, die von Schatten zu Schatten huschte. Einige nicht abgeschirmte Lampen leuchteten an den Gehsteigen, und ihr Schimmern entriß der Dunkelheit Lichtinseln. Als die Gestalt durch einen solchen Bereich eilte, tastete das Licht kurz nach ihrem Gesicht und zeigte die attraktiven Züge eines jungen Mannes, der etwa achtzehn Sommer alt sein mochte. Er hieß Bardan Aliat, war Erbe und Stolz des reichen Kaufmanns Melkor Aliat. Mit seinen derzeitigen Aktivitäten hätte er sicher nicht noch mehr väterlichen Stolz geerntet, eher eine Mischung aus Enttäuschung und Zorn. Bardan verharrte kurz und hielt Ausschau. Um diese Zeit begegnete er auf den Gehsteigen nur noch Leuten, die sich in den Trinkstuben zu viele Gläser genehmigt hatten.

Die größte Entdeckungsgefahr ging von den Wächtern aus, die in unregelmäßigen Abständen auf den Stadtwällen patrouillierten. Aber Bardan war schlau genug gewesen, mit einem jungen Wächter namens Andor Clite Freundschaft zu schließen und seine Dienstzeiten in Erfahrung zu bringen. Das große Tor stand noch immer einen Spalt offen, um Nachzüglern von den Feldern und der Straße Gelegenheit zu geben, sich in Sicherheit zu bringen. Für gewöhnlich wagten sich Mutanten nicht bis hierher, aber die Schlechten Zeiten hatten sie mehrmals bis zur Stadt getrieben, und die Bürger erinnerten sich daran. Bis zum Schließen dauerte es noch etwas, doch *wenn* die Tore geschlossen waren ... Dann würden sie sich bis zum nächsten Morgen nicht mehr öffnen, was auch immer geschah.

Bardan duckte sich in den Zugang einer schmalen Gasse neben der Straße, spähte zum Wall und bemerkte eine sich nähernde Gestalt. Der Wächter bildete eine Silhouette vor dem mit Sternen besetzten Nachthimmel. Es handelte sich nicht um seinen Freund, sondern um die Frau, mit der Clite die Wache teilte. Bardan wich noch etwas weiter zurück und beobachtete die Straße. Sie war breiter als jene, die ihn hierhergeführt hatten: Tagsüber rollten Karren übers Pflaster, um Waren zum Markt zu bringen. Er mußte sie überqueren, um zum Tor zu gelangen, und unterwegs gab es keine Deckung. Der junge Mann griff unter die Jacke und holte eine Uhr hervor, die er vor zwei Wochen von seinem Vater erhalten hatte. Wenn Clites Auskünfte der Wahrheit entsprachen ... Dann mußte er bald in diesem Bereich des Walls eintreffen. Erneut blickte er nach oben, sah die Frau und ... Ja! Clite kam aus der anderen Richtung. Bardan verschmolz mit den Schatten der Gasse, als er den regelmäßigen Schritten von zwei Personen lauschte. Die beiden Wächter begegneten sich und setzten den Weg fort; die Distanz zwischen ihnen wuchs wieder.

Als der Abstand groß genug geworden war, hastete Bardan fast lautlos zum Tor. Auf halbem Wege zum Ziel hörte er, wie einer der beiden Wächter stehenblieb. Warum? Der Sohn des Kaufmanns wußte, daß er auf keinen Fall zögern durfte: Er lief weiter, preßte sich an den Wall und schnappte so leise wie möglich nach Luft. Von seiner jetzigen Position aus konnte er den betreffenden Wächter weder identifizieren noch erkennen, womit er sich beschäftigte. *Hat man mich entdeckt?* fuhr es ihm durch den Sinn. Nein, in dem Fall wäre sicher nicht alles still geblieben. Ein Bürger, der des Nachts zum Wall schlich, um die Stadt zu verlassen ... So etwas gab Anlaß genug für Mißtrauen und Argwohn. Und wenn er versuchte, sich mit einer Lüge aus der Affäre zu ziehen? Bardan legte sich die entsprechenden Worte zurecht. *Ich fand keine Ruhe, wollte mir ein wenig die Beine vertreten und mit dir plaudern, Clite ...* Er vernahm das leise Zischen eines Entzünders, dann das Knistern einer *Chooka.* Erleichterung durchströmte ihn. Der Wächter frönte dem Laster des Rauchens und war nur stehengeblieben, um seine Pfeife anzuzünden. Kurz darauf erklang erneut das Geräusch der gleichmäßigen Schritte.

Bardan hob die Hand zum heißen Gesicht und berührte Schweiß. Mit einem Nasentuch wischte er ihn fort und atmete tief durch, um die an Furcht grenzende Besorgnis aus sich zu verbannen. Clites Schritte wurden leiser, und von der anderen Seite her näherte sich wieder die Frau. Der Wächter hatte aufgrund der Pfeife etwas Zeit verloren und war dem Tor noch immer recht nahe, aber Bardan durfte nicht länger warten. Auf Zehenspitzen trat er vor, schob sich durch den Spalt, holte noch einmal tief Luft — und rannte los. Vor dem Tor wuchs ein großer *Kerra*-Baum, und in seinem Schatten verbarg sich Bardan vor der Frau auf dem Wall. Gleich würden sich die beiden Wächter noch einmal begegnen, und anschließend stapften sie wieder fort vom Tor. Bardan mußte sich gedulden und zitterte in der warmen Nacht, als die Anspannung in ihm zunahm. Über dem Portal trafen sich Mann und Frau, gingen aneinander vorbei und marschierten weiter. Der Kaufmannssohn wandte sich von dem großen Baum ab und stürmte über die Straße zur Wüste. Die Nacht nahm ihn bereitwillig auf, und hinter ihm erklang kein Schrei. Niemand hatte ihn gesehen. *Ich habe es geschafft!* triumphierte er.

Bardan folgte dem Verlauf des Weges, lief, so schnell ihn die Beine trugen. Er war in guter körperlicher Verfassung, doch nur selten hatte er die Stadt während der Nacht verlassen; jetzt hörte er sonderbare Geräusche um sich herum, wurde immer nervöser. Die Unruhe veranlaßte ihn, ab und zu einen Blick über die Schulter zu werfen. Der Wind seufzte zwischen den Dünen, und Nachtvögel krächzten in der Dunkelheit. Hier und dort knisterte es. Es bestand immer die Gefahr, hier Mutanten zu begegnen: Sie verließen ihren Lebensraum im Bereich der Berge, wenn es dort an Nahrung mangelte. Bardan wußte nicht, ob derzeit eine Hungersnot bei den Veränderten herrschte — eine solche Möglichkeit ließ sich nicht ganz ausschließen. Er sah nach vorn, bemerkte jene *Kerra*-Bäume, die eine kleine Oase am Rand der Wüste formten: sein Ziel. Finsternis und eine bedrükkende Stille erwarteten ihn dort. Das blasse Sternenlicht und die Geräusche der Nacht erschienen ihm plötzlich weitaus angenehmer als die Schwärze unter den *Kerra*-Wipfeln. Widerstrebend vertraute er sich dieser besonderen Form von Dunkelheit an, versuchte dabei, völlig lautlos zu sein. Es schien noch finsterer zu werden, und Bardan streckte die Hand aus — trotzdem stieß er gegen einen dicken Baumstamm.

Er taumelte zurück, bekam jedoch keine Gelegenheit, das Gleichgewicht wiederzufinden. Ein Gestalt sprang hinter dem Stamm hervor und stürzte sich auf ihn. Ein erschrockener Schrei löste sich von den Lippen des jungen Mannes, als ihn der Angreifer zu Boden riß, die Hände um seine Unterarme schloß und ihn festhielt. Er begann nun damit, Widerstand zu leisten, wand sich hin und her... Und merkte plötzlich, daß ein süßlicher Duft von der Gestalt ausging, die nun laut lachte.

»Silene!« entfuhr es Bardan. Ärger brodelte in ihm, weil sie seine Furcht gesehen hatte.

»Pscht, pscht.« Sie lachte erneut und rollte sich von ihm herunter. »Du bist zu sehr an das Leben in der Stadt gewöhnt. Woraus man dir kaum einen Vorwurf machen kann. Warte nur, bis dich die Wüste abgehärtet hat. Dann bin ich nicht mehr imstande, dich auf diese Weise zu überraschen.«

Bardan setzte sich auf, strich Sand von der Kleidung und war noch immer verstimmt. Inzwischen gewöhnten sich seine Augen an die Schwärze unter den Bäumen, und er sah die sanften Züge der jungen Frau, umrahmt von einer Kapuze. Er brauchte kein Licht, um an ihr kastanienbraunes Haar erinnert zu werden, an die bezaubernden grünen Augen. Die Angehörigen ihres Stammes hatten von Natur aus helle Haut, doch in den meisten Fällen war sie von der Sonne gebräunt. Silene neigte nun den Kopf zur Seite und lächelte schelmisch.

»Verzeihst du mir?«

Bardan wollte am Zorn festhalten, aber ihr Schmunzeln tilgte den Ärger aus seinem Innern, und er erwiderte es. Die junge Frau warf sich ihm in die Arme, preßte ihn dadurch erneut auf den Boden. Sie küßten sich. Nach einer Weile hob Silene den Kopf. »Ja, ich glaube, du verzeihst mir.«

»Du hast recht«, bestätigte Bardan. »Wie dem auch sei ... Wir müssen uns beeilen. Hier sind wir der Stadt zu nahe. Niemand ist mir gefolgt. Aber wenn jemand feststellt, daß ich nicht im Bett liege und schlafe ...«

»Ja, Liebling. Wir *beide* müssen den Abstand zu unseren Familien vergrößern. Und damit sollten wir jetzt gleich beginnen.« Mit der eleganten Geschmeidigkeit einer Nomadin stand sie auf — zu solch einer fließenden Bewegung war Bardan nicht imstande. Er erhob sich ebenfalls und sah, daß Silene die Hand nach ihm ausstreckte. »Komm. Dort drüben habe ich zwei *Meercans* angebunden.« Sie führte ihn an mehreren Bäumen vorbei, und erneut verzogen sich ihre Lippen zu einem Lächeln. »Sie gehören zu den besten Tieren meines Vaters.«

Bardan schnitt eine Grimasse. »Bestimmt hast du eine gute Wahl getroffen, aber... Dein Vater wird wütend sein.«

»Sie waren für den Mann bestimmt, der zu meinem Lebenspartner werden sollte. Zum Glück hat niemand darauf Anspruch erhoben, und ich möchte, daß du mein Partner wirst. Also stehen die Tiere *dir* zu.« Sie erreichten die beiden gesattelten *Meercans,* die ihre Schnauzen an Silenes Ärmel rieben. »Und du, Liebling? Hast du kein Partnerschaftsgeschenk mitgebracht?«

»Nun, mein Vater besitzt keine *Meercans,* und für seine Handelswaren hätte ich einen großen Karren benötigt. Diese Tasche enthält Proviant. Und außerdem...« Bardan klopfte auf einen Beutel am Gürtel; darin klirrte es leise. »Mein Vater hat Geld. Wir können uns alle erforderlichen Dinge kaufen, wenn wir Andasia erreichen.«

Silene schlang ihm die Arme um den Hals. »Ich habe einen klugen Mann gewählt«, sagte sie.

Das grundlegende Funktionsprinzip des Materie-Antimaterie-Wandlers eines interstellaren Raumschiffs war eigentlich recht einfach, wie alle guten Ideen. Ein Dilithiumkristall hing in der Mitte des Reaktionskerns: Von oben strömte ihm Materie entgegen, von unten Antimaterie. Normalerweise hätten sich die beiden unterschiedlichen Materieformen in einer gewaltigen Explosion vernichtet, aber der Kristall nahm sie auf und verwandelte sie in eine *energetische Substanz,* die dem Triebwerk Warppotential gab. Für gewöhnlich kam es bei dem Umwandlungsprozeß nicht zu irgendwelchen Zwischenfällen, doch unter bestimmten Umständen *konnte* etwas schiefgehen. Es mußte nicht unbedingt bedeuten, daß der Antrieb oder gar das ganze Schiff in Gefahr geriet; manchmal beschränkten sich die Konsequenzen auf Komponenten des Wandlers oder daran angeschlossene Systeme.

Die Nachtschicht im Maschinenraum war wie üblich ruhig, und Scott wählte diesen Zeitpunkt, um den ersten *Enterprise*-Scotch zu brennen. Der sonderbar geformte Destillierapparat war in einem Gewirr aus Rohrleitungen installiert worden, die zu einer speziellen Vorrichtung führten: Sie diente dazu, den Reaktionskern des Materie-Antimaterie-Wandlers zu beobachten und die energetische Stabilität zu überprüfen. Scott behielt recht. Seine Konstruktion fiel tatsächlich niemandem auf, schien ein Teil des allgemeinen Durcheinanders aus Rohren zu sein. Neben der Kontrollvorrichtung entfernte er die Abdeckung eines kleinen Beobachtungsfensters, zog eine winzige (und kaum zu entdeckende) Sonde aus einer speziell vorbereiteten Öffnung. Im Anschluß daran griff er nach dem Trichter, gab Maische und reines Wasser ein — die Basis des Rezepts. Natürlich existierten noch andere Ingredienzen. Scott maß sie sorgfältig und füllte sie in das Rohr. Er schüttete noch etwas Wasser nach, wartete einige Sekunden lang und schnupperte an der Mischung. Ein glückliches Lächeln wuchs auf den Lippen des Schotten. Sein Großvater hatte immer wieder behauptet, daß man die Whisky-Qualität nach dem Geruch der ersten Mischung beurteilen konnte, und dieser Duft stellte erstklassigen Scotch in Aussicht. *Sollen die Leute ruhig von der* Lionheart *schwärmen,* dachte er. *Wenn sie dieses Zeug probiert haben, rühren sie nichts anderes mehr an.* Zufrieden schloß er die Öffnung und setzte den normalen Dienst fort.

Wenige Sekunden später bildete sich im Dilithiumkristall des Wandlerkerns ein hauchdünner Riß. Solche sogenannten ›Kristallfrakturen‹ stellten einen unvermeidlichen Nachteil bei der Verwendung von Dilithium dar, aber glücklicherweise kam es nur selten dazu. Außerdem verfügte jedes Raumschiff über einen ausreichend großen Vorrat an Reservekristallen. In diesem Fall war der Riß so winzig, daß man ihn nur mit einem Mikroskop entdeckt hätte. Während sich die *Enterprise* im Orbit befand, benötigte sie vergleichsweise wenig Energie, was keine besonders großen Belastungen für den Kristall bedeutete. Allerdings: Es wurden einige Gammastrahlen emittiert, und zwar in eine völlig unvorhergesehene Richtung. Sie fanden einen Weg zur Kontrollvorrichtung und entdeckten dort eine winzige Öffnung, durch die sie in das System aus Rohrleitungen gelangten.

Es war eine lange und beschwerliche Reise für die beiden Reiter in der Wüste. Silene blieb zuversichtlich — die Sterne wiesen ihr den Weg —, doch Bardan verlor schon nach kurzer Zeit die Orientierung und mußte seiner Begleiterin blindlings vertrauen. Nun, dies mochte ihre Welt sein, die sie ebensogut kannte wie er seine Heimatstadt. Trotzdem fiel es ihm schwer, das eigene Schicksal voll und ganz in die Hände einer anderer Person zu legen — auch wenn es sich dabei um jene junge Frau handelte, die er liebte. Mehrmals rang er mit Furcht und Zweifel, bis Silene schließlich zu den *Kerra*-Bäumen der Oase deutete. Sie blickte über die Schulter zu ihm, und im Licht der beiden Monde sah er das Lächeln in ihrem Gesicht.

»Hier lagern wir«, sagte sie, als er sein Reittier an ihre Seite lenkte. »Niemand hält sich an diesem Ort auf. Es ist die Winterweide meines Stammes, und derzeit weilt er im Süden von Sendai. Erst in einigen Monaten zieht er hierher.«

Baumwipfel bildeten ein Dach über ihnen, und in der Mitte der Oase fanden sie eine Quelle, die einen kleinen Teich aus Süßwasser speiste. Sie stiegen ab, und Silene reichte Bardan die Zügel, forderte ihn auf, sich um die beiden *Meercans* zu kümmern, während sie das Lager aufschlug. Der junge Mann war nicht daran gewöhnt, auf diese Weise Befehle entgegenzunehmen. Er zögerte zunächst — bis er begriff, daß ihm die leichtere Aufgabe zukam. Rasch wandte er sich den Tieren zu, nahm ihnen die Sättel ab, gab ihnen Wasser und Futter. Unterdessen legte Silene ihre Sachen zurecht, hockte sich neben eine alte Kochgrube und entzündete dort ein Feuer. Sie bereitete eine Mahlzeit vor, und bald nahm Bardan einen Duft wahr, bei dem ihm das Wasser im Mund zusammenlief. Die Nomadin reichte ihm Teller und Tasse, als er sich zu ihr gesellte.

»Meine Güte, ich könnte einen ganzen *Meercan* verdrücken«, sagte er und lächelte. Sie starrte ihn geradezu schockiert an, und er begriff erschrocken, daß er ein Tabu ihres Volkes verletzt hatte: Niemand sprach vom Tod eines *Meercans* — solche Tiere waren viel zu wertvoll. *Meercan*-Fleisch aß man nur, wenn das betreffende Geschöpf so schwer verletzt war, daß es keine Überlebenschance hatte. Der Tod eines derartigen Reittiers kam einem großen Verlust gleich. »Es tut mir leid, Schatz«, sagte er hastig. »Es war nur die Redewendung eines Stadtbürgers. Ich bin hungrig, das ist alles.«

»Wirklich?«

»Ja, Silene. Es käme mir nie in den Sinn, einen *Meercan* zu verspeisen.«

»Ich habe *Ucha*-Fleisch gebraten.«

Bardan probierte einen Bissen, und das köstliche Aroma ließ ihn vor Wonne seufzen. »Es schmeckt hervorragend.«

»Meinst du das im Ernst?«

»Und ob. Ich würde dich nie anlügen.« Er stellte den Teller beiseite und griff liebevoll nach Silenes Hand.

Sie wandte den Blick von ihm ab, gab sich kühl. »Die weisen Frauen meines Stammes sagen: Ein Mann lügt bereits, wenn er so etwas behauptet.«

»Ich stamme aus einem anderen Volk. Und ich dachte, deshalb liebst du mich.«

»O ja.« Sie streifte die gespielte Unnahbarkeit ab und

lächelte strahlend. Plötzlich hatten sie gar keinen Appetit mehr, wünschten sich etwas ganz anderes. Die Schlafrollen und Decken lagen in der Nähe: Es dauerte nur wenige Sekunden, sie auszubreiten, und kurz darauf lagen sie nebeneinander, tauschten erste Zärtlichkeiten aus. Es dauerte nicht lange, bis die Leidenschaft immer heißer in ihnen brannte. Sie liebten sich und waren so sehr auf das Universum ihrer Empfindungen konzentriert, daß sie nicht die leisen Schritte hörten, die sich ihnen näherten.

Seltsame Gestalten sprangen aus der Dunkelheit, zerrten Bardan fort von Silene. Die Wesen zeichneten sich als groteske Silhouetten im matten Mondschein ab. Der junge Mann sah fratzenhafte Gesichter und deforme Gestalten, als man ihn packte. Mutanten. Aus den Augenwinkeln beobachtete er eine Silene, die sich energisch zur Wehr setzte und versuchte, ihr *Dree*-Messer zu ziehen. Doch die Gegner waren in der Überzahl und viel stärker als sie. Silene trat nach den Angreifern, wand sich hin und her, doch schließlich wurde sie überwältigt. Bardan schrie wütend und trachtete danach, sich aus dem Griff der beiden Mutanten zu befreien, die ihn festhielten. Aber so sehr er sich auch bemühte — den Geschöpfen fiel es nicht schwer, ihn festzuhalten. Sie fesselten Bardan und Silene, banden sie dann an den Sätteln ihrer *Meercans* fest. Die Wesen waren mit eigenen Reittieren gekommen, die ebenso seltsam wirkten wie sie selbst: In gewisser Weise ähnelten sie gewöhnlichen *Meercans,* aber es gab auch viele Unterschiede. Die Sprache der Mutanten schien zunächst völlig unverständlich zu sein, doch als Bardan seine ganze Aufmerksamkeit darauf fixierte, glaubte er, den Sinn der einzelnen Lautfolgen zu erfassen. Was er hörte, weckte neuerliches Entsetzen in ihm: Sie ritten zu den Druncara-Bergen, dem Lebensraum der Veränderten — und von dort war noch nie ein Normaler zurückgekehrt.

KAPITEL 8

Als Pike erwachte, kündigte sich der neue Tag als sanftes Glühen am Horizont an, und innerhalb kurzer Zeit wurde goldener Sonnenschein daraus. Der Captain saß im Sand, holte Proviant und Wasser hervor. Während des Frühstücks beobachtete er den Sonnenaufgang und wußte: Von jetzt an mußte er sich von den Lebensmitteln ernähren, die den Bewohnern dieses Planeten zur Verfügung standen. Er ließ nichts von der ersten — und letzten — Ration übrig, faltete das Zelt zusammen und verstaute es im Beutel. Das Lager des Nomadenstamms befand sich knapp zwei Kilometer weiter im Süden, und Pike ging in die entsprechende Richtung.

Während der Nacht hatte ein recht starker Wind geweht, doch jetzt flüsterte und raunte er nur noch. Der Sand der Dünen, die in dieser Landschaft dominierten, bewegte sich nicht mehr. Pike entsann sich an seinen ersten Abstecher auf diese Welt. Der Zufall wollte es, daß der Retransfer während eines Sturms stattfand: Die Böen schufen einen sogenannten ›Sandteufel‹, eine Wolke aus aufgewirbeltem Staub und Sand, und aus dieser Erscheinung trat Pike dem von *Shinsei* Farnah angeführten Stamm entgegen. Das große Nomaden-Oberhaupt Sadar-es hatte sich den Völkern der Wüsten auf die gleiche Weise präsentiert, und auch aus diesem Grund bereitete Farnahs Gemeinschaft dem Fremden einen sehr freundlichen Empfang. Sadar-es war ein Einzelgänger gewesen, ein Eremit, aber aufgrund von Intuition oder Weisheit ahnte er die globale Katastrophe voraus. Er nutzte jede Gelegenheit, um auf den drohenden Atomkrieg hinzuweisen und zu betonen, daß es die Nähe der Städte zu meiden galt. Damals bestanden die ›Stämme‹ nur aus einigen wenigen Personen oder Gruppen, die das Leben auf dem Land vorzogen — man konnte sie mit einfachen Bauern vergleichen. Immer mehr Leute hörten Sadar-es zu, als er mit großem Nachdruck vom Schatten des Todes sprach, der sich auf Areta herabsenkte: Die Spannungen zwischen den beiden Machtblöcken wuchsen, und ein Krieg wurde immer wahrscheinlicher. Viele Aretaner verließen die Städte und wandten sich der Philosophie zu, die der Eremit lehrte. Bevor das nukleare Chaos begann, führte Sadar-es seine Anhänger tiefer in die Wüsten, und dort paßten sie sich dem Nomadenleben an, das ihre Nachkommen auch heute noch führten. Nach dem Atominferno blieb Sadar-es bei seinen Gefolgsleuten, bis aus ihnen die acht bekannten Stämme wurden. Er half ihnen dabei, eine Art Regierung zu bilden, und er lehrte sie alles, was er vom Überleben in der Wüste wußte. Als Einundachtzigjähriger nahm er plötzlich Beutel und Wasserbehälter, um für immer in der Ödnis zu verschwinden.

Zwei urbane Komplexe — Sendai und Andasia — überstanden die Katastrophe. Ihre Bürger nahmen Sadar-es' Warnungen ernst, wollten die Städte jedoch nicht aufgeben: Sie gruben sich tief in den Boden, bauten Bunker und andere unterirdische Anlagen. Dort überlebten sie und kehrten erst an die Oberfläche zurück, als die Radioaktivität auf ein erträgliches Maß gesunken war. Sie leiteten den Wiederaufbau ein, indem sie zunächst einmal ihre Enklaven mit hohen Wällen umgaben, die sie vor den Mutanten und Nomaden — deren Lebensweise ihnen suspekt blieb — schützen sollten. Bei den Städtern war Sadar-es ebenfalls zu einer Legende geworden (seinen Visionen verdankten sie ihr Überleben), aber er galt auch als ein mit den Nomaden in Verbindung stehender Renegat. Die Bürger waren ihm dankbar für die Warnungen — und für den Umstand, daß ihre Ahnen sie nicht ignoriert hatten —, doch sie wünschten sich keine Rückkehr des Propheten.

Viele Geschichten drehten sich um Sadar-es, und in einer hieß es, irgendwann käme ein anderer Seher, um dem Volk eine neue Richtung zu weisen. Als Pike aus dem Sandteufel trat, hielt man ihn für einen Boten des Schicksals, und Ehrfurcht prägte die Reaktionen ihm gegenüber. Er nutzte die Situation nicht aus, ganz im Gegenteil. Mehrmals wies er darauf hin, er sei nur ein einfacher Wanderer, der ohne einen Stamm lebte, sich jedoch ab und zu Gesellschaft wünschte. Er behauptete, in einer Gemeinschaft geboren zu sein, die auf der anderen Seite des Planeten lebte — weit genug entfernt, um zu verhindern, daß jemand seine Angaben überprüfte. (Wie sich später herausstellte, ging Pike dabei von den richtigen Voraussetzungen aus. Farnahs Gruppe war zwar ständig unterwegs, entfernte sich aber nie sehr weit von ihrem Territorium.) Er wies darauf hin, die Einsamkeit zu lieben, weil sie ungestörte Meditationen ermöglichte. Die Nomaden respektierten seine Auskünfte und stellten nur wenige schwierige Fragen. Ganz bewußt verzichtete der Captain auf Bemerkungen, die wie Prophezeiungen klingen mochten, aber bei Gesprächen über Handel zwischen den Stämmen ließ er geschickt Kommentare einfließen, um die Vorteile entsprechender Kontakte mit den Städtern hervorzuheben.

Von Anfang an waren die Nomaden beim Züchten von *Uchas* sehr erfolgreich gewesen. Die recht widerstandsfähigen Tiere brauchten kaum mehr als Sträucher, spärliches Gras, etwas Korn und Wasser, um zu überleben und sich zu vermehren. Sie lieferten Milch, Fleisch und langes, drahtiges Haar, das als Garn Verwendung fand. Die Haut wurde zu Leder gegerbt. Darüber hinaus pflegten begabte Nomaden die Kunst der Weberei und Töpferei. Sie stellten Schmuck her, aus Perlen und speziellen Wüstensteinen; oder sie gingen auf die Jagd, mit falkenartigen Vögeln namens *Torep*, die sie für ihre Zwecke abrichteten. Sie wußten, wie man Nahrungsmittel aus den Sukkulenten sowie anderen wilden Pflanzen und Kräutern gewann. Ihre wichtigsten Waffen — *Dree*-Messer, Speere und Schwerter — stellten Relikte aus der Zeit vor dem nuklearen Inferno dar und wurden vom Vater an den Sohn weitergereicht, von der Mutter an die Tochter. Feuerwaffen hatten ihre Bedeutung verloren, da niemand mehr wußte, wie man sie konstruierte und die notwendige Munition herstellte. Die Entscheidung darüber, wie mit einer bestimmten Waffe nach dem Tod ihres Besitzers verfahren werden sollte, traf man immer mit großem Ernst.

Die Sprache der Nomaden klang sehr angenehm, wie Musik. Sonne und Sterne genügten ihnen, um sich zu orientieren, aber nur der oder die *Makleh* des Stammes konnte lesen und schreiben. Pike verglich den *Makleh* mit einem Schatzmeister: Er oder sie leitete den Handel des Stammes und sorgte dafür, daß Tiere und andere Güter rechtzeitig bezahlt beziehungsweise empfangen wurden. Darüber hinaus hielt die betreffende Person alle Vermögensvereinbarungen in Hinsicht auf Heirat oder Tod fest.

Die Städter dehnten ihren kontrollierenden Einfluß auf die Umwelt allmählich auf das Land in unmittelbarer Nähe der Städte aus. Abgesehen vom hydroponisch angebauten Getreide gab es eine gut funktionierende Landwirtschaft. Die Zucht von kleinen Tieren, Geflügel und Fischen erweiterte das Lebensmittelangebot. Die Bürger in den urbanen Konglomeraten benutzten Wind und Sonnenenergie, um Elektrizität zu gewinnen, und ihr Wasser stammte aus tiefen Brunnen. Fasern von *Strella*-Pflanzen dienten ihnen als Basismaterial für die Produktion von Stoffen, und ihr Papier erinnerte an Papyrus. Sie besaßen große Vorräte an Eisen und Kupfer, verarbeiteten die Metalle zu Werkzeugen und Ziergegenständen, doch Legierungen überstiegen ihre Fähigkeiten. Ein großer Teil des Wissens war verlorengegangen, aber in den beiden Städten existierten Schulen: Dort galt es als erstrebenswert, lesen, schreiben und rechnen zu können, sich zumindest in einer Wissenschaft oder in einem Handwerk auszukennen.

Für einen neutralen Beobachter bestand sicher kein Zweifel daran, daß der Handel Nomaden und Städtern nur Vorteile brachte, aber zunächst mußte die Barriere des gegenseitigen Mißtrauens überwunden werden. Bei seiner ersten Mission gelang es Pike, als Vermittler zwischen Farnahs Stamm und den Bürgern von Sendai zu fungieren — indem er den Nomaden vorschlug, ihr Lager vor Sendais Wällen zu errichten und einen Basar zu veranstalten. Die Städter begegneten den Aktivitäten der Fremden zunächst mit ausgeprägtem Mißtrauen, bis sie feststellten, daß keine feindlichen Absichten damit verbunden waren. Hinzu kam: Von den Lagerfeuern wehte ihnen ein sehr appetitanregender Duft entgegen, und die Waren der Nomaden wirkten überaus interessant. Nach anderthalb Tagen begrüßten Farnah und seine *Makleh* Berendel mehrere Repräsentanten der Kaufleute von Sendai, unter ihnen auch Melkor Aliat. Der ersten Gruppe folgte bald eine zweite und wesentlich größere. Die Händler stellten fest, daß es hier ausgezeichnete Möglichkeiten gab, gute Geschäfte abzuschließen. An jenem Abend zog sich Pike stumm und heimlich zurück: Er hatte eine Kommunikationsbasis geschaffen; den Rest mußte er Nomaden und Städtern überlassen.

Der Captain ließ die damaligen Ereignisse noch einmal Revue passieren, als er nach Süden wanderte, sich von der Sonne den Weg weisen ließ. Bald sah er zwischen den Dünen die aus *Ucha*-Leder bestehenden Zelte, und instinktiv ging er schneller, rechnete mit dem herzlichen Empfang, den die Nomaden einem einsamen Wanderer gewährten, der mit Frieden im Herzen kam.

Statt dessen erwartete ihn Chaos.

Farnahs Stimme ertönte im Hauptzelt, und Pike hörte darin eine Mischung aus Sorge und Zorn. Eine zweite, sanftere Stimme gesellte sich hinzu — sie gehörte Ingarin, Farnahs Frau —, doch das Brüllen des Stammesoberhaupts übertönte die von ihr formulierten Worte. Einige andere Männer klangen ebenfalls aufgebracht. Dutzende von Nomaden bildeten hier und dort kleine Gruppen, blickten zum Hauptzelt, flüsterten miteinander und schüttelte den Kopf. Die *Makleh* Berendel sah Pike und näherte sich mit der traditionellen Willkommensgeste — die rechte Hand berührte den Gürtel, glitt dann in einem weiten Bogen nach vorn und zur Seite, um anschließend mit der Innenfläche nach oben zu deuten. Es war ein deutlicher Hinweis auf die Waffenlosigkeit des Grüßenden.

»Du beehrst uns erneut, *Indallah* Krees.« *Indallah* bedeutete ›Wanderer‹. Der Captain hatte damals nur seinen Vornamen genannt — Chris/Krees —, der ›nomadischer‹ klang als Pike. Berendel fragte sicher nicht danach, wo er so lange gewesen war. Es spielte keine Rolle, wie sehr sie sich derartige Informationen wünschte: Sie mußte warten, bis er aus eigenem Antrieb Auskunft gab.

Mit einem aufrichtigen, bezaubernden Lächeln trat sie ihm entgegen. Berendel war außerordentlich attraktiv: große, nußbraune Augen, eine Adlernase, wie von einem begnadeten Bildhauer gemeißelt wirkende Züge, sonnengebräunte Haut. Pike schätzte die schlanke, drahtige Frau auf gut vierzig.

»Du ehrst mich mit dieser Begrüßung, *Makleh* Berendel«, erwiderte Pike. Vom Hauptzelt her erklang ein neuerlicher wütender Schrei, und er blickte in die entsprechende Richtung. »Ich hoffe, *Shinsei* Farnahs Zelt ist nicht von Problemen heimgesucht worden.«

»Von Problemen und Kummer, Freund Krees«, sagte Berendel. »Seine Tochter verschwand in der vergangenen Nacht.«

Pike erinnerte sich an seinen ersten Einsatz vor vier Jahren. Farnah und Ingarin hatten fünf gesunde Söhne und eine Tochter. »Meinst du die kleine Fee mit den großen dunklen Augen — Silene?«

»Die größte Freude des *Shinsei*«, bestätigte Berendel. »Und nun seine Verzweiflung.« Sie drehte sich um, als Farnah aus dem Zelt stürmte und zu den angebundenen *Meercans* eilte, gefolgt von Ingarin, den fünf Söhnen sowie ihren Frauen. »Komm, ich führe dich zu ihm ...«

»Er ist ganz offensichtlich beschäftigt ...«

»Und das wird er auch bleiben, Indallah Krees.«

Berendel setzte einen Fuß vor den anderen, und es blieb Pike gar keine andere Wahl, als ihr zu folgen. Sie winkte dem *Shinsei* zu, lenkte seine Aufmerksamkeit auf den Besucher. Der große Mann öffnete den Mund, um hingebungsvoll zu fluchen — und rang sich ein Lächeln ab, als er den Neuankömmling erkannte. Gastfreundschaft war wichtig, insbesondere jemandem gegenüber, der sich schon einmal in den Zelten des Stammes aufgehalten hatte. Farnah wandte sich Pike und Berendel zu, als sie näher kamen, und die übrigen Familienmitglieder warteten auf seine Reaktion. Auch er vollführte die Willkommensgeste, und Pike erwiderte sie. »Du beehrst uns wieder«, brummte das Stammesoberhaupt.

»Die Ehre empfange ich von dir, *Shinsei*«, sagte Pike höflich. »Berendel wies mich darauf hin, daß du einen Verlust erlitten hast.«

Diese Worte schürten das Feuer des Zorns in Farnah. »Mein Kind ... Meine liebliche Wüstenblume ... Meine einzige Tochter — entführt!«

Ingarin schüttelte den Kopf und stampfte mit dem Fuß auf. Ganz offensichtlich vertrat sie eine andere Ansicht. »Sie ist *nicht* entführt worden. Von deinen Söhnen weißt du, daß zwei *Meercans* fehlen. Alle anderen Angehörigen des Stammes sind hier und dazu bereit, die Verfolgung aufzunehmen. Ich bin ganz sicher: Unsere Tochter verließ das Lager aus freiem Willen.«

»Warum?« stieß Farnah hervor. »Warum sollte sie einfach so ihr Heim aufgeben, ihre Brüder und Eltern, den Rest der Familie?«

Ingarin sah Berendel an und wechselte einen wortlosen Blick mit ihr, der soviel bedeutete wie *Männer!* Die *Makleh* senkte den Kopf und neigte ihn kurz nach rechts — zwar blieb die Geste nur angedeutet, aber sie brachte trotzdem Ablehnung zum Ausdruck. Daraufhin drehte sich Ingarin zu Farnah um. Sie war fast ebenso groß wie ihr Gemahl, und sie konnte es auch mit seinem Zorn aufnehmen. »Weshalb verläßt eine Frau ihr Heim? Ein *Mann* ist der Grund.«

»Ein Mann? Wer? Nenn mir seinen Namen.«

Ingarins Zeigefinger schien bestrebt zu sein, sich Farnah in die Brust zu bohren. »Erinnerst du dich nicht mehr? Vor drei Weidezeiten waren wir in der Nähe von Sendai. Silene kam schüchtern und unsicher zu uns, brachte kaum den Mut auf, von ihren Gefühlen zu erzählen.«

»Sie meinte, sie hätte sich in einen *Stadt*jungen verliebt!« knurrte Farnah abfällig. Er schien diese Angelegenheit für völlig belanglos zu halten.

»Und du bist wütend geworden, hast Silene verboten, ihn jemals wiederzusehen.«

Der *Shinsei* zuckte mit den Schulter. »Sie versprach Gehorsam, und damit hat es sich. Seit damals versäumte sie es nie, ihre Pflichten als Tochter zu erfüllen.«

Ingarin sah erneut zu Berendel und auch zu Pike, erhoffte sich Hilfe. »Silene hat *gesagt,* daß sie gehorchen wollte. Und sie erweckte den *Eindruck,* zufrieden zu sein. Aber wir sind nur eine halbe Tagesreise von Sendai entfernt, und Silene ...«

»Sie ist von dem verdammten Bengel entführt worden!«

»Sie brach in der vergangenen Nacht auf, weil sie sich nach ihm sehnte. Oder nach einem anderen Mann, was ich jedoch bezweifle. Nun, ich kenne nicht alle Geheimnisse ihres Herzens, aber wem auch immer sie begegnen will: Sie handelte aufgrund einer eigenen Entscheidung. Daran kann doch überhaupt kein Zweifel bestehen.«

»Nach den Spuren zu urteilen, hat unsere Mutter recht, Vater«, ließ sich ein Sohn vernehmen.

Farnah wirbelte zornig um die eigene Achse. Er konnte sich noch immer nicht an die Vorstellung gewöhnen, daß seine Tochter aus freiem Willen fortgeritten war. »Dann hat der Lümmel Silenes Unschuld ausgenutzt, ihr Flausen in den Kopf gesetzt. Bestimmt hegt er ihr gegenüber keine ernsten Absichten. Den Städtern kann man nicht vertrauen.« Er sah zu Pike, und der Captain spürte, wie sich Unbehagen in ihm regte. *Hoffentlich erinnert er sich jetzt nicht daran, daß ich die Handelskontakte zwischen Stadtbürgern und Nomaden befürwortet habe,* dachte er.

Berendel vollführte eine Geste, die Pike galt. »*Indallah* Krees kommt aus der Richtung, die Silene gewählt hat, um das Lager zu verlassen, *Shinsei.* Vielleicht ist ihm etwas aufgefallen.«

Pike dachte an seine Wanderung, und vor seinem inneren Auge betrachtete er memoriale Bilder des Geländes. Die ersten Spuren im Sand hatte er in unmittelbarer Nähe des Lagers bemerkt. »Als gestern der Abend dämmerte, schlug ich mein Zelt etwa zwei Kilometer von hier entfernt auf. Ich bin sehr müde gewesen und sofort eingeschlafen. Während der Nacht habe ich nichts gehört, aber vielleicht lag es an der Erschöpfung. Als ich hierher wanderte ... Die ersten *Meercan*-Spuren sah ich, als mich nur noch wenige Schritte vom Lager trennten.« Pike deutete über die Schulter.

»Du hast geschlafen und überhaupt nichts gehört? Auf diese Weise fordert man den Tod heraus, wenn Mutanten oder Räuber unterwegs sind.«

»Von jetzt an werde ich nicht mehr so tief und fest schlafen, *Shinsei.*«

»Genug damit. Wir folgen den beiden *Meercans,* holen meine ungehorsame Tochter sowie den Jungen ein — wenn sie wirklich zusammen sind. Du hast mit den Händlern gesprochen, nicht wahr, Krees?«

»Als es zu den ersten Kontakten kam, ja.«

»Ich habe nie mit ihnen geredet. Vielleicht kannst du Berendel dabei helfen, mit ihnen zu verhandeln, falls das notwendig werden sollte. Wir müssen Silene zurückbekommen.«

»Ich bin gern bereit, dir zu helfen«, entgegnete Pike. Das Mädchen hatte eine komplizierte Situation geschaffen. *Zusammen mit dem Jungen, wenn Ingarins Vermutungen zutreffen,* fuhr es ihm durch den Sinn. Doch wenn es ihm gelang, Silene heimzubringen oder eine für alle Beteiligten zufriedenstellende Lösung des Problems zu finden ... Dann gerieten die vielversprechenden Handelsbeziehungen zwischen Farnahs Gemeinschaft und den Städtern von Sendai vielleicht nicht in Gefahr. Der Stamm zögerte nie, Fremde aufzunehmen, und oft wurden die neuen Verbindungen durch Heirat geschaffen. Aber Pike wußte nichts von dem jungen Mann und seinen Motiven — Farnah schien kaum bereit zu sein, ihn mit offenen Armen zu empfangen. Und wenn es ihm nicht gelang, sich an die Lebensweise des Stammes anzupassen ... Dann mußte er damit rechnen, verstoßen zu werden, was Schande für Silene bedeutete. Und auch für ihren Vater, der dadurch einen Teil seiner Ehre und vielleicht sogar die Führungsposition verlor.

Pike entsann sich an den Wind während der Nacht, aber seine Befürchtungen erfüllten sich nicht: Die von den beiden *Meercans* zurückgelassenen tiefen Spuren waren noch immer deutlich sichtbar — wenn man mit den Augen eines Nomaden nach ihnen Ausschau hielt. Berendel und Pike schwangen sich auf die Rücken von *Meercans,* begleiteten Farnah und seine Söhne. Ingarin würde später mit den anderen Familien und Herden folgen.

Zuerst führten die Spuren fast direkt nach Sendai. Zwischen der Stadt und dem Lager der Nomaden erstreckte sich kein erkennbarer Weg, und dieser Umstand schien Ingarins Meinung zu bestätigen. Alles deutete darauf hin, daß Silene zwei *Meercans* genommen hatte — »Die besten Tiere aus Farnahs Besitz«, teilte Berendel Pike mit —, um nach Sendai zu reiten und dort jemanden zu treffen.

Doch dann wandten sich die Spuren nach Osten, fort von der Stadt. Farnah beriet sich mit seinen Söhnen, und er beteiligte auch Pike an dem Gespräch.

»Vielleicht hat jemand anders die Tiere gestohlen und Silene entführt«, spekulierte der jüngste Sohn namens Neepah.

»Alle Angehörigen des Stammes waren im Lager zugegen«, wandte Pike ein. »Und diese Spuren zeigen, daß niemand aus der Stadt kam.«

Die Männer nickten, und schließlich erklang die Stimme des ältesten Sohnes Durlin. »Vater, wenn wir den Weg in diese Richtung fortsetzen, gelangen wir zur Oase Antorin.«

»Ja, ich weiß«, brummte Farnah. »Aber warum sollte Silene zu unserem Frühjahrslager reiten, wenn es ihr darum geht, sich mit dem Stadtjungen zu treffen?«

»Die Oase ist nicht sehr weit von der Stadt entfernt«, sagte Berendel. »Man kann sie von dort aus zu Fuß erreichen. Ein geeigneter Treffpunkt.«

»Man hat Silene dorthin*gelockt*«, zischte Farnah. »Mit großen Versprechen, die sie veranlaßten, den Gehorsam ihrem Vater gegenüber zu vergessen.«

Berendel beugte sich zu Pike vor. »Große Versprechen«, wiederholte sie leise. »Oder große Liebe.«

»Du hast im Stamm viele Ehen gestiftet, *Makleh*. Glaubst du an die Liebe?«

Die Frau lächelte. »Das Mädchen ist alt genug, um eine feste Bindung einzugehen, und mehrere junge Männer waren interessiert. Niemand sprach von Liebe, nur von Größe und Wert der Mitgift. Der Mutter gegenüber erwähnte Silene ihre Gefühle für den Stadtjungen. Aus welchem Grund ist sie *deiner* Meinung nach fortgeritten?«

Pike nickte. »Ich glaube, du hast recht.«

Es war später Nachmittag an Bord der *Enterprise* — eine ruhige Zeit. Das Raumschiff befand sich nach wie vor im Standard-Orbit, was praktisch keine Navigation und nur wenige Kontrollen der Instrumente erforderte. Meadows hoffte, daß ihm die ruhige Ereignislosigkeit zum Vorteil gereichte. Er ging ein enormes Risiko ein, doch er hielt es für gerechtfertigt. Der Sicherheitswächter vor dem Zugang der Schutzkammer warf ihm einen prüfenden Blick zu, als er sich näherte. Meadows erkannte ihn: Reed, ein Mann, der seinen Dienst sehr ernst nahm und dem es nicht an Erfahrung mangelte. Dadurch wurde alles noch schwieriger. Trotzdem hielt der Geologe an seinem Plan fest.

»Guten Tag, Sir«, grüßte der Sicherheitswächter höflich.

»Hallo, Reed«, erwiderte Meadows lässig. »Ich bin gekommen, um Vulkans Ruhm zu holen.«

Reed runzelte die Stirn, doch Meadows reichte ihm bereits das mitgebrachte Klemmbrett. »Captain Pike hat mich ermächtigt, den Edelstein zu untersuchen und für den Bibliothekscomputer zu dokumentieren. Ich möchte ihn messen, wiegen, holographieren und so weiter.«

»Ich verstehe, Sir.« Reed sah auf eine schriftliche Order hinab, die vom Captain unterschrieben war.

Meadows spürte, wie ihm ein Schweißtropfen über die Brust rann, und er hoffte inständig, daß man ihm seine wachsende Nervosität nicht ansah. Stundenlang hatte er gearbeitet, um Pikes Unterschrift von einer Routine-Anweisung zu kopieren. Der Vorname ›Christopher‹ bestand aus wie gekritzelt wirkenden Wellenlinien, die von einem großen C ausgingen. Der Nachname ›Pike‹ war energischer geschrieben, als hätte er mehr Bedeutung.

Reed sah auf und lächelte. »Es scheint alles in Ordnung zu sein, Sir.« Er drehte sich um, schirmte das Code-Modul neben dem Schott mit seinem Körper ab und betätigte mehrere Tasten. Die schwere Tür schwang auf, und Reed betrat die Kammer. Kurz darauf kehrte er mit einem Behälter zurück, der Vulkans Ruhm enthielt. »Hier haben wir das Prachtstück, Commander Meadows.«

Der Geologe nahm den Smaragd entgegen und wandte sich ab. »Commander...« Reeds Stimme ließ ihn geradezu erstarren. »Wann bringen Sie den Kristall zurück? Bitte nennen Sie mir einen Zeitpunkt für den Bericht.«

»Oh. O ja, natürlich. Nun, ich glaube, drei Stunden müßten genügen. Aber vielleicht dauert's auch ein wenig länger. Können Sie mir Vulkans Ruhm so lange überlassen?«

»Ja, Sir.« Reed lächelte einmal mehr und hob die Hand kurz zur Stirn. »Seien Sie aber vorsichtig damit.«

»Selbstverständlich.« Meadows ging fort, hielt den Behälter dabei in der linken Hand. Der Kristall gehörte ihm, zumindest für eine Weile; er konnte ihn ganz allein untersuchen, ohne daß sich jemand anders einmischte. Mehr wünschte er sich nicht. Später erkannte Pike sicher den Wert der Analysen. Bestimmt gab er nicht den Befehl, die aufgezeichneten Daten zu löschen. Er würde verstehen, warum Meadows seine Unterschrift gefälscht hatte. Der Zweck heiligt die Mittel — eine alte terranische Redewendung.

Dr. Philip Boyce lehnte sich im Kontursessel zurück und sah zur Decke der Krankenstation. Sein Gesicht zeigte eine Mischung aus Glückseligkeit und Entzücken, und der Grund dafür war das Glas in der einen Hand. Er blickte zum Chronometer, nickte sich selbst zu und schaltete das Interkom auf dem Schreibtisch ein.

»Boyce an Brücke.«

»Hier Nummer Eins. Was ist los, Doktor?«

»Ihr Dienst endet in genau einer Minute, stimmt's?«

Boyce konnte fast sehen, wie der Erste Offizier die Stirn runzelte und sich fragte, worauf er hinauswollte. »Das stimmt, Doktor.« Die Stimme klang neutral. »Und da Sie darüber Bescheid wissen ... Vermutlich möchten Sie sich nicht nach der aktuellen Zeit erkundigen.«

»In der Tat. Jetzt fragen Sie sich: Was will der Kerl? Na, habe ich recht?«

»Ich würde eine andere Formulierung wählen, aber im großen und ganzen kann ich Ihnen nicht widersprechen.«

»Nun, ich bin bereit, Ihre Neugier zu befriedigen. Wenn Sie Ihren Dienst in ...« Boyce sah noch einmal zum Chronometer. »Wenn Sie Ihren Dienst in dreißig Sekunden beenden, so besuchen Sie mich bitte in der Krankenstation. Ich lade Sie hiermit zu einem sehr wichtigen wissenschaftlichen Experiment ein.«

Eine kurze Pause. Dann sagte Nummer Eins: »Offenbar sind Sie nicht der Ansicht, daß Mr. Spock für so etwas besser geeignet ist — ein Umstand, der mich ein wenig erstaunt.«

»Spock muß bis zu seiner Beförderung warten. An solchen Experimenten dürften nur Erste Offiziere teilnehmen.«

Diesmal war die Pause etwas länger. »Ich werde in fünf Sekunden abgelöst, Doktor. Anschließend mache ich mich sofort auf den Weg zu Ihnen.«

Boyce grinste jungenhaft. »Ich warte auf Sie.« Er desaktivierte das Interkom und lehnte sich zurück. Knapp zwei Minuten später glitt das Schott der Krankenstation auf, und Nummer Eins kam herein. Sie blickte zu den Diagnoseliegen — derzeit wurden keine Patienten behandelt —, durchquerte den Raum und näherte sich der

Tür des Büros. Von dort aus sah sie den Arzt. Und das Glas in seiner Hand. »Was hat es mit dem wissenschaftlichen Experiment auf sich?« fragte sie.

Er hob das Glas. »Die erste Produktion der neuen Mission.«

Ein Schmunzeln zuckte in den Mundwinkeln der Frau, und in ihren Augen leuchtete es amüsiert. Sie betrat das Büro, setzte sich auf die Schreibtischkante. »Nett von Ihnen, mich dazu einzuladen, Phil.«

»Normalerweise genießen Chris und ich den ersten Trunk zusammen, aber da er nicht hier ist, gebührt die Ehre dem Ersten Offizier.« Er holte ein zweites Glas aus einem Arzneischrank und füllte es zur Hälfte.

»Seien Sie nicht so knauserig.«

»Warten Sie, bis Sie das Zeug probiert haben, bevor Sie Vorwürfe gegen mich erheben. *Skål, Prosit, à votre santé,* hoch die Tassen.«

Nummer Eins lachte leise, prostete dem Arzt zu und trank einen Schluck von der klaren Flüssigkeit. Einige Sekunden später riß sie die Augen auf, und das Brennen in ihrer Kehle hinderte sie daran, ein verständliches Wort zu formulieren. Boyce musterte sie gutmütig, und schließlich brachte die Ilyrianerin hervor:

»Was *ist* das?«

»Schmeckt gut, nicht wahr?«

»Gut? Es schmeckt viel besser als nur gut. Diese Flüssigkeit kommt ... Ambrosia gleich. Auf dem Weg zum Magen scheint sie fast tödlich zu sein, aber dann verwandelt sie sich in etwas Himmlisches.« Mit großem Respekt blickte Nummer Eins in ihr Glas. »Hervorragend. Wem haben wir das zu verdanken?«

Boyce drehte sein eigenes Glas hin und her, während er nachdachte. »Nun, so etwas genießen wir nun zum erstenmal, woraus folgt: Einer der Neuen steckt dahinter. Was meinen Sie?«

»Hmm. Vermutlich jemand aus dem Maschinenraum. Es gehören zwei oder drei neue Techniker zu Caitlins

Truppe.« Nummer Eins trank einen zweiten Schluck, und das Brennen in der Kehle wiederholte sich. »Besser als das Schwarzgebrannte von der *Lionheart.*«

»Was mag drin sein?«

»Danach sollte man besser nicht fragen, wenn's um Maschinenraum-Schnaps geht.«

»Na schön. Ich schlage vor, wir lassen es uns einfach schmecken.«

Sie stießen an und leerten ihre Gläser.

Am späten Nachmittag erreichte Farnahs Gruppe die Oase Antorin. Als ihnen der Schatten von *Kerra*-Bäumen Kühle brachte, hörten sie Stimmen, die vom Teich her erklangen. Pike bemerkte mehrere Pedal-Fahrzeuge am Rand der Oase. Die Nomaden stiegen ab und näherten sich der Quelle, bereit dazu, ihre *Dree*-Messer zu ziehen. Pike und Berendel folgten ihnen.

Die Männer am Teich stammten ganz offensichtlich aus der Stadt. Pike erkannte einen der Kaufleute wieder, die er vor vier Jahren kennengelernt hatte: Melkor Aliat. Er war ebenso groß wie Farnah, zeichnete sich jedoch durch eine ganz andere Statur aus — das Leben in der Stadt stellte geringere Anforderungen an den Körper. Sein Gesicht wirkte aristokratisch, und in den dunklen Haaren zeigten sich graue Strähnen. In den braunen Augen sah Pike einen intelligenten Glanz.

Zornig wandte sich Aliat den Nomaden zu.

»Ihr kehrt zum Tatort zurück, wie? Wo ist mein Sohn? Was habt ihr mit ihm angestellt?«

»Dein Sohn?« erwiderte Farnah scharf. »Dein Sohn interessiert uns nicht.« Er drehte sich zu Berendel und Pike um. »Sprecht ihr mit ihm.«

Aliat trat auf das Stammesoberhaupt zu und ignorierte die anderen Personen. »Ich habe es Bardan streng verboten, sich mit dem Nomadenmädchen zu treffen.« Er schnaufte verächtlich. »Der Jung ist naiv und glaubt, verliebt zu sein. Ich dachte, die Sache sei schon seit Monaten erledigt — seit jenem Tag, als ich ihm befahl, das Mädchen zu vergessen. Aber in der vergangenen Nacht verließ er die Stadt, und wir folgten seiner Spur bis hierher. Dies ist deine Oase, *Shinsei* Farnah. War es deine Tochter, die ihm den Kopf verdrehte und zum Ungehorsam dem eigenen Vater gegenüber aufforderte?«

»*Was?*« donnerte Farnah. »Es käme Silene nie in den Sinn ...«

»Deine Leute haben meinen Sohn verschleppt.«

»Nein ...!«

Pike und Berendel schoben sich zwischen die beiden schreienden Väter, um sie mit sanftem Nachdruck voneinander zu trennen, wobei es ihre Würde zu achten galt. »*Shinsei* Farnah, Kaufmann Aliat — bitte. Auf ein ruhiges Wort.« Die Männer traten einige Schritte zurück und starrten sich finster an.

»Wir sollten vernünftig bleiben«, sagte Berendel in einem beschwichtigenden Tonfall. »Ich bin die *Makleh* von *Shinsei* Farnahs Stamm, und ich glaube, hier müssen zwei Seiten berücksichtigt werden.«

Pike sprach leise mit Durlin, der sich in der Oase umgesehen hatte, und nach der kurzen Unterredung wandte er sich an die Väter. »Zwei Seiten, in der Tat. *Shinsei* Farnah, dein eigener Sohn hat die Spuren untersucht, und er gelangte dabei zu folgendem Schluß: Silene brachte zwei *Meercans* von deinem Lager hierher. Jemand — vermutlich Bardan — kam aus der Richtung von Sendai, und anschließend brachen zwei Reiter auf, entfernten sich von der Stadt.«

»Das stimmt, Vater«, sagte Durlin. »Sieh dir die Spuren selbst an. Sie sind noch immer gut zu erkennen, obgleich die Städter ihre eigenen hinzugefügt haben.«

Farnah und Aliat wechselten einen weiteren zornigen Blick — offenbar waren sie nicht bereit, ihren jeweiligen Standpunkt aufzugeben. Pike sah Berendel an und nickte ihr zu. »Bardan und Silene waren hier miteinander verabredet«, sagte die *Makleh*. »Niemand wurde verschleppt. Sie sind gemeinsam aufgebrochen, aus freiem Willen.«

»Bestimmt hat dein Sohn alles geplant!« warf Farnah dem Händler vor. »Meine Tochter ist viel zu anständig und ehrenhaft, um ...«

»Ehrenhaft? Mein schüchterner, unerfahrener Sohn hat überhaupt keine Ahnung von der Wüste. Nur der unheilvolle Einfluß deiner Tochter ...«

»Ich *bitte* euch!« rief Pike. Der Kaufmann aus Sendai verstummte und durchbohrte Farnah mit einem wütenden Blick. Aber wenigstens schwieg er, hörte dem vermeintlichen Krees ebenso zu wie das Stammesoberhaupt. »In diesem Fall trifft niemanden Schuld. Ich glaube, Bardan und Silene haben sich ineinander verliebt. Sie beschlossen, dem Willen ihrer Väter keine Beachtung zu schenken und zusammenzusein. Jetzt gilt es, folgende Frage zu klären: Sollen sie auch weiterhin zusammenbleiben und vielleicht heiraten?« Ein synchrones ärgerliches Brummen ertönte von Farnah und Aliat. Pike schüttelte den Kopf. »Eure Besorgnis in Hinsicht auf das Wohlergehen von Tochter und Sohn ist durchaus verständlich, aber derzeit kann kaum etwas unternommen werden. Ich bin bereit, Bardan und Silene zu folgen, sie zurückzubringen. Zweifellos sehen sie ein, daß es kein guter Anfang für eine Ehe sein kann, von den jeweiligen Familien und Pflichten fortzulaufen. Vorausgesetzt natürlich, daß es tatsächlich zu einer Ehe kommt. Es liegt bei euch Vätern, mit Hilfe der *Makleh* eine für beide Seiten akzeptable Heiratsvereinbarung zu treffen.« Pike zögerte und musterte die beiden Männer. Sie starrten sich noch immer an, schienen jedoch etwas ruhiger zu sein als vorher.

Farnah wandte sich an Durlin. »In welche Richtung führen die Spuren?«

»Zu unserer Winterweide bei der Oase von Tisirah, Vater.«

»Hmm ...«, murmelte Farnah. »Silene wählt Orte, die

sie kennt und wo es Wasser gibt.« Er sah zu dem Städter. »Was meinst du, Kaufmann Aliat? Sollen wir *Indallah* Krees beauftragen, unsere Kinder zur Vernunft zu bringen?«

»Ja«, erwiderte der Händler. »Und was mich betrifft ... Ich begleite ihn.«

»Ich ebenfalls.«

Pike zuckte innerlich zusammen. Allein wäre es ihm möglicherweise gelungen, die beiden jungen Leute zur Rückkehr zu bewegen, damit sie in der Heimat versuchen konnten, die Differenzen zwischen ihren Familien zu überwinden. Aber in der Präsenz ihrer Väter schalteten sie vielleicht einfach auf stur. »Kommst du mit uns, *Makleh* Berendel? Vielleicht brauchen wir deine Dienste als Mittlerin.«

Berendel neigte den Kopf und preßte kurz die Handflächen aneinander — eine Geste der Zustimmung. Nur Pike sah ihren Gesichtsausdruck, das angedeutete Lächeln und ein heiteres Funkeln in den Augen: Sie erwartete nicht nur Probleme, sondern auch eine recht amüsante Situation.

T'Pris setzte den Springer auf die zweite Ebene des dreidimensionalen Schachspiels und blickte zu Spock. Er nickte anerkennend — dieser Zug brachte seinen Läufer in Gefahr. Die rechte Hand der jungen Vulkanierin kroch am Kubus vorbei und berührte Spocks Finger. Er hielt sie sanft fest, hob sie an die Lippen und vergaß die Partie. Für heute war ihr Dienst vorbei; eine lange Nacht stand bevor.

Sie lächelte und stand auf, zog den Zweiten Offizier mit sich. Seite an Seite schritten sie zum Bett, und dort verharrte T'Pris, strich Spock durchs Haar und zupfte ihm einige Strähnen in die Stirn. Er wollte sie zurückstreichen, doch statt dessen tasteten seine Hände nach dem Zopf, der auf T'Pris' Haupt eine Art Krone bildete. Er löste ihn behutsam, zog die Schleifen fort, und sie schüttelte das bis zu den Hüften reichende Haar frei. Nur wenige Sekunden später sanken sie beide aufs Bett, streckten sich darauf aus. Spock lächelte wie verträumt, hob die rechte Hand mit gespreizten Fingern zum vulkanischen Gruß, den T'Pris erwiderte. Als sich die Fingerkuppen berührten, spürte der Zweite Offizier, wie ihn Wärme durchflutete. Ihre Blicke begegneten sich, und dem visuell-physischen Kontakt gesellte sich ein mentaler hinzu. Er dehnte seine Ich-Sphäre dem anderen Selbst entgegen.

T'Pris öffnete sich für ihn, hieß ihn willkommen. Eine Mentalverschmelzung begann, vereinte das Denken und Fühlen. Spock spürte das Zittern der Erregung im Wesenskern der jungen Vulkanierin, und ein emotionales Echo dieses Empfindens hallte in ihm wider. Es berührten sich nicht mehr nur die Fingerspitzen, als er nach den schmalen Händen griff.

Ihr Ich wurde kühner in der mentalen Einheit, entwickelte Sonden, die weiter vordrangen, durch die tieferen Schichten in Spocks Bewußtsein. Gleichzeitig fühlte er ihr Zögern: T'Pris hielt sich zurück, setzte nicht ihr ganzes vulkanisches Potential ein, fürchtete offenbar, ihn damit zu verletzen. Spock räumte ihre Besorgnis mit ruhigen, zärtlichen Gedanken aus, bat um mehr und schlug eine vollständige geistige Einheit vor, die nichts ausklammerte. Als sie auf diesen Wunsch zu reagieren begann, piepte plötzlich das Interkom, und die Stimme des Ersten Offiziers drang aus dem Lautsprecher.

»Mr. Spock, bitte kommen Sie sofort ins geologische Laboratorium. Ich warte hier auf Sie.«

Spocks Finger drückten T'Pris' Hand, bevor er sich erhob und eine Taste des Kom-Geräts auf dem Tisch betätigte. »Ich bin in fünf Minuten bei Ihnen.«

»In Ordnung. Nummer Eins Ende.«

Spock wandte sich an T'Pris, ein Versprechen in den Augen. »Um was auch immer es geht: Ich kehre so bald wie möglich zurück.«

»Ich warte auf dich.«

»Warte so, wie du jetzt bist.«

T'Pris streckte sich katzenartig auf dem Bett. »Wie du wünschst, Gebieter meines Herzens.«

Diese Worte lösten einen emotionalen Schock in Sareks Sohn aus. Er erbebte innerlich, bis hin zur Grundfeste seines Ichs, und für einige Sekunden verschlug es ihm die Sprache. Es handelte sich um eine traditionelle Redewendung, die häufig von Eheleuten und Verlobten benutzt wurde. T'Pring hatte sie nie formuliert. Und hinzu kam: T'Pris meinte es ernst. Spock sah es in ihren Augen — der warme Glanz in den dunklen Pupillen kündete von Liebe.

»Ich bin bald wieder da, Gebieterin meines Herzens.«

»Laß dir nicht zuviel Zeit.«

Er strich hastig die Uniform glatt und verließ das Zimmer.

Das geologische Laboratorium kannte Spock nicht besonders gut, denn er hatte noch keine Gelegenheit gefunden, eng mit den hier tätigen Wissenschaftlern und Technikern zusammenzuarbeiten. Als er den Raum erreichte, traf er nicht nur Nummer Eins an, sondern auch Dr. Boyce und Orloff, den Leiter der Sicherheitsabteilung. Ein weiterer Mann stand neben der Tür und schien sich alles andere als wohl zu fühlen. Spock warf ihm einen neugierigen Blick zu, als er das Labor betrat, wandte sich dann an den Ersten Offizier. Die Ilyrianerin kam seiner Frage zuvor und deutete auf einen der langen Arbeitstische.

Lieutenant Commander Meadows lag dort auf dem Rücken und starrte an die Decke. Spock wußte sofort, daß der Geologe tot war.

Er wandte sich an Nummer Eins.

»Meadows teilte seinem Assistenten Sandson mit, daß er während dieser Schicht keine Hilfe benötigte. Zunächst genoß er die zusätzliche Freizeit, doch dann kamen ihm Bedenken. Vor einer Viertelstunde sah er hier nach dem Rechten — und fand Meadows auf diese Weise vor.«

»Ich nehme an, es führten keine ›normalen‹ Ursachen zu seinem Tod.«

»Das stimmt«, bestätigte Boyce mit bedeutungsvoller Miene. »Meadows wurde ermordet.«

»Warum?«

»Wir sind hier, um eine Antwort auf diese Frage zu finden. Der Mann war völlig harmlos — ein Wissenschaftler, der sich ausschließlich um seine eigenen Angelegenheiten kümmerte, für den praktisch nur die Arbeit existierte. Wem sollte daran gelegen sein, ihn umzubringen? Und aus welchem Grund?«

KAPITEL 9

Spock sah sich aufmerksam im Labor um und wandte sich dann an Orloff. »Offenbar hat kein Kampf stattgefunden.«

»Was den Schluß zuläßt, daß Meadows den Mörder kannte.« Der Sicherheitsoffizier nickte. »Es ist mir ebenfalls aufgefallen.«

»Da sich niemand an Bord des Schiffes gebeamt hat, muß der Täter zur Crew gehören«, stellte Nummer Eins ernst fest. »Das gefällt mir ganz und gar nicht. Normalerweise gibt es keine Mörder in Starfleet.«

»Vielleicht wurde das Verbrechen aufgrund intensiver Emotionen verübt«, vermutete Spock.

»Leidenschaft kann's kaum gewesen sein«, meinte Boyce trocken. »Meadows interessierte sich nur für seine Steine.«

Nummer Eins bedachte ihn mit einem tadelnden Blick. »Einen derartigen Sarkasmus halte ich für unangebracht, Doktor. Haben Sie festgestellt, auf welche Weise der Geologe starb?«

»Ja. Es ist ganz einfach: Meadows wurde erdrosselt.«

Eine dünne Falte entstand in Spocks Stirn. Er hatte sich Meadows' Leiche nur kurz angesehen, aber jetzt erlebte er etwas, das Menschen häufig als ›Ahnung‹ bezeichneten — eine intuitive Erkenntnis. »Entschuldigen Sie bitte, Doktor. Haben Sie etwas dagegen, wenn ich den Leichnam ebenfalls untersuche?«

»Nein, natürlich nicht.«

Boyce trat beiseite, und Spock beugte sich über den

Körper. Seine Aufmerksamkeit galt insbesondere dem Hals des Toten. Vorsichtig drehte er den Kopf, um auch einen Blick auf den Nackenansatz zu werfen.

Nummer Eins näherte sich ihm. »Haben Sie etwas gefunden?«

»Dieser Mann wurde auf eine ganz besondere Weise erdrosselt«, erwiderte Spock.

»Wie meinen Sie das?«

»Ich spreche von einer vulkanischen Tötungsmethode.«

Nummer Eins wölbte skeptisch die Brauen. »Existiert so etwas? Ich dachte, die Vulkanier sind friedlich und logisch, lehnen Gewalt ab.«

»Sie haben recht — soweit es die *heutigen* Vulkanier betrifft«, sagte Spock. »Aber unsere Geschichte kennt auch kriegerische Bewohner Vulkans. Zu den damals praktizierten Nahkampftechniken gehören auch mehrere Methoden, einen Gegner mit bloßen Händen umzubringen. Mit *Tal-shaya* kann man jemandem das Genick brechen, und *Lan-dovna* eignet sich dazu, den Gegner mit einer Hand zu erdrosseln. Das entsprechende Wissen wird auch heute noch vermittelt, dient jedoch nur der Selbstverteidigung. Vulkanier rechnen nicht damit, auf einem Föderationsplaneten angegriffen zu werden, aber sie halten es trotzdem für angemessen, auf alles vorbereitet zu sein.«

»Ich bezweifle, ob Meadows jemals dumm genug war, einen Vulkanier zu bedrohen«, sagte Nummer Eins fest.

»Ich pflichte Ihnen bei. Aber es geht hier nicht um Bedrohungen und dergleichen, sondern um die Umstände, die zum Tod des Geologen führten. Noch nie zuvor habe ich ein Opfer des *Lan-dovna* gesehen, aber die Anzeichen sind eindeutig.«

Der Erste Offizier wandte sich an Boyce. »Sind Sie ebenfalls dieser Ansicht, Doktor?«

»Ich weiß nichts von der ›Tötungsmethode‹, die

Spock eben erwähnte, aber die Druckmale an Meadows' Hals sind unübersehbar. Er wurde mit nur einer Hand erdrosselt. Mit der rechten, um ganz genau zu sein.«

»Sind auch Nichtvulkanier zum *Lan-dovna* imstande?« fragte Nummer Eins.

»Das halte ich für sehr unwahrscheinlich. Und selbst wenn eine solche Person existiert: Sie befindet sich bestimmt nicht an Bord der *Enterprise.*« Spock zögerte, bevor er ruhig fortfuhr: »Bitte erlauben Sie mir die Bemerkung, daß Vulkanier beiderlei Geschlechts schon als Kinder in den entsprechenden Verteidigungsmethoden unterwiesen werden. Anders ausgedrückt: Tatverdächtig sind in erster Linie die vulkanischen Mitglieder der Besatzung.«

»Ich verstehe. Danke, Mr. Spock. Ihre Informationen sind sehr nützlich. Vielleicht brauchen wir bei den Ermittlungen noch einmal Ihre Hilfe.«

»Ich muß darauf hinweisen, daß auch ich zu den Verdächtigen gehöre.«

»Zur Kenntnis genommen.«

Sicherheitsoffizier Orloff hatte sich bisher darauf beschränkt, dem Gespräch stumm zuzuhören. Jetzt stieß er sich von der Wand ab und sagte: »Wir müssen sofort den Captain verständigen.«

»Nein.« Nummer Eins schüttelte den Kopf und kam Orloffs Protest zuvor, indem sie die Hand hob. »Captain Pike hat verboten, daß wir uns mit ihm in Verbindung setzen, solange er auf Areta weilt. Entsprechende Versuche könnten ihn in Gefahr oder zumindest in Verlegenheit bringen. Wir müssen warten, bis er sich meldet. Solange wir nichts von ihm hören, leite ich die Ermittlungen bei diesem Mordfall.«

»Was ist mit Motiven, Nummer Eins?«

»Dieser Aspekt des Verbrechens bleibt zunächst unseren Spekulationen überlassen, Commander. Vielleicht handelte es sich gar nicht um vorsätzlichen Mord. Wie dem auch sei: Wir verhören alle Vulkanier an Bord dieses Schiffes. Früher oder später gelingt es uns sicher, den Täter zu identifizieren.«

T'Pris lächelte sanft, als Spock zurückkehrte, doch sie wurde sofort ernst — sein Gesichtsausdruck wies darauf hin, daß etwas nicht stimmte. »Was ist los?«

»Lieutenant Commander Meadows wurde ermordet.«

»Ermordet?«

»Vor ungefähr zwei Stunden, schätzt Dr. Boyce. Die Leichenstarre hat noch nicht eingesetzt. Der Körper ist gerade erst kalt geworden.«

T'Pris senkte voller Mitgefühl den Blick und dachte an jenen Mann, der sie gebeten hatte, beim Captain Fürsprache für ihn einzulegen. Vielleicht hatten sich persönliche Gründe — Ehrgeiz, Karrieredenken und dergleichen — hinter seinem Anliegen verborgen, aber es war ihm auch darum gegangen, die Bewohner der Föderationswelten über Vulkans Ruhm zu informieren, sie an der Pracht des Kristalls und seiner historischen Bedeutung teilhaben zu lassen. »Ich bin ihm nur einige Male begegnet, doch dabei gewann ich einen positiven Eindruck von ihm. Er erschien mir als guter Wissenschaftler und fähiger Offizier ...«

»Ich weiß, T'Pris. Nun, das ist noch nicht alles: Er wurde von einem Vulkanier ermordet.«

»Nein. Unmöglich.«

»Es kann kein Zweifel daran bestehen. Der Täter verwendete die *Lan-dovna*-Methode.«

T'Pris starrte Spock schockiert an. »Aber sie dient einzig und allein zur Selbstverteidigung. Und Meadows hätte bestimmt niemanden angegriffen. Er neigte nicht zu Aggressivität, und man kann wohl kaum behaupten, daß er sich durch eine sehr kräftige Statur auszeichnete. Unter solchen Umständen wäre es absurd gewesen, einen Vulkanier anzugreifen.«

»Trotzdem: Der Täter erdrosselte ihn mit einer Hand,

benutzte dabei das *Lan-dovna.* Nichts deutet auf einen Kampf hin. Vielleicht hat Meadows niemanden angegriffen. Vielleicht verhält es sich genau umgekehrt. Möglicherweise wurde er das Opfer eines Angriffs.«

»Warum sollte ausgerechnet ein Vulkanier bestrebt sein, jemanden wie Meadows zu ermorden?«

»Nummer Eins und der Sicherheitsoffizier Orloff werden sicher nichts unversucht lassen, um eine Antwort auf diese Frage zu finden. Allerdings ...« Spock zögerte, und seine Lippen formten ein Lächeln. »Es dürfte noch eine Weile dauern, bis sie beschließen, uns beide zu verhören.« Er streckte die Hände nach T'Pris aus, und sie erwiderte das Lächeln, berührte seine Fingerkuppen.

Nummer Eins und Orloff begannen unverzüglich mit den Ermittlungen. Ganz oben auf ihrer Prioritätenliste standen erste Gespräche mit den siebzehn Vulkaniern an Bord; abgesehen von Spock und T'Pris schien niemand zu wissen, warum der Sicherheitsoffizier und die stellvertretende Kommandantin Vernehmungen durchführten. Wie es der Zufall wollte, war keiner der Befragten zum mutmaßlichen Tatzeitpunkt im Dienst gewesen. Jeder einzelne von ihnen sagte aus, sich allein im jeweiligen Quartier aufgehalten zu haben — bis auf Spock und T'Pris, die auch in dieser Hinsicht Ausnahmen bildeten. Sie gaben zu Protokoll, sich zur fraglichen Zeit ›gegenseitig Gesellschaft geleistet‹ zu haben. Nummer Eins wölbte eine Braue, als sie davon hörte, verzichtete jedoch auf einen Kommentar. Starfleet hatte nichts gegen private oder sogar intime Beziehungen zwischen den Offizieren, solange solche Dinge privat blieben. T'Pris war Witwe und Spock unverheiratet. Nummer Eins sah keinen Grund, Einwände gegen ein Verhältnis zwischen ihnen zu erheben — solange es nicht dazu diente, die Hintergründe eines Mordfalls zu verschleiern.

Die Ilyrianerin wandte sich dem Bildschirm auf Orloffs Schreibtisch zu und öffnete eine Datei mit T'Pris' elektronischer Personalakte. Die ersten Daten waren gerade erst im Projektionsfeld erschienen, als sie den Kopf schüttelte. »T'Pris kommt nicht als Täter in Frage.«

»Wieso nicht?« erwiderte der Sicherheitsoffizier.

Nummer Eins deutete zum Monitor. »T'Pris ist Linkshänderin. Die meisten Vulkanier sind Rechtshänder, aber es gibt auch welche mit dominierender rechter Hirnhemisphäre. Boyce ist ganz sicher, daß Meadows mit der rechten Hand erdrosselt wurde, und das klammert T'Pris aus.«

»Könnte sie beidhändig sein?«

»Nein. Die von Starfleet-Ärzten durchgeführten medizinischen Untersuchungen bestätigen ihre Linkshändigkeit.«

»Angeblich ist sie fast den ganzen Abend mit Spock zusammengewesen. Deckt sie ihn vielleicht?« Orloff suchte nach den richtigen Worten. »Sie scheinen sich sehr ... nahe zu sein.«

Nummer Eins überlegte und nickte schließlich. »Ja, möglich wäre es. Aber können Sie sich Spock als Mörder vorstellen?«

»In seinen Adern fließt auch menschliches Blut«, erwiderte der Sicherheitsoffizier. »Vielleicht ist er deshalb trotz der vulkanischen Erziehung zu intensiven Gefühlen fähig. T'Pris sprach davon, daß sich Meadows an sie wandte. Wenn sie Spock davon erzählt hat, wenn sie dadurch Zorn oder Eifersucht in ihm weckte ...«

Nummer Eins dachte eine Zeitlang nach. »Es klingt nicht besonders plausibel. Aus Lieutenant Spocks Unterlagen geht hervor, daß er die Philosophie der Gewaltlosigkeit vollkommen verinnerlicht hat — er ist überhaupt nicht imstande, zum Mörder zu werden. Darüber hinaus hat er auf die spezielle Erdrosselungsmethode hingewiesen; ohne seine Auskünfte hätten wir wahrscheinlich gar nichts bemerkt. Nein, Orloff, ich kann nicht glauben, daß er etwas mit dem Mord zu tun hat. Was wäre sein Motiv?«

»Gerade darüber zerbreche ich mir schon seit einer ganzen Weile den Kopf. Wir wissen, daß Meadows ein guter Wissenschaftler war und nicht zu Aggressivität neigte. Er hätte bestimmt keinen Vulkanier provoziert — falls sich Vulkanier überhaupt provozieren lassen. Woraus folgt: Was gab den Ausschlag für das Verbrechen?«

»Ich bin kein Detektiv«, sagte Nummer Eins leise. »Aber ich lese gern Kriminalromane, vor allem die Klassiker. Wenn ich mich recht entsinne, ließ Sir Arthur Conan Doyle seinen Protagonisten Sherlock Holmes folgende Weisheit verkünden: Wenn alle Möglichkeiten ausgeschöpft sind, muß man das *Unmögliche* in Erwägung ziehen. Nun, es scheint unmöglich zu sein, daß ein Vulkanier einen Mord begeht. Aber ebenso unmöglich ist es, daß *jemand anders* die Verantwortung für Meadows' Tod trägt.«

»Schließen Sie dabei Spock und T'Pris mit ein?«

»Eigentlich nicht«, entgegnete Nummer Eins. »Sie schwören, daß sie während des Tatzeitpunkts zusammen waren. Solange ich keine Verbindungen zwischen ihnen und dem Verbrechen finde, halte ich sie für unschuldig. Es bleiben fünfzehn andere Vulkanier, Mr. Orloff. Keiner von ihnen hat ein Alibi, und jeder gibt zu, das *Lan-dovna* zu beherrschen. Wir müssen herausfinden, wer von ihnen Meadows umbrachte — und warum.«

Pike fragte sich, wie es dazu gekommen war, daß er eine so seltsame Gruppe zur Oase Tisirah führte. Er hatte sich angeboten, nach den beiden vermißten Kindern von *Shinsei* Farnah und Melkor Aliat zu suchen, davon überzeugt, daß er Tochter und Sohn überreden konnte, in den ›Schoß der Familie‹ zurückzukehren — um dort zu versuchen, ihre Probleme zu lösen. Die Absicht, ein ruhiges Gespräch mit Silene und Bardan zu führen, ließ sich kaum verwirklichen: Nicht nur die Väter begleiteten Pike, sondern auch Farnahs Söhne, Melkor Aliats Freunde sowie der ganze Stamm mitsamt den Tieren. Einerseits war er dankbar für die Fähigkeit der Nomaden, Spuren zu lesen, aber in diesem Fall konnte selbst er die Fährte ganze deutlich erkennen. Eine lange Kavalkade zog durch die Wüste, weckte in Pike Vorstellungen von einem Kreuzzug.

Mit gerunzelter Stirn sah er zu den vielen Leuten und Tieren zurück. Die neben ihm reitende Berendel sah ihn an und lächelte sanft. »Beunruhigt dich etwas, *Indallah* Krees?«

»Ich glaube, du weißt, was es mit dem Verschwinden von Silene und Bardan auf sich hat, *Makleh.* Sie widersetzen sich dem Willen der Väter, wollen in erster Linie auf die Stimmen ihres Herzens hören. Nun, es ist in erster Linie eine familiäre Angelegenheit — warum interessieren sich auch so viele andere Personen dafür?« Pike seufzte. »Warum muß immer alles kompliziert werden?«

Berendel schmunzelte. »Ich vermute, du hast nur wenig Erfahrung im Umgang mit Leuten.« Pike musterte sie erstaunt, und sein durchdringender Blick berichtete von vielen Jahren Kommando-Erfahrung. Die *Makleh* kannte seine wahre Identität als Captain natürlich nicht, aber sie korrigierte ihre erste Bemerkung. »Das heißt … Du *kennst* dich mit Leuten aus. Aber ich nehme an, in diesem Fall verstehst du nicht ganz, um welche Emotionen es geht. Als *Makleh* sehe ich die Dinge aus einer bestimmten Perspektive: Um Vereinbarungen zu treffen, müssen die Interessen einander angeglichen werden, und dabei machen sich vor allem die ›krassen‹ Gefühle bemerkbar: Liebe und Haß, Argwohn und Vertrauen. Wenn Empfindungen so intensiv werden, müssen sich viele Personen darum kümmern. Weil auch sie davon betroffen sind. Weil in diesem Zusammenhang Entscheidungen anstehen, die Vor- oder Nachteile für sie bedeuten.«

»Und in unserer gegenwärtigen Situation?«

»Nun, Silene ist das letzte Kind ihres Vaters, die einzige Tochter. Er vergleicht sie mit einer Wüstenblume, sieht nur reine Schönheit in ihr. Sie ist erst siebzehn Sommer alt, und Farnah lehnt die Vorstellung ab, daß sie bereits wie eine Frau fühlt und sich einen Mann wünscht. Ein weiteres Problem kommt hinzu: Das Stammesoberhaupt kann den von Silene gewählten jungen Mann nicht akzeptieren, weil er aus der Stadt stammt.« Die *Makleh* legte eine kurze Pause ein. »Aliat gilt als einflußreicher Kaufmann, und Bardan ist sein einziger Sohn und Erbe. Daß er sich ausgerechnet in ein Nomadenmädchen verliebt ... So etwas kann Aliat unmöglich zulassen, nicht einmal dann, wenn er Rücksicht auf die Gefühle seines Sohns nehmen möchte. Nun, wer hat Vorteile, wenn die beiden eigensinnigen jungen Leute von ihren Vätern enterbt und verstoßen werden? Ich habe für meinen Stamm mit Aliat verhandelt und weiß daher von der Existenz eines Stiefsohns, der ihm bei seinen Geschäften hilft. Jener Junge könnte Bardan als Erben ablösen. *Shinsei* Farnahs Tochter hat eine große Mitgift — die durch Silenes Ächtung ihre Brüder bekämen. Ich behaupte nicht, daß es zu einer solchen Entwicklung der Dinge kommen *muß,* aber es läßt sich keineswegs ausschließen. Jene Personen, die uns folgen ... Sie alle möchten beobachten, was geschieht. Habsucht und Neugier sind weit verbreitete Emotionen, nicht wahr?«

»Da hast du vollkommen recht, *Makleh.*«

Berendel streckte kurz die Hand aus. »Die Oase Tisirah«, sagte sie. »Vielleicht finden wir dort Sohn und Tochter. Und vielleicht gelingt es uns, eine Übereinkunft zu erzielen.«

Bevor Pike und Berendel die *Kerra*-Bäume erreichten, hörten sie die kummervollen Stimmen mehrerer Nomaden. »Was ist passiert?« Der Captain trieb seinen *Meercan* an, und kurz darauf empfingen ihn die Schatten der Bäume. Schon von weitem sah er den hochgewachsenen Farnah im Zentrum der Oase: Der Anführer des Stammes schien völlig außer sich zu sein, marschierte auf und ab. Aliat kniete neben dem Teich und hämmerte mit den Fäusten auf den Boden. Pike stieg ab, schlang die Zügel rasch um einen Ast, damit sein Reittier gehorsam stehenblieb. Neben ihm glitt Berendel mit typischer Nomadeneleganz aus dem Sattel.

»Was ist los, *Shinsei* Farnah?«

Der große Mann zeigte zum Boden in der Nähe des Teichs. »Für meine Tochter kommt jede Hilfe zu spät. Die Spuren vermitteln eine deutliche Botschaft.«

Pike und Berendel schritten zum Teich. Der verzweifelte Aliat kniete noch immer dort, in der Gesellschaft von Silenes Brüdern. Der jüngste von ihnen — Neepah —, sah auf und deutete zur Seite. Persönliche Gegenstände lagen dort verstreut, wo man ein Nachtlager errichtet hatte. Pike bemerkte zerwühlte Decken neben einer Feuerstelle mit kalter Asche. Man brauchte kein erfahrener Spurenleser zu sein, um zu verstehen, was hier geschehen war: Ein Kampf hatte stattgefunden. Und auch die Art der Abdrücke im Sand war unmißverständlich: hier die vergleichsweise kleinen Fußspuren von Silene und Bardan, dort viel größere und grotesk anmutende.

»Mutanten«, sagte Neepah traurig. »Silene und der junge Mann haben hier gelagert. Die Ungeheuer kamen aus der Nacht, überwältigten sie und trugen sie fort.«

»Wohin? In welche Richtung?«

»Zu den Druncara-Bergen.«

»Warum sollten die Mutanten diesen Ort aufsuchen?« Pike runzelte die Stirn und dachte nach. »Die Druncara-Berge sind ziemlich weit entfernt. So lange Reisen unternehmen die Mutanten sicher nicht ohne Grund.«

»Da stimme ich dir zu, Freund Krees«, sagte Berendel. »Seit vielen Jahren haben sich keine Mutanten mehr in die Nähe der Städte gewagt. Ihr Verhalten ist sehr sonderbar.«

Melkor Aliat stand auf. Tränen strömten ihm über die Wangen. »Ich sehe meinen Sohn nie wieder...«

»Vielleicht gibt es noch Hoffnung, Kaufmann Aliat«, erwiderte Pike. »Die Spuren sind deutlich genug. Man kann ihnen leicht folgen.«

Die anderen starrten ihn stumm an. Durlin schüttelte niedergeschlagen den Kopf. »Es gibt keine Möglichkeit, die Verschleppten zu retten, Freund Krees. Die Mutanten bringen ihre Opfer um. Es heißt sogar, daß sie ... ihr Fleisch verzehren. Unsere Schwester ist tot, ebenso wie der törichte junge Mann aus der Stadt.«

»Entschuldige bitte, aber damit finde ich mich nicht so ohne weiteres ab«, entgegnete Pike verärgert. »Du gibst auf, noch bevor ein Rettungsversuch unternommen wurde.«

»Solche Bemühungen sind sinnlos.«

Der Captain wandte sich an Aliat und Farnah, die nebeneinander standen, im Kummer vereint. »Wenn ihr nichts dagegen habt ... Ich möchte allein sein, um über diesen großen Verlust zu meditieren.«

»Wie du wünschst.« Farnah deutete an den *Kerra*-Bäumen vorbei zu einem anderen Bereich der Oase. »Dort findest du Ruhe und Frieden für eine Meditation.« Er drehte sich halb um, als auch der Rest der Karawane die Oase erreichte. »Ich muß Ingarin Bescheid geben.«

»Ich komme mit dir«, sagte Aliat plötzlich. »Auch ich habe ein Kind verloren.«

Farnah musterte ihn kurz und nickte. »Ja. Es ist kein Trost, aber der Kummer verbindet uns. Begleite mich, Kaufmann Aliat.«

Pike sah den beiden Männern nach und beobachtete, wie sie sich vom Teich entfernten. »Ich ziehe mich jetzt zur Meditation zurück, *Makleh* Berendel.«

»Glaubst du wirklich, daß die beiden jungen Leute gerettet werden können?«

»Ich weiß es nicht. Aber ich werde versuchen, eine Lösung für dieses Problem zu finden.« Pike ging fort, folgte dem Verlauf eines schmalen Weges, der an den *Kerra*-Bäumen vorbeiführte. Es dauerte nicht lange, bis er außer Sichtweite der Nomaden geriet, aber trotzdem ging er weiter — bis er sicher sein konnte, daß ihn niemand beobachtete. Daraufhin holte er den Kommunikator aus der Tasche des Umhangs, klappte ihn auf und vernahm das Bereitschaftssignal. »Pike an *Enterprise.*«

Nummer Eins blickte auf, als der Kommunikationsoffizier sich ihr zuwandte. »Der Captain.« Rasch betätigte sie eine Taste in der Armlehne des Sessels. »Hier Nummer Eins, Sir. Es freut mich sehr, von Ihnen zu hören.«

»Schwierigkeiten?« klang es aus dem Lautsprecher.

»Ja, Sir. Ein Mordfall an Bord.«

»Was?«

»Lieutenant Commander Meadows wurde vor einigen Stunden ermordet ...«

»Wenn Sie sich einen Scherz erlauben, Nummer Eins ...«

»Nein, Sir. Ich meine es todernst. Womit kein Wortspiel beabsichtigt ist.«

»Motiv?«

»Tut mir leid, Sir. Wir ermitteln noch immer.«

Pikes Seufzen war deutlich zu hören, und Nummer Eins stellte sich vor, wie er den Kopf schüttelte, als er erwiderte: »Derzeit müssen Sie allein damit fertig werden, Nummer Eins. Ich hab's hier unten mit einer doppelten Entführung zu tun. Der Sohn eines Kaufmanns und die Tochter eines Nomadenführers sind verschleppt worden — von Mutanten. Ich werde versuchen, sie mit heiler Haut zurückzuholen. Wenn mir das gelingt, kommt es vielleicht zu besseren Beziehungen zwischen Städtern und Nomaden. Allerdings brauche ich Hilfe.

Beamen Sie einen Vulkanier und zwei andere nichtmenschliche Besatzungsmitglieder zu mir ...«

»Einen Vulkanier kann ich Ihnen leider nicht schikken, Sir. Sie stehen alle unter Mordverdacht.«

»Ausgerechnet *Vulkanier?* Und Sie verdächtigen *alle?*«

»Abgesehen von den beiden Lieutenants Spock und T'Pris«, schränkte Nummer Eins ein. »T'Pris kann Meadows nicht ermordet haben, und sie hat ausgesagt, daß ihr Spock zum Tatzeitpunkt Gesellschaft leistete.«

»Glauben Sie ihr?« fragte Pike.

Der Erste Offizier dachte nach und entsann sich an das Gespräch mit Orloff. »Ja, Sir. Ich halte Spock für unschuldig. Diese Einschätzung basiert nicht auf konkreten Anhaltspunkten, sondern nur auf Intuition. Aber ich bleibe dabei: Spock trifft keine Schuld. Ich transferiere ihn und zwei andere Nichtmenschen in zwanzig Minuten auf den Planeten.«

»In *zehn* Minuten, Nummer Eins.«

»Ja, Sir.«

»Haben Sie genug Helfer, um die Ermittlungen fortzusetzen?«

»Bestätigung, Sir. Ich arbeite mit Commander Orloff zusammen und greife auch auf die Dienste von Lieutenant T'Pris und Dr. Boyce zurück.«

»Gut. Hören Sie mir jetzt aufmerksam zu. Spock und die beiden anderen Besatzungsmitglieder müssen spezielle Kleidung tragen und an einem ganz bestimmten Ort rematerialisieren. Ich gebe Ihnen die Koordinaten ...«

Farnah und Aliat hockten am Lagerfeuer, ignorierten alle anderen Personen, lehnten Speisen ab und gaben sich väterlichem Kummer hin. Der Kaufmann aus Sendai war seit mehreren Jahren Witwer und akzeptierte dankbar den Trost von Farnahs Gemahlin Ingarin. Sie beharrte darauf, daß er Tee trank und *Indallah* Krees' Rückkehr abwartete. In den von Trauer geprägten Gedanken der beiden Männer war kein Platz für Hoffnung, aber Ingarin gelang es, sich so etwas wie Zuversicht zu bewahren. Manchmal glaubte sie, daß Frauen die Dinge aus einem positiveren Blickwinkel betrachten mußten, um bei Verstand zu bleiben. Sie hielt an der Überzeugung fest, daß jenseits der Dunkelheit Licht schimmerte, daß man vom Schicksal auch angenehme Überraschungen erwarten durfte, daß jede Tragödie von Freude ausgeglichen wurde. Aus irgendeinem Grund spürte Ingarin bei Krees eine Fremdartigkeit, die zögernden Optimismus in ihr weckte.

»Er ist schon ziemlich lange fort«, brummte Aliat. Der Kaufmann stand auf und starrte in die Schatten der Oasenbäume.

»Bei der Meditation kann man sich nicht beeilen«, erwiderte Ingarin ruhig. »Sie braucht ihre Zeit.«

»Ja, natürlich. Ich verstehe zwar nicht viel davon, aber bestimmt hast du recht, ehrenwerte Dame.«

Sie lächelte schüchtern — die Anrede war ungewohnt, gefiel ihr jedoch. »Ich heiße Ingarin, Kaufmann Aliat. Wenn sich unsere Kinder tatsächlich lieben, so sollten wir wie Freunde miteinander sprechen.«

Aliat wandte den Blick von ihr ab, als Farnah aufsprang. »Silene gehört zu uns Nomaden. Hinter den Mauern der Stadt würde sie sich nie wohl fühlen.«

»Vielleicht nicht«, räumte Ingarin ein. »Aber möglicherweise könnte Bardan in unseren Zelten glücklich werden.«

»Nein!« entfuhr es Aliat.

»Die Entscheidung darüber steht nicht euch beiden zu, sondern Sohn und Tochter«, betonte Ingarin. »Und wenn wir sie nicht befreien, so bleiben Überlegungen in Hinsicht auf ihre Zukunft müßig.«

Pike erschien zwischen den *Kerra*-Bäumen, und Farnah sah ihn als erster. »Dort ist *Indallah* Krees.« Sie warteten, bis er näher kam, und der Captain lächelte aufmunternd.

»Ich habe eine Entscheidung getroffen«, verkündete er. »Ich werde den Mutanten folgen und eure Kinder zurückbringen, wenn sie noch leben. Seid ihr bereit, mich zu begleiten?«

»Nein, unmöglich«, sagte Aliat. »Was mich und meine Freunde betrifft … Wir sind nicht an das Leben in der Wüste gewöhnt. Wir wären doch nur eine Last für dich.«

Pike wandte sich an Farnah und sah, wie der große Mann den Kopf schüttelte. Der *Shinsei* hatte keine so gute Ausrede wie Aliat, aber er vertrat den gleichen Standpunkt. »Es hat keinen Sinn, den Mutanten zu folgen, *Indallah* Krees. Niemand — *niemand* — kehrt von den Druncara-Bergen zurück. Zumindest nicht lebend. Gelegentlich hat man Knochen gefunden, die als Zeichen dienten, um das Territorium der Mutanten zu markieren. Unsere Kinder haben nicht die geringste Überlebenschance.«

»Eins steht fest: Es gibt keine Hoffnung für sie, wenn niemand versucht, sie zu befreien. Ihr liebt eure Kinder — und trotzdem weigert ihr euch, mit mir aufzubrechen?« Pike sah Farnah und Aliat herausfordernd an, und die beiden Männer senkten verlegen den Blick.

»Ich verstehe. Na schön. Ich mache mich trotzdem auf den Weg.«

Ingarin trat näher. »Du darfst auf keinen Fall allein gehen. Eine Gruppe hätte vielleicht eine Chance, aber ein einzelner Mann gewiß nicht.«

»Oh, es liegt mir fern, bei dieser Reise allein zu sein.« Pike hob die Hand, schirmte die Augen vor dem grellen Licht der Wüstensonne ab, das durch die Baumwipfel filterte. Nach einigen Sekunden deutete er in eine bestimmte Richtung. »Das dort sind meine Gefährten.«

Die anderen drehten sich um und beobachteten drei in Kapuzenmäntel gehüllte Gestalten, die durch den Sand stapften und sich der Oase näherten. Sie gingen mit zielstrebigen Schritten, sahen nicht nach rechts oder links, ignorierten die Städter und Nomaden an den Lagerfeuern.

Pike winkte. »Hierher!« rief er. »Zu mir.« Die Fremden hielten direkt auf ihn zu, verharrten und verneigten sich. Ihre Gesichter blieben im Schatten der Kapuzen verborgen.

»Wir sind gekommen, um dir zu dienen, *Indallah* Krees«, intonierte einer von ihnen mit tiefer Stimme.

»Wer sind diese Männer?« fragte Farnah.

»Nun, es handelt sich nicht um gewöhnliche Männer«, erwiderte Pike. Er winkte noch einmal, und daraufhin strichen die drei Fremden ihre Kapuzen zurück. Einige in der Nähe stehende Personen zuckten zusammen und schnappten nach Luft.

»Mutanten!« Zuerst war es nur ein geflüstertes Wort, aber es wurde immer lauter, fand Dutzende von Echos, die überall in der Oase erklangen. Mehrere Nomaden griffen instinktiv nach ihren Waffen.

Nummer Eins hatte folgende Besatzungsmitglieder geschickt: Junior-Lieutenant Endel, den reptilienartigen Kelyaner; Lieutenant Ars Dan, einen kleinen Dioptaner mit rötlicher Haut und dem verschrumpelten Gesicht eines Trolls; und Mr. Spock.

Pike hob erneut die Hand und sah zu den erschrockenen Aretanern. »Das sind meine Freunde. Sie werden mich an eurer Stelle begleiten. Mit etwas Glück gelingt es uns, die beiden Verschleppten zu finden und zurückzubringen.«

Farnah und Aliat wechselten einen bedeutungsvollen Blick. Ganz offensichtlich gehorchten die Mutanten dem Wanderer Krees. Vielleicht war er mit ihrer Hilfe *tatsächlich* imstande, Silene und Bardan zu befreien. »Freund Krees ... Wir lagern hier und warten fünf Tage lang auf dich. Wenn du bis dahin nicht zurück bist ...«

»Wenn wir bis dahin nicht zurück sind, so wißt ihr, daß wir keinen Erfolg erzielt haben. Aber ich rechne nicht damit, daß wir soviel Zeit brauchen, *Shinsei.* Wir bringen eure Kinder — oder ihre Leichen — hierher. Das verspreche ich. Gibst du uns deinen Segen?«

Farnah nickte. »Du brichst nicht nur mit unserem Segen auf, *Indallah* Krees, sondern auch mit unseren Hoffnungen«, sagte er leise.

»Dem schließe ich mich an«, fügte Aliat hinzu.

Pike verbeugte sich vor den Vätern und Ingarin. Dann forderte er die drei ›Mutanten‹ mit einer knappen Geste auf, ihm zu folgen, als er losging und die Oase verließ. Sein Ziel waren die dunkel am Horizont aufragenden Druncara-Berge.

KAPITEL 10

Nummer Eins wanderte nervös auf dem Oberdeck der Brücke hin und her, dachte dabei über den Mord nach. Orloff verhörte noch einmal die Vulkanier, einen nach dem anderen, bisher ohne Ergebnis. Die übrigen anwesenden Offiziere blickten gelegentlich zur Ilyrianerin. Niemand von ihnen sprach sie an; jeder wollte es vermeiden, sie in ihrer Konzentration zu stören.

Nach einer Weile öffnete sich hinter ihr die Tür des Turbolifts, und Sicherheitswächter Reed trat aus der Transportkapsel.

»Ich habe gerade erfahren, daß Commander Meadows ermordet wurde«, sagte er.

»Sind Sie gekommen, um mir in diesem Zusammenhang nützliche Informationen zu bringen?« fragte der Erste Offizier hoffnungsvoll.

»Nein, eigentlich nicht. Ich bin hier, um zu fragen, wie jetzt mit Vulkans Ruhm zu verfahren ist.«

»Was soll damit sein?« entgegnete Nummer Eins verwirrt.

Sorgenfalten bildeten sich in der Stirn des Sicherheitswächters. »Nun, Commander Meadows kam zu mir, um den Kristall zu holen, und jetzt ...«

»Er kam, um den Kristall zu holen? Und Sie haben dem Geologen Vulkans Ruhm überlassen?«

»Er zeigte mir eine vom Captain unterschriebene Genehmigung, den Edelstein zu untersuchen. Zu wissenschaftlichen Zwecken. Er meinte, die Analysen dauerten etwa drei Stunden, und anschließend wollte er den Kristall sofort zurückbringen. Doch ich wartete vergeblich, und schließlich löste mich Lieutenant Bryce ab. Um ganz ehrlich zu sein: Ich war deshalb nicht sehr besorgt, denn Commander Meadows wies darauf hin, daß die Analysen vielleicht mehr Zeit in Anspruch nahmen. Doch als ich das Freizeitdeck aufsuchte ... Dort erfuhr ich von dem Mord. Und daraufhin dachte ich an Vulkans Ruhm. Der Edelstein sollte wieder in der Sicherheitskammer untergebracht werden, oder?«

Nummer Eins seufzte schwer. »Das sollte er tatsächlich. Aber ich bezweifle, ob sich das so ohne weiteres bewerkstelligen läßt. Bitte begleiten Sie mich zu Commander Orloff. Wir möchten alle Details von Ihnen hören.«

Orloff starrte aufs Klemmbrett und betrachtete die angeblich vom Captain unterschriebene Genehmigung. Nach einer Weile schüttelte er den Kopf. »Ganz offensichtlich eine Fälschung.«

»So ›offensichtlich‹ kann sie wohl kaum sein — sonst wäre Reed nicht darauf hereingefallen.« Nummer Eins sah auf die Unterschrift hinab. »Wahrscheinlich hat Meadows sie von irgendeiner Routine-Anweisung kopiert. Und er ging dabei geschickt genug vor, um bei einer flüchtigen Kontrolle nicht als Fälscher entlarvt zu werden. Unter den gegebenen Umständen konnte niemand von Reed erwarten, eine sorgfältige Überprüfung des Dokuments vorzunehmen.«

Orloff bedachte die stellvertretende Kommandantin mit einem durchdringenden Blick und wandte sich dann an den Sicherheitswächter. »Der Captain wies ausdrücklich darauf hin: Vulkans Ruhm sollte in der Schutzkammer bleiben, bis der vulkanische Hohe Rat über die Verwendung des Kristalls entscheidet.«

»Ja«, räumte der Erste Offizier ein. »Aber Reed konnte nicht wissen, ob der Captain seine Anweisungen revidiert hatte oder nicht. Er hielt in einem abgelegenen

Bereich des Schiffes Wache, ohne Kontakt zum Rest der Besatzung.«

»Ein sehr langweiliger Dienst«, kommentierte Reed.

Nummer Eins nickte. »Ein Wissenschaftler der *Enterprise* kommt mit einer Analyseerlaubnis zu Ihnen, die den Anschein erweckt, vom Captain unterschrieben zu sein ... An Ihrer Stelle hätte ich ebenfalls keine Einwände dagegen erhoben.« Ihr Blick glitt zu Orloff. »Vielleicht hätte er bei Ihnen nachfragen sollen, aber ich bezweifle, ob Sie in der Lage gewesen wären, die Fälschung als solche zu erkennen. Meadows brauchte nicht mehr zu erwarten als eine oberflächliche Kontrolle. Er schien von dem Kristall so besessen gewesen zu sein, daß er ihn um jeden Preis untersuchen wollte — und in diesem Zusammenhang war er bereit, dem ausdrücklichen Befehl des Captains zuwiderzuhandeln. Vielleicht verschwendete er gar keinen Gedanken an die möglichen Konsequenzen.«

»Zu denen auch seine Ermordung gehörte?« fragte Orloff. »Warum sollte ihn jemand töten, nur weil er Vulkans Ruhm an sich brachte? Was kann es schaden, den Kristall zu untersuchen und Aufzeichnungen anzufertigen?«

»Der Smaragd hat nicht nur einen enormen Wert an sich, sondern ist auch ein einzigartiges historisches Artefakt und hat große Bedeutung für das vulkanische Volk. Vielleicht erfuhr einer der Vulkanier an Bord davon, daß sich der Edelstein in Meadows' Besitz befand. Vielleicht wollte er nicht zulassen, daß der Geologe ihn analysierte. Vielleicht hielt er Strafe für angebracht und beschloß, ein Exempel zu statuieren ...«

»Nun, ich kann mir vorstellen, daß jemand Meadows zur Rechenschaft ziehen und ihm einen Denkzettel verpassen wollte«, sagte Orloff. »Aber *Mord* erscheint mir ziemlich übertrieben. Und außerdem: Wo ist Vulkans Ruhm jetzt? Wir haben überall im Laboratorium gesucht, ohne eine Spur von dem Smaragd zu finden.«

Nummer Eins schüttelte den Kopf und seufzte. »Ich weiß nur eins: Es gibt eine direkte Verbindung zwischen Meadows' Tod und dem Verschwinden von Vulkans Ruhm. *Und* ich bin davon überzeugt, daß ein vulkanisches Besatzungsmitglied der Täter ist.«

Pike, Spock, Endel und Ars Dan folgten den deutlichen Spuren der Mutanten, bis die Oase weit hinter ihnen lag und sie nicht mehr befürchten mußten, von jemandem beobachtet zu werden. Berendel und Farnah hatten sie eine Zeitlang begleitet und die Wanderer immer wieder gebeten, das Angebot einiger *Meercans* anzunehmen — bis Pike schließlich einwilligte. Eigentlich wollte er sich nicht mit solchen Tieren belasten, aber er mußte sie akzeptieren; es schien die einzige Möglichkeit zu sein, Farnah und seine guten Ratschläge loszuwerden. Als sie weit genug geritten waren und sich vergewissert hatten, daß niemand in der Nähe weilte, winkte Pike die Gruppe zusammen und stieg ab. Seine Gefährten gaben ebenfalls die Sättel auf, und Endel griff nach den Zügeln der vier *Meercans.* »Binden Sie die Tiere dort drüben an«, sagte Pike und deutete zu mehreren *Kerra*-Bäumen, die einige Dutzend Meter entfernt Schatten spendeten. Endel setzte sich sofort in Bewegung, und der Captain klappte seinen Kommunikator auf, um einen Kontakt mit der *Enterprise* herzustellen.

Nummer Eins befand sich nicht im Kontrollraum, und Pike hörte die Stimme des Dritten Offiziers. »Hier Oyama, Sir«, meldete sie sich.

»Führen Sie eine Sensorsondierung durch und suchen Sie dabei nach Lebensformen in den Druncara-Bergen. Die Koordinaten können Sie den im Bibliothekscomputer gespeicherten Karten entnehmen.«

»Einen Augenblick, Sir. Sondierung beginnt.« Einige Sekunden lang herrschte Stille, und dann drang erneut Oyamas Stimme aus dem kleinen Lautsprecher. »Die Sensoren stellen eine recht große Ansammlung von Lebensformen in einem Bereich des Gebirges fest. Vermutlich handelt es sich um ein Dorf oder Lager.«

»Gibt es nichts zwischen uns und jener Region in den Druncara-Bergen?«

Kurze Stille folgte. »Nein, Sir. Nichts.«

»Gut. Beamen Sie uns in das entsprechende Gebiet. Distanz zu den georteten Lebensformen ein Kilometer.«

»Ja, Sir. Ich übermittle die Koordinaten dem Transporterchef. Ihr Retransfer findet östlich des Dorfes oder Lagers statt. Dort registrieren die Sensoren Bäume und Felsformationen, die verhindern, daß man Sie sofort bemerkt. *Enterprise* Ende.«

Pike wandte sich an die drei anderen Starfleet-Offiziere. »Was auch immer die Mutanten mit Bardan und Silene anstellen wollen ... Sie sind zweifellos bestrebt, die Ebene so schnell wie möglich zu verlassen und sich in ihr Territorium zurückzuziehen. Ich rechne nicht damit, daß sie unterwegs haltmachen. Worauf die große Ansammlung von Lebensformen in den Bergen auch hinweisen mag, auf ein Lager oder Dorf — ich glaube, dort finden wir die beiden Entführten.«

»Inzwischen ist bereits ziemlich viel Zeit verstrichen, Captain«, sagte Spock. »Wenn die Mutanten wirklich so bösartig sind, wie Städter und Nomaden behaupten ...«

»Es heißt sogar, daß sie Fleisch essen«, warf Ars Dan ein.

»In der Tat«, pflichtete ihm Spock bei. »Wenn ein so schlechter Ruf gerechtfertigt ist ... Dann kommen wir vielleicht zu spät.«

Pike nickte und gestand diese Möglichkeit ein. »Bardan und Silene könnten längst tot sein. Ich hoffe jedoch, daß sie noch am Leben sind. Ganz gleich, auf welche Weise wir sie finden: Ich habe versprochen, sie zurückzubringen.«

Wenige Sekunden später kündigte ein lautes Sirren das Transporterfeld an. Die vier Offiziere bezogen Aufstellung und bereiteten sich auf den Transfer vor. Die

Entmaterialisierung verwandelte ihre Körper in strukturierte Energie, in glitzernde Säulen, deren Schillern rasch verblaßte. Unmittelbar darauf verklang das Summen, und es war nur das leise Seufzen des Wüstenwinds zu hören.

Als T'Pris von Nummer Eins den Auftrag erhielt, aktiv an den Ermittlungen teilzunehmen, bat sie um eine Besichtigung des Tatorts. Die stellvertretende Kommandantin sah keinen Grund, dieses Anliegen abzulehnen, und sie öffnete das versiegelte Laboratorium für die Vulkanierin. Boyce und Nummer Eins folgten ihr in den Raum und fragten sich, wonach T'Pris Ausschau hielt. Sie sah sich alles genau an und blieb schließlich vor dem wissenschaftlichen Computer stehen, der Meadows als Arbeitsinstrument gedient hatte. Nach kurzem Zögern schaltete sie das Terminal ein und rief Daten auf den Schirm. Knapp zehn Minuten später drehte sie sich zum Ersten Offizier und Boyce um. Ihre Stirn zeigte einige dünne Falten.

»Nun, Lieutenant?«

»Es ist nichts Konkretes. Aber ich habe eine Art ... intellektuelles Gefühl.«

»Ein Gefühl?« Nummer Eins lächelte, als sie die jüngere Frau musterte. »Ich dachte, Vulkanier hätten sich vom emotionalen Ballast befreit.«

T'Pris neigte den Kopf ein wenig zur Seite, und ihre Lippen offenbarten den Hauch eines Lächelns. »Ich habe von einem *intellektuellen* Gefühl gesprochen.« Sie zögerte und suchte nach geeigneten Worten, um ihr Empfinden auszudrücken. »Etwas paßt nicht in das Bild, das wir aus einzelnen Indizienfragmenten zusammenzusetzen versuchen.«

»Was soll das heißen?« fragte Boyce. »Ich halte den Fall inzwischen für recht klar. Allem Anschein nach wurde Meadows von einem Vulkanier umgebracht, der eine vulkanische Tötungsmethode verwendete. Die Frage, ob es sich um vorsätzlichen Mord handelte, spielt zumindest derzeit eine nur untergeordnete Rolle. Vulkans Ruhm befand sich in Meadows' Besitz, und jetzt ist der Kristall verschwunden. Wahrscheinlich nahm ihn jener Vulkanier mit, der den Geologen ermordete.«

T'Pris nickte langsam. »*Allem Anschein nach. Wahrscheinlich.* Es gibt viele Anzeichen dafür, daß ein Vulkanier der Täter ist. Aber etwas widerspricht einer derartigen Annahme. Es läßt sich nicht leugnen: Nur ein Vulkanier kennt das *Lan-dovna,* und nur ein Vulkanier hat die Kraft, um mit dieser Methode jemanden umzubringen. Denkbar ist auch: Vielleicht erfuhr ein Vulkanier davon, daß Meadows den Smaragd untersuchte; vielleicht glaubte er dadurch die Ehre des vulkanischen Volkes verletzt. Wenn der Täter in der Analyse des Kristalls eine Art Sakrileg sah, so haben wir ein Motiv.«

»Sie schließen sich also meiner Meinung an?« fragte Boyce.

»Nein.«

»Bitte erklären Sie das«, sagte Nummer Eins.

T'Pris vollführte eine hilflose Geste, schüttelte unsicher den Kopf und trachtete danach, die Inkohärenz zu erklären. »Selbst wenn sich ein Vulkanier dazu hinreißen ließe, ein solches Verbrechen zu begehen ... Anschließend müßte er dem Gebot der Ehre gehorchen und sich stellen. Das Auslöschen von Leben — auch durch Zufall — steht in einem so krassen Gegensatz zu unseren Prinzipien, daß einem wahren Vulkanier keine Wahl bliebe. Die Suche nach Vulkans Ruhm ist Jahrhunderte alt. Jetzt haben wir den Smaragd endlich gefunden. Ihn zu benutzen, um persönliche Vorteile zu erringen ... So etwas halte ich für unvorstellbar. Wer auch immer Commander Meadows ermordet und den Kristall gestohlen hat — die betreffende Person versteckt sich hinter Lügen. Kein Vulkanier wäre dazu imstande.«

»Eben haben Sie bestätigt, daß nur ein Vulkanier für den Mord in Frage kommt.«

»Darauf deutet alles hin. Leider sehe ich mich außerstande, diesen Widerspruch zu erklären, Nummer Eins. Ich weiß nur, daß er existiert, und er verwirrt mich sehr. Etwas anderes kommt hinzu.«

»Was denn?«

T'Pris deutete zum wissenschaftlichen Computer auf dem Labortisch. »Wenn Dr. Boyce in Hinsicht auf den Todeszeitpunkt recht hat, so hatte Commander Meadows etwa zwei Stunden lang Gelegenheit, Vulkans Ruhm zu untersuchen, bevor er ermordet wurde. Es ging ihm darum, Messungen vorzunehmen und holographische Aufnahmen anzufertigen, und dabei verwendete er sicher den Computer. Aber es sind keine Analyseergebnisse in ihm gespeichert. Offenbar hat der Täter die aufgezeichneten Daten gelöscht. Warum?«

Nummer Eins nickte. »Gute Frage.«

Montgomery Scott beendete seine Dienstschicht in der festen Absicht, an der Matratze zu horchen. Als er die Kabine betrat, zählte Brien gerade einen Haufen Kreditchips, notierte die Summe und lächelte zufrieden. »Scotty! Bin froh, daß Sie zurück sind! Es wird Zeit, daß wir uns an die Arbeit machen.«

Der Schotte ging zu seiner Koje und streckte sich darauf aus. »Ich *komme* gerade von der Arbeit, Mann. Haben Sie vergessen, wie spät es ist? Normalerweise hätte meine Schicht vor zwei Stunden zu Ende gehen müssen — es hat länger als geplant gedauert, das Steuerbord-Impulstriebwerk zu rekalibrieren.«

»Ich meine die *andere* Arbeit. Sehen Sie sich nur einmal die Menge der Bestellungen an.« Brien beugte sich über seinen Kollegen und hielt ihm eine kleine Datentafel vor die Augen.

»Ich weiß gar nicht, wieso die Werte so stark von der Norm abweichen konnten«, murmelte Scott. »Vielleicht haben wir nach dem kurzen Transfer durchs Sol-System zu schnell den Warptransit eingeleitet... Oder der

Warpfaktor war zu hoch ... Ein zu abruptes Beschleunigungsmanöver ...« Er schloß die Augen.

Brien ließ einige Kreditchips auf die Brust des jungen Schotten fallen. »Wachen Sie auf.« Scott zwang die Lider nach oben und stöhnte leise. »Wir dürfen unsere Kunden nicht verärgern.« In Briens schelmisch blickenden blauen Augen funkelte es. »Die Leute wollen mehr von dem Zeug. Ich habe unseren Vorrat überprüft: Was die Hälfte der Bestellungen angeht, können wir jetzt gleich liefern. Aber Sie müssen so bald wie möglich mit einer neuen Produktion beginnen.«

»Später«, ächzte Scott und drehte sich auf die Seite. »Jetzt nicht.« Vergeblich versuchte er, ein hingebungsvolles Gähnen zu unterdrücken. »Später ...«

»Versuchen Sie, unsere Kunden zu verstehen. Sie wollen die Ware *jetzt*.« Lautes Schnarchen erklang und hallte im Zimmer wider. Scott weilt längst im Reich der Träume.

Pike führte die kleine Gruppe über den Hang, vorbei an Bäumen und Felsen. Der Transporterchef hatte sie etwa in halber Höhe des dritten Berghangs abgesetzt. Die meisten hier wachsenden Bäume wiesen dicke Stämme auf und ähnelten Kiefern oder Fichten. Aber es gab auch Laubbäume und viele verschiedene Formen von Sträuchern und Büschen. Weiter oben wurde die Vegetation allmählich spärlicher, aber glücklicherweise hielt das Terrain genug Deckung bereit. Die Starfleet-Offiziere setzten den Weg fort, näherten sich jenem Ort, wo die Sensoren ein Lager beziehungsweise Dorf festgestellt hatten. Nach einer Weile sahen sie eine Weide, umgeben von steinernen Barrieren, und dort grasten Tiere, deren Körperstruktur an die von Ochsen erinnerte. Doch sie hatten drei Augen und dromedarartige Höcker auf dem Rücken. Ein besonders großes Exemplar befand sich in einem Pferch, zusammen mit einer kleinen Herde — vielleicht ein Bulle. Das Geschöpf knurrte und schnaufte, als sich Pike und seine Begleiter näherten, und es ließ die Männer nicht aus den Augen.

Spock nahm eine Sondierung mit dem Tricorder vor und sah auf die Anzeigen des Ortungsgeräts. »Lebensformen direkt voraus, Captain. Wahrscheinlich auf der anderen Seite jener Anhöhe dort.«

»Na schön. Wir teilen uns und versuchen, einen Eindruck von der Situation zu gewinnen. Endel, Ars Dan — Sie nähern sich von der linken Seite. Spock und ich übernehmen die rechte. In fünfzehn Minuten treffen wir uns hier.«

Pike nickte dem Vulkanier zu, und sie eilten schräg über den Hang. Kurze Zeit später lagen sie auf der Kuppe einer hügelartigen Anhöhe und strichen behutsam die Zweige eines Busches beiseite, um in ein Tal zu spähen. Dort sahen sie etwas, das zweifellos eine Siedlung darstellte: Häuser und Hütten, nicht aus Holz, sondern aus Stein, ausgestattet mit Veranden, wo Rankengewächse für Schatten sorgten. Die Straßen waren nicht gepflastert, doch der feste Boden deutete auf viel Verkehr hin.

Am Hang des gegenüberliegenden Hügels waren terrassenförmige Felder angelegt worden. Das Wasser eines Baches plätscherte dort und sammelte sich weiter unten in einem Teich. Pike bemerkte einen gut konstruierten Mechanismus, der sich aus einer Hebevorrichtung und mehreren Eimern zusammensetzte und ganz offensichtlich zur Bewässerung der Felder diente.

Hier und dort sah der Captain Bewohner des Dorfes. Sie schritten über die Straßen, arbeiteten in Gärten und gingen ganz gewöhnlichen Aufgaben nach. Aber selbst aus dieser Entfernung boten sie einen geradezu entsetzlichen Anblick. Praktisch jedes Wesen zeigte ein anderes, individuelles Erscheinungsbild. Ihre Körper waren mißgebildet: zu viele Gliedmaßen oder nicht genug; manche Arme und Beine wiesen an den unmöglichsten Stellen Gelenke auf. Die sichtbaren Gesichter kamen

Fratzen gleich und hatten nicht die geringste Ähnlichkeit mit den attraktiven Zügen der Nomaden und Städter.

»Offenbar geht hier alles recht friedlich zu«, murmelte Pike nachdenklich. »Ich frage mich, ob die Mutanten wirklich so bösartig sind, wie man ihnen nachsagt.«

»Ganz offensichtlich sind sie imstande, Häuser zu bauen und Landwirtschaft zu betreiben, Sir. Doch die Geschichte kennt viele Beispiele für höher entwickelte Zivilisationen, die dennoch ausgesprochen grausam waren. Außerdem: Es kann kein Zweifel daran bestehen, daß Silene und Bardan tatsächlich entführt worden sind.«

Spock berührte Pikes Arm und deutete zur linken Seite. Das Gebäude stand am Rand des Dorfes und unterschied sich kaum von den anderen, doch jemand schien davor Wache zu halten. Eine Mutantin näherte sich mit einem zugedeckten Korb. Vor dem Zugang verharrte sie und entnahm dem Korb eine Schachtel. Der Wächter ließ sie passieren, setzte sich und öffnete die Schachtel, die einige Leckerbissen enthielt. Mit offensichtlichem Genuß stopfte er sie sich in den Mund. Fünf Minuten später öffnete sich die Tür, und die Frau kam wieder zum Vorschein. Diesmal trug sie einen anderen Korb, gefüllt mit leeren Tellern.

Pike kroch zurück und bedeutete Spock, ihm zu folgen. Am Fuß des Hügels blieben sie stehen und berieten sich mit leisen Stimmen. »Ein bewachtes Gebäude«, sagte der Captain. »Erst ein Korb mit Essen, dann ein anderer mit Geschirr. Vermutlich wird dort jemand gefangengehalten.«

»Eine logische Schlußfolgerung, Sir. Vielleicht haben die Mutanten Verbrecher aus ihrer eigenen Gemeinschaft inhaftiert. Ich halte es jedoch für wahrscheinlich, daß sich die beiden Entführten in dem Gebäude aufhalten.«

»Jetzt brauchen wir sie nur noch zu befreien.« Pike

musterte Spock, der seinen Blick ruhig erwiderte. »Meine Großmutter meinte immer: Mit dem *Mund* ist alles einfach; schwierig wird's erst, wenn man den Worten auch Taten hinzufügen will.«

»Eine sehr kluge Bemerkung.«

»Nun, ich habe eine Idee. Ein alter indianischer Trick.«

»Hat er bei den Indianern geklappt?«

Pike sah den Vulkanier an, dessen Gesicht ausdruckslos blieb. Er schien seine Frage ernst zu meinen. »Ja. Oft.«

»Dann schlage ich vor, daß wir mit den Lieutenants Endel und Ars Dan die Einzelheiten erörtern.«

Nummer Eins und Commander Orloff erreichten das Konferenzzimmer und traten dort einer großen Gruppe aus Sicherheitswächtern und Technikern gegenüber. Sie verloren keine Zeit, begannen sofort mit der Erläuterung des Einsatzplans. Zweifellos befand sich Vulkans Ruhm irgendwo an Bord der *Enterprise*, woraus folgte: Das ganze Schiff mußte durchsucht werden, vom obersten Bereich des Diskussegments bis hin zur untersten Ecke des ›Kiels‹. Das galt auch — und gerade — für die Jefferies-Röhren und Wartungsschächte zwischen den einzelnen Decks. Den Technikern kam die Aufgabe zu, überall dort nachzusehen, wo man ein Objekt von der Größe des Smaragds verstecken konnte. Nichts durfte außer acht gelassen werden.

Scott und Brien saßen nebeneinander und wechselten einen erschrockenen Blick. »Die Destilliervorrichtung muß verschwinden«, flüsterte der Schotte.

»Unmöglich. Wir haben einfach zu viele Aufträge. Vielleicht sehen die Leute in eine andere Richtung, wenn sie das Ding entdecken.«

»Das ist ausgeschlossen, solange Nummer Eins die Suche leitet. Ihre Präsenz *zwingt* Caitlin dazu, den Apparat zu bemerken.«

Brien sah sich um und vergewisserte sich, daß niemand lauschte. »Wir produzieren bis zum letzten Augenblick, demontieren die Destille und verstecken sie irgendwo. Anschließend, wenn die Luft rein ist, bauen wir sie wieder auf.«

»Ich kann das Ding nicht einfach so durch den Korridor tragen«, klagte Scott. »Es ist zu groß. Es muß in seine Einzelteile zerlegt werden.«

Einer der anderen Techniker beugte sich zu ihnen vor. »Seid endlich still. Ich möchte hören, was der Erste Offizier sagt.«

Lieutenant Pete Bryce hob die Hand, und Nummer Eins nickte ihm zu. »Bryce?«

»Wir haben insgesamt fünfzehn Verdächtige. Was soll mit ihnen geschehen, während ihre Unterkünfte durchsucht werden?«

»Commander Orloff kümmert sich darum.«

Der Sicherheitsoffizier trat vor. »Während der Durchsuchung ihrer Quartiere werden die Verdächtigen in Arrestzellen untergebracht. Später können sie in die entsprechenden Kabinen zurückkehren — die sie nicht verlassen dürfen.«

T'Pris mußte die schwierige Pflicht wahrnehmen, ihre vulkanischen Kollegen über den Arrest zu informieren. Fast alle nahmen die Mitteilung mit kühlem Ernst entgegen. Der älteste von ihnen, Sefor, fungierte als Sprecher und fragte, warum man den Aufenthalt in Arrestzellen für erforderlich hielt.

»Solange wir als Verdächtige gelten, beobachtet und überwacht man uns. Niemand von uns kann das Schiff verlassen. Warum müssen wir die Demütigung ertragen, eingesperrt zu werden?«

T'Pris senkte den Blick und verstand den Stolz, der Sefor zu dieser Frage veranlaßte. Es beschämte sie, daß ihr die Umstände keine andere Wahl ließen, als folgenden Hinweis zu geben: »Während Ihres Aufenthalts in den Arrestzellen führen Commander Orloff und Dr. Boyce ein Verhör mit dem Wahrheitsverifikator durch.«

»Man will einen *Wahrheitsverifikator* verwenden? Obgleich wir *Vulkanier* sind? Das können wir nur als Beleidigung auffassen, Lieutenant.«

»Ich pflichte Ihnen bei. Aber gleichzeitig halte ich eine solche Maßnahme für gerechtfertigt. Commander Meadows ist ermordet worden, und Vulkans Ruhm wurde gestohlen. Jemand lügt.«

»*Jemand,* ja. Aber nicht unbedingt ein Vulkanier.«

»Bei dem Täter handelt es sich um eine Person, die kräftig genug ist, um mit der *Lan-dovna*-Methode zu töten. Wer außer einem Vulkanier könnte dazu in der Lage sein?«

Sefor runzelte die Stirn, und seine Brauen bildeten eine gerade Linie. Schließlich seufzte er. »Alles deutet darauf hin, daß ein Vulkanier die Verantwortung trägt«, gestand er widerstrebend ein. »Aber ich schwöre bei meiner Ehre: Ich glaube nicht, daß jemand von uns solche Schuld auf sich lud.«

»Die Indizien behaupten etwas anderes.«

»Indizien müssen *interpretiert* werden, Lieutenant. Es gibt keine Zeugen, keine konkreten Hinweise, kein Motiv. Vielleicht basieren Ihre Annahmen auf einer *falschen* Interpretation.«

Nach dem letzten Verhör sahen Boyce und Orloff auf, starrten sich über den Verifikator hinweg an. Die Maschine reagierte nicht nur auf Puls, Herzschlag, Atemrhythmus und Schweiß, sondern registrierte auch subtile Veränderungen in der Stimme. Ihr entging keine Lüge.

»Ich fasse es einfach nicht«, brummte Orloff.

»Dieser Apparat hat noch nie zuvor versagt«, erwiderte Boyce.

Die Tür des Verhörzimmers öffnete sich, und Nummer Eins kam herein. »Nun, meine Herren?« Sie ließ sich in einen nahen Sessel sinken, und der Bordarzt wandte voller Unbehagen den Blick von ihr ab. »Gehe ich recht in der Annahme, daß die Untersuchung ohne Ergebnis blieb?«

»Oh, wir haben Ergebnisse erzielt«, erwiderte Boyce. »Allerdings können wir nichts damit anfangen. Weil alle negativ sind.«

»Negativ?«

Boyce betätigte einige Tasten, und die Resultate erschienen auf dem flachen Bildschirm des Verifikators. »Diese Daten behaupten, daß alle Befragten wahrheitsgemäß Auskunft gaben.«

»Eine Fehlfunktion?«

»Wir haben das Gerät vor dem ersten Verhör getestet«, sagte Orloff.

»Nun, hier geht es um Vulkanier. Sie haben weitgehend Kontrolle über ihre Gefühle und emotionalen Reaktionen ...«

Der Sicherheitsoffizier schüttelte den Kopf. »Boyce hat gleich zu Anfang daran gedacht, und T'Pris erklärte sich zu einem Test bereit. Auf unsere Bitte hin log sie bei mehreren Gelegenheiten, damit wir feststellen konnten, ob der Verifikator imstande ist, auch einen lügenden Vulkanier zu entlarven. Er hat alle falschen Antworten registriert.«

»Es liegt an der vulkanischen Ehre«, warf Boyce ein. »Lügen gilt als unehrenhaft und unwürdig. T'Pris gab uns nur die Möglichkeit, den Verifikator zu testen, aber selbst ihr bereitete es Unbehagen, *nicht* die Wahrheit zu sagen. Und darauf reagierte die Maschine.«

»Es ist kaum zu glauben, Nummer Eins«, fügte Orloff hinzu. »Aber *diese* Indizien deuteten darauf hin, daß die Vulkanier unschuldig sind.«

»Wer steckt dann hinter dem Mord?« entfuhr es dem Ersten Offizier. Sie sah Boyce und Orloff an, doch die beiden Männer schwiegen. Nach einigen Sekunden schüttelte Nummer Eins den Kopf, wodurch ihr das lange dunkle Haar über die Schultern glitt. »Nein, ich bin sicher, daß wenigstens *ein* Vulkanier lügt — und dazu imstande ist, selbst den Verifikator zu täuschen.«

Als die Sonne hinter den Bergen unterging, senkte sich Dunkelheit über das Druncara-Massiv. Spock und Pike beobachteten das Dorf im Tal. Licht glühte hinter Dutzenden von Fenstern, und der Wind trug den Duft von Mahlzeiten mit sich. Sie warteten, bis es finster genug geworden war, um eine zufällige Entdeckung auszuschließen, begannen daraufhin mit dem Abstieg. Ihr Ziel war das ›Gefängnis‹, jenes Gebäude, das ein wenig abseits der übrigen stand. Mit dem Sonnenuntergang sank auch die Temperatur, und der Wächter — jetzt ein anderer; der erste war abgelöst worden — gab seinen Posten vor der Tür auf, zog sich ins Haus zurück. Pike konnte Ars Dan und Endel nicht sehen, aber er wußte: Sie kletterten nun am gegenüberliegenden Rand des Dorfes über den Hang.

Der Captain rutschte auf dem lockeren Boden aus, und einige kleine Steine rollten in die Tiefe. Pike und Spock erstarrten förmlich, wagten kaum zu atmen. Das Klacken verursachte keine Reaktionen im Dorf. Irgendwo bellte ein hundeartiges Tier, doch wenige Sekunden später war es wieder still. Nur die üblichen Geräusche der Nacht ertönten: ein dumpfes Rauschen, hervorgerufen von den Flügeln nachtaktiver Vögel, in den Baumwipfeln seufzender Wind, das Zirpen von Insekten im hohen Gras.

Nach einer Weile setzten sich Spock und Pike wieder in Bewegung. Sie erreichten das untere Ende des Hangs, duckten sich dort hinter einen zwei Meter hoch aufragenden Holzhaufen: Die Scheite waren an der fensterlosen Wand des ›Gefängnisses‹ aufgestapelt. Im Verlauf ihrer Beobachtungen hatten der Captain und sein vulkanischer Begleiter festgestellt, daß es eine Hintertür gab. Offenbar wurde sie nicht benutzt, und wahrscheinlich war sie verriegelt. Was sicher auch für die vordere Tür galt — immerhin befand sich der Wächter jetzt im Innern des Gebäudes. Angesichts dieser besonderen Umstände war Pike keine andere Wahl geblieben, als noch einmal einen Kontakt mit der *Enterprise* herzustellen und Phaser für Spock und sich anzufordern. Er hoffte, daß sie die Waffen nur dazu verwenden mußten, sich Zugang zu verschaffen — die Vorstellung, damit auf Mutanten zu schießen, behagte ihm ganz und gar nicht. Jene Wächter, die sie bisher gesehen hatten, schienen nicht bewaffnet zu sein, aber vielleicht täuschte dieser Eindruck. Pike griff in die Tasche seines Umhangs und holte den Kommunikator hervor. Er klappte ihn auf, drückte das kleine Gerät dabei an die Brust, damit das Bereitschaftssignal nicht zu laut piepte.

»Pike an Endel.«

»Hier, Sir«, flüsterte die kehlige Stimme des reptilienartigen Kelyaners aus dem Lautsprecher.

»Wir sind soweit, Lieutenant. Es kann losgehen.«

»Aye, Sir. Endel Ende.«

Pike steckte den Kommunikator ein und griff nach dem Phaser. Spock hielt seinen bereits in der Hand. »Auf feine Bündelung justieren«, sagte der Captain und sah das bestätigende Nicken des Vulkaniers.

Auf der anderen Seite des Dorfes zischte etwas, und Licht zerriß den dunklen Schleier der Nacht. Flammen loderten, und dichte Rauchwolken bildeten sich. Türen und Fenster wurden aufgestoßen; das Geräusch hastiger Schritte erklang, und die hundeartigen Tiere bellten. Laute Stimmen gesellten sich hinzu — die Mutanten eilten in Richtung Feuer.

»Jetzt«, sagte Pike.

Zusammen mit Spock lief er zur Hintertür des Gefängnisses. Rechts und links davon blieben sie stehen, zielten mit den Phasern auf das Schloß und betätigten die Auslöser. Dünne Strahlen leuchteten, schnitten so mühelos durch das dicke Holz wie die Klinge eines heißen Messers durch Butter. Pike trat die Tür auf und sprang über die Schwelle. Spock folgte dicht hinter ihm.

Sie fanden sich in einem kleinen, dunklen Raum wieder, der Kisten und Säcke enthielt — vielleicht eine Art Lagerkammer. Mattes Licht glühte unter einer zweiten Tür, und die beiden Starfleet-Offiziere hielten sofort darauf zu.

Von einem Augenblick zum anderen öffnete sie sich, und die Gestalt des Wächters versperrte Pike und Spock den Weg. Hinter ihm sahen sie einen jungen Mann, der gerade schützend die Arme um eine hübsche junge Frau legte. Der Wächter duckte sich, vereitelte damit Spocks Versuch, einen vulkanischen Nervengriff anzuwenden. Jäh schlug der Mutant zu, und sein wuchtiger Hieb schleuderte Spock an die Wand. Pike wich geschickt aus, als ihm der Wächter entgegenstürmte, streckte das Bein und brachte das Wesen zu Fall. Benommen blieb es liegen, gab dem Captain und Spock damit Gelegenheit, in den Hauptraum zu gelangen.

Pike erreichte die junge Frau, als sie von Bardan fortzuweichen schien, und er griff nach ihrem Arm. Spock wandte sich Bardan zu und streckte die Hand aus, um ihm zu helfen. Silene neigte sich zur Seite, als Pike sie näher zog. In ihrer Faust blitzte plötzlich die Klinge eines *Dree*-Messers, und damit stieß sie entschlossen zu. Das Ergebnis war ein langer Riß im Umhang des Captains, seinen Rippen viel zu nahe. Spock trachtete danach, Silene von Pike fortzuzerren, und Bardan stieß einen wütenden Schrei aus, stürzte sich auf den hochgewachsenen Vulkanier und riß ihn zu Boden. Unterdessen bemühte sich der Captain, eine Wildkatze in menschlicher Gestalt von sich fernzuhalten — eine zornige Nomadin, die versuchte, ihm ihren Dolch ins Herz zu stoßen.

KAPITEL 11

Spock konnte kaum glauben, daß es Bardan tatsächlich gelungen war, ihn zu Fall zu bringen. Es dauerte jedoch nicht lange, bis er sich von der Überraschung erholte, den jungen Mann mit sanftem Nachdruck zur Seite schob und aufstand. Bardan kam ebenfalls wieder auf die Beine und holte zu einem Schwinger aus, den Spock gerade noch rechtzeitig blockierte. Der Vulkanier packte den Arm seines Gegners, drehte ihn auf den Rücken. Im Hinterzimmer ertönte ein markerschütternder Schrei, und der Mutant stürmte durch die offene Tür. Spock ließ Bardan los und gab ihm einen Stoß, der dafür sorgte, daß er gegen den Wächter prallte. Er verlor keine Zeit und begann sofort, die Einstellungen seines Phasers zu verändern, ihn auf Betäubung zu justieren.

Pike hatte alle Hände voll damit zu tun, sich Silene vom Leib zu halten. Die junge Frau schien nicht zu begreifen, daß er sie retten wollte. Sie bedrohte Pike noch immer mit dem Messer, täuschte einen Angriff auf den Hals vor, duckte sich unter seinen nach oben zuckenden Armen hinweg und wollte ihm den Dolch in die Brust rammen. Der Captain entging nur deshalb einer tödlichen Verletzung, weil er sich zur Seite neigte, und die Folge war ein weiterer Riß in seinem Umhang. »Hör auf!« keuchte er. »Wir sind hier, um ...« Pike konnte den Satz nicht beenden, weil er sich erneut zur Wehr setzen mußte. Diesmal gelang es ihm, die junge Frau an den Handgelenken festzuhalten. Sie biß ihn prompt in den Arm.

Der Mutant stieg über den einmal mehr am Boden liegenden Bardan hinweg und warf sich dem Vulkanier entgegen. Spock ließ den Phaser fallen und trat zur Seite — der Wächter sauste an ihm vorbei, verlor das Gleichgewicht und fiel. Bardan kam wieder heran, aber Spock wehrte ihn mit der einen Hand lange genug ab, um den Mutanten mit einem Nervengriff außer Gefecht zu setzen. Die massige Gestalt erzitterte, als Feuer nach ihren Nackennerven zu tasten schien, und dann erschlaffte sie. Bardan sprang erneut heran, streckte die Hände nach Spocks Hals aus. Der Vulkanier schlang beide Arme um den jungen Mann und hob ihn hoch.

Pike entwand den Arm Silenes Zähnen, drehte die Nomadin herum und bekam sie fester zu fassen. Sie trat nach ihm, und er schüttelte sie heftig. *»Aufhören!«* donnerte er. »Wir sind hier, um euch beide zu retten!«

»Laßt uns in Ruhe!« erwiderte Silene ebenso laut. »Wir wollen gar nicht gerettet werden!«

»Was?« brachte Pike verblüfft hervor. Er ließ die junge Frau los, und sie wirbelte um die eigene Achse, starrte ihn an. »Was hast du gesagt?«

»Wir begleiten euch nicht«, sagte Bardan scharf. Er zappelte nicht mehr, und Spock gab ihn langsam frei. Der Sohn des Kaufmanns trat sofort zu Silene, und in seinen Augen blitzte es wütend, als er Pike und den Vulkanier ansah. »Wir bleiben hier.«

»Eure Väter sind sehr besorgt«, entgegnete Spock. »Sie möchten, daß ihr zu ihnen zurückkehrt.«

»Um uns voneinander zu trennen.« Silene näherte sich dem Mutanten, dessen Arme und Beine zitterten. Spock wölbte erstaunt die Brauen: Noch nie zuvor hatte sich jemand so schnell von einem vulkanischen Nervengriff erholt. Die junge Frau half dem Wächter beim Aufstehen. »Hier sind wir sicher«, sagte sie.

Pike musterte die beiden jungen Leute verwirrt. »Aber ihr seid entführt und verschleppt worden. Man hat euch hier eingesperrt ...«

»Die Mutanten brachten uns fort«, bestätigte Bardan. »Aber wir sind keine Gefangenen.«

Der Wächter taumelte, und Silene versuchte, ihn zu stützen. »Bist du verletzt, Panlow?« fragte sie beunruhigt.

Er schüttelte den Kopf und klopfte ihr kurz auf den Arm, um sich dann an Pike und Spock zu wenden. »Ich bin Panlow, Oberhaupt der hiesigen Dorfgemeinschaft. Wer seid ihr?«

»Unsere Väter haben sie geschickt.«

Nach den draußen erklingenden Geräuschen zu urteilen, schien vor dem Gebäude eine Rauferei stattzufinden. Die Tür schwang auf, und mehrere zornige Mutanten stießen die beiden verlegenen Lieutenants Endel und Ars Dan ins Zimmer. »Durch ihre Schuld ging fast ein halber Wintervorrat Brennholz verloren, Panlow«, knurrte eine der Gestalten.

Ars Dan warf Pike einen zerknirschten Blick zu. »Die Hunde — ich glaube, es handelte sich um Hunde — spürten uns auf. Wir konnten den Tieren nicht entkommen, und als wir uns zu verstecken versuchten ... Sie fanden uns sofort.«

Panlow musterte Spock, Endel und Ars Dan mit offensichtlichem Interesse. Fast vorwurfsvoll und anklagend trat er ihnen entgegen. »Ihr seid Mutanten wie wir, aber ihr tragt die Kleidung der Wüste. Und ihr kommt auf Geheiß der Ebenenleute hierher. Warum verratet ihr euer eigenes Volk?«

Spock sah Pike an und bat stumm um Sprecherlaubnis. Der Captain nickte. »Wir gehören nicht zu deinem Volk, Panlow. Wir haben gelernt, mit den Bewohnern der Ebene friedlich zusammenzuarbeiten. Und diese haben uns akzeptiert.«

»Na bitte!« rief Panlow den übrigen Mutanten zu. »Es gibt also eine Chance für meinen Plan. Dies ist der Beweis. Wir brauchen nicht länger in den Bergen isoliert zu sein. Wir können einen Weg finden, um mit den anderen zusammenzuleben, zum Nutzen von allen.«

Pike räusperte sich. »Ihr habt noch nicht die Entführung der beiden jungen Leute erklärt.«

»Wir sind sehr höflich behandelt worden«, sagte Bardan. »Die Mutanten möchten, daß wir zu ihren Gesandten werden.«

»Panlow?«

Das Oberhaupt der Dorfgemeinschaft war fast unerträglich häßlich: Sein Gesicht schien zu einer Grimasse erstarrt zu sein, die alles verspottete, was man gemeinhin als normal erachtete. Die Stimme bildete einen auffallenden Kontrast dazu und gehörte einem geübten Rhetoriker. Sein Körper wirkte wie etwas, das aus einem Alptraum stammte, aber trotzdem gelang es ihm, bei fast allen Bewegungen eine subtile Eleganz zum Ausdruck zu bringen. Mit einer vierfingrigen Hand deutete er auf Silene und Bardan. Ein Lächeln verzerrte seine Miene, als er sagte: »Ich habe schon vor einer ganzen Weile beschlossen, einige Normale aus der Ebene zu entführen, doch sie mußten jung sein, um uns vorbehaltlos zu akzeptieren, aber nicht zu jung. Denn die Betreffenden sollten verstehen, warum wir einen Kontakt mit ihrem Volk wünschten. Wir bemerkten diese beiden Personen, als wir uns weiter ins Territorium der Ebenenleute vorwagten.«

»Das Angebot der Mutanten ist sehr interessant«, sagte Silene. »Es besteht aus Handelswaren, die wir bisher weder finden noch selbst herstellen konnten.«

»In der Tat«, pflichtete ihr Bardan bei. »Einzigartiges Erz steht ihnen zur Verfügung ...«

»Wir kennen uns in diesen Bergen aus.« Panlow nickte. »Hier gibt es viel Erz und Mineralien. Hinzu kommen Wälder mit Tieren, die noch kein Bewohner der Ebene gesehen hat. Und Seen voller Fische. Hier existiert ein Reichtum, der Nomaden und Städtern verwehrt ist — weil sie diese Region meiden. Wir haben Handelswaren, die für Ebenenleute sehr nützlich wären. Und umgekehrt verhält es sich genauso.«

»Ich verstehe«, sagte Pike ruhig. »Sie wünschen sich eine Gelegenheit, mit den Nomaden und Städtern Handel zu treiben, zum gegenseitigen Vorteil.«

»Ja.« Panlow lächelte. »Wir haben sie beobachtet, ohne daß sie etwas davon ahnten. Sie überwinden allmählich die Folgen der Katastrophe, und wir möchten an dem Fortschritt teilhaben. Diese beiden jungen Leute könnten eine Brücke bauen, die alle Völker dieser Welt miteinander verbindet, es ihnen ermöglicht, sich gegenseitig zu verstehen.«

Pike wandte sich an Silene und Bardan. »Was ist mit euch? Was haltet ihr davon?«

»Wir hatten große Angst, als man uns entführte«, entgegnete Silene. »Aber die Mutanten behandelten uns gut. Sie waren sehr vorsichtig, als fürchteten sie, uns zu verletzen. Als unser Entsetzen nachließ, erkannten wir sie als ... Personen, sahen keine schrecklichen Ungeheuer mehr in ihnen.«

»Sie glauben, daß wir ihnen helfen können, und vielleicht sind wir tatsächlich dazu imstande. Aber zunächst müssen wir mit unserem Volk sprechen, vor allem mit unseren Eltern. Als Erwachsene. Ich meine, *sie* müssen *uns* als Erwachsene akzeptieren.«

»Ihr seid weggelaufen, statt eure Liebe zu verteidigen. Ein recht kindliches Verhalten, wenn ihr mich fragt.«

Neuerlicher Zorn blitzte in Silenes Augen, und sie trat Pike entgegen. »Für unsere Eltern waren wir nur Störenfriede, die ihre Pläne bedrohten. Sie lehnten es ab, unsere Liebe ernst zu nehmen.«

Der Captain neigte den Kopf ein wenig zur Seite und schmunzelte. »Nun, dem kann ich nicht widersprechen. Vielleicht liegt es daran, daß ihr noch sehr jung seid. Wie dem auch sei: Ich glaube, wir können euch und Panlow helfen.«

In Abständen von jeweils einer halben Stunde erstattete Orloff dem Ersten Offizier Bericht, aber sie waren beide sehr enttäuscht. Nummer Eins und T'Pris blieben auf der Brücke, während Dutzende von Sicherheitswächtern und Technikern die ganze *Enterprise* durchsuchten. Als Orloff einmal mehr meldete, bisher sei noch nichts gefunden worden, schaltete die Ilyrianerin verärgert das Interkom aus. »Ich habe das Gefühl, einem Irrlicht nachzujagen.«

»Diesen Hinweis verstehe ich nicht ganz«, erwiderte die Vulkanierin höflich.

»Er bedeutet: Man sucht etwas, das überhaupt nicht existiert. Einerseits bin ich sicher, daß sich Vulkans Ruhm an Bord dieses Raumschiffs befindet, und ich glaube auch, daß wir den Smaragd finden können. Andererseits fürchte ich, daß wir nicht auf die richtige Art und Weise vorgehen, daß wir etwas übersehen.« Nummer Eins lächelte schief und vollführte eine vage Geste. »Wenn das verwirrt und hilflos klingt ... Ein solcher Eindruck täuscht nicht.«

»Handelt es sich vielleicht um zwei verschiedene Personen?« fragte T'Pris. »Hier der Mörder — und dort ein Komplize, vielleicht ein Nichtvulkanier, der immer wieder neue Verstecke für den Kristall findet, damit er von den Suchgruppen nicht entdeckt wird?«

»Warum sollte ein Vulkanier den Smaragd einem Nichtvulkanier anvertrauen?«

T'Pris dachte darüber nach und schüttelte den Kopf. »Sie haben recht. Auch ich sehe eine nur geringe Wahrscheinlichkeit dafür — vorausgesetzt, der Mörder ist tatsächlich Vulkanier.«

»Sind Sie wieder bei dieser Hypothese? Ich dachte, wir wären uns einig, daß nur ein Vulkanier als Mörder in Frage kommt.«

»Annahmen sind nicht annähernd so gut wie Fakten«, sagte T'Pris. »Vielleicht ist es falsch, von der Annahme auszugehen, nur ein Vulkanier könnte das *Landovna* angewendet haben, um Meadows zu töten. Ich gebe zu: Eine solche Schlußfolgerung erscheint offensichtlich. Aber vielleicht ging es dem Täter genau darum. Unsere diesbezüglichen Traditionen und Rituale sind kein Geheimnis. Spock hat bereits darauf hingewiesen: Wir lehren unsere Selbstverteidigungsmethoden, unterweisen andere Personen darin. Viele Außenweltler haben nicht nur unsere Philosophie studiert, sondern auch unsere Kampftechniken — obwohl nur wenige von ihnen kräftig genug sind, um Gebrauch davon zu machen. Nun, abgesehen von der körperlichen Kraft könnte auch ein Nichtvulkanier das *Lan-dovna* einsetzen. Ich möchte von einer neuen Annahme ausgehen, die lautet: Der Mörder ist *kein* Vulkanier. Welche Besatzungsmitglieder kämen in Frage?«

Nummer Eins überlegte. *Schaden kann's nicht, wenn wir alle Möglichkeiten unter die Lupe nehmen,* dachte sie. »Na schön, Lieutenant. Überprüfen Sie diese Theorie und bringen Sie mir eine Antwort auf folgende Frage: Wer sonst könnte Meadows ermordet haben — und warum?«

»Beeilen Sie sich, Scotty«, zischte Bob Brien. »Sie sind direkt hinter uns.«

Der Schotte ging ziemlich steifbeinig und versuchte, noch etwas schneller einen Fuß vor den anderen zu setzen. Brien hielt eine unauffällige Werkzeugtasche in der Hand und gewann einen Vorsprung von einigen Metern. Erneut blieb er stehen und winkte ungeduldig. Scott humpelte ihm verärgert nach. »Es ist alles andere als leicht, mit drei Destillierrohren in den Hosenbeinen zu laufen!« Er deutete auf die Werkzeugtasche. »Sie tragen nur die kleinen und leichten Dinge.«

»Nun, es war *Ihre* Idee, den Apparat auf diese Weise zu transportieren.« Brien blickte nervös in die Richtung, aus der sie kamen. »Inzwischen haben die Sicherheitswächter den Maschinenraum durchsucht. Wir kehren von der anderen Seite her zurück, durch Zugang Nummer vier. Dort gibt es einen Wartungsschrank, und bestimmt hat man ihn bereits kontrolliert. Wir verstecken die Sachen darin, bis zu Ihrer Dienstschicht heute abend.«

»Ich möchte das Zeug endlich loswerden«, brummte Scott. »Noch einige Minuten länger, und ich kann nie wieder richtig gehen.« Als er das linke Bein hob, hinderte ihn ein Rohr daran, das Knie zu beugen.

Brien grinste und klopfte ihm auf die Schulter. »Es ist die Mühe wert. Ich habe alle Krüge und Flaschen geliefert, die wir auf Lager hatten, und wenn die Vorrichtung wieder installiert ist ... Dann mangelt es uns nicht an Aufträgen.«

»Man könnte wirklich glauben, daß Sie geldgierig sind, Bob. Planen Sie vielleicht, ganz groß ins Geschäft einzusteigen und reich zu werden?«

»Reich? Die Einnahmen genügen gerade, um die Kosten zu decken. Nein, es gefällt mir nur, lächelnde Gesichter zu sehen, wenn die Leute unsere Ware probieren. Wir machen die Besatzung dieses Schiffes glücklich — ist das nichts?«

Scott stöhnte leise, als sie den Zugang zum Maschinenraum erreichten. »Na schön. Aber wenn wir wirklich kaum Gewinn erzielen ... Dann sollten wir kostengünstiger produzieren.«

Phil Boyce beendete die Behandlung des letzten Patienten. Es waren keine ernsten Fälle, die seine Aufmerksamkeit erforderten, sondern die üblichen Unfälle und Wehwehchen: leichte Schnitt- und Platzwunden, Erkältungen (für die noch immer ein hundertprozentig wirkungsvolles Heilmittel fehlte), eine Magenverstimmung nach einem zu üppigen Essen am vergangenen Abend. Der Bordarzt legte seine Instrumente beiseite und überließ die Krankenstation der Chefschwester.

Er suchte das Freizeitdeck auf, um dort eine Tasse Kaffee zu trinken. *Vermutlich liegt's an der Atmosphäre oder so,* dachte Boyce. Im Freizeitraum schmeckte der

Kaffee immer besser als in der Krankenstation, obwohl er nach der gleichen chemischen Formel synthetisiert wurde. Er setzte sich, nippte an der schwarzen Flüssigkeit und beobachtete die Besatzungsmitglieder an den anderen Tischen. Dabei fiel ihm ein Phänomen auf, das vor einigen Tagen begonnen hatte. Er zögerte kurz, leerte die Tasse und ging zum nächsten Interkom-Anschluß.

»Dr. Boyce an Nummer Eins.«

Die Stimme des Ersten Offiziers drang praktisch sofort aus dem Lautsprecher. »Hier Nummer Eins.«

»Wo sind Sie?«

»Auf der Brücke.«

»Ich bin gleich bei Ihnen.«

Als sich die Tür des Turbolifts vor Boyce öffnete, drehte Nummer Eins den Kopf. »Stimmt was nicht?«

»Kommt darauf an.« Der Arzt trat neben den Befehlsstand und dachte nach. Als die im Kommandosessel sitzende Ilyrianerin unruhig hin und her rutschte, erwachte er aus seinen Grübeleien. »Entschuldigung. Es handelt sich um eine seltsame Sache. Ich seh's schon seit einigen Tagen, aber erst vor einigen Minuten ist es mir richtig bewußt geworden. Haben Sie bemerkt, daß die Besatzungsmitglieder in letzter Zeit häufig lächeln?«

»Phil ...«, begann Nummer Eins, und die Warnung war unüberhörbar: *Verschwenden Sie nicht meine Zeit.*

»Ich meine nicht nur schlichte Zufriedenheit oder etwas in der Art. Nein, die Leute schmunzeln verträumt vor sich hin, und ihre Augen sind seltsam trüb.«

»Soll das heißen, die Crew benutzt bewußtseinsverändernde Substanzen?« Als Boyce verwirrt die Stirn runzelte, fügte Nummer Eins hinzu: »Anders ausgedrückt: Halten Sie die Besatzung der *Enterprise* für *betrunken?*«

»Nun, ich meine nicht die Leute im Dienst. Ich bekomme praktisch nur die Dienstfreien zu Gesicht.«

»Sind Sie ganz sicher?«

»Alles deutet darauf hin, daß die Leute *voll* sind.«

Nummer Eins überlegte eine Zeitlang und nickte knapp. »Nun gut. Schnappen Sie sich einige Verdächtige und untersuchen Sie die Betreffenden. Was die Crew in ihrer Freizeit anstellt, geht mich eigentlich nichts an. Aber wenn Besatzungsmitglieder im Dienst betrunken sind ... Daraus könnten sich Gefahren für das Schiff ergeben.«

»Ich schätze, es liegt am neuen Schwarzgebrannten. Angeblich findet das Zeug reißenden Absatz.«

»Woher kommt es? Wo wird es hergestellt?«

»In dieser Hinsicht wahrt man ein diskretes Schweigen. Das Gesöff ist einfach zu gut.«

Nummer Eins schüttelte den Kopf. »Ich finde es bedenklich, daß es eine solche Wirkung auf die Crew entfaltet. Beginnen Sie mit den Untersuchungen, Phil. Wir müssen unbedingt herausfinden, was an Bord geschieht.«

T'Pris hatte die Genehmigung erhalten, sich einzig und allein auf ihre Nachforschungen zu konzentrieren. Die Vulkanierin benutzte das Terminal im biologischen Laboratorium, um eine Datenverbindung zum Bibliothekscomputer herzustellen, und anschließend arbeitete sie stundenlang.

Um vier Uhr endete der Brückendienst des Ersten Offiziers, und sie beschloß, T'Pris zu besuchen und festzustellen, ob sich etwas ergeben hatte. Als sie das biologische Labor betrat, legte die junge vulkanische Wissenschaftlerin gerade eine Pause ein und rieb sich die müden Augen.

Nummer Eins bedachte sie mit einem aufmunternden Lächeln. »Sie müssen nicht Ihre *ganze* Zeit in diese Ermittlungen investieren, Lieutenant. Nehmen Sie sich eine Stunde frei. Entspannen Sie sich.«

»Nein, ausgeschlossen. Um der vulkanischen Ehre willen muß ich herausfinden, welcher Nichtvulkanier als Täter in Frage käme.«

»Wie Sie meinen. Ist es Ihnen gelungen, irgend etwas zu entdecken?«

»Ich habe zusätzliche Daten angefordert: Informationen, die normalerweise in den Personal-Dateien fehlen und den persönlichen sowie familiären Hintergrund betreffen. Die Starfleet-Archive enthalten solche Angaben.«

Nummer Eins wölbte eine Braue. »Aber sie unterliegen einer strengen Geheimhaltungsklassifikation.«

»Ja. Allerdings geht es hier um einen Mord. Commander Orloff hat mich ermächtigt, jene Archivdaten abzurufen, die das Personal dieses Schiffes betreffen. Ich glaube, ich bin einer interessanten Angelegenheit auf der Spur. Noch gibt es keine konkreten Anhaltspunkte, aber ich halte die Sache für vielversprechend.«

»Benachrichtigen Sie mich, wenn Sie etwas finden.«

»Sie hören von mir, sobald ich die Daten analysiert und ausgewertet habe.«

Nummer Eins nickte und verließ das Laboratorium. T'Pris setzte die Arbeit fort, konzentrierte sich auf jene Informationen, die wichtige Hinweise in Aussicht stellten, wenn ihre Vermutungen zutrafen.

Phil Boyce blickte zum Diagnoseschirm, während der Patient auf der Liege lächelte und ins Leere starrte. Er seufzte und aktivierte noch einmal den medizinischen Tricorder — das Display des kleinen Geräts zeigte die gleichen Bio-Werte an wie die größere und leistungsfähigere Diagnose-Einheit.

»Sie können aufstehen«, sagte er. Der Mann blieb liegen, lächelte auch weiterhin. Boyce winkte eine Krankenschwester zu sich. »Bitte helfen Sie ihm, Schwester Blayton.« Als er sich umwandte, sah er Nummer Eins in der Tür. »Kommen Sie herein.«

Die Ilyrianerin ließ sich in einen Sessel sinken und wartete. Boyce nahm ebenfalls Platz und schüttelte den Kopf. »So etwas habe ich noch nie zuvor erlebt.«

»Beschreiben Sie mir die Situation.«

»Nun, alle von mir untersuchten Personen waren beziehungsweise sind vollkommen betrunken. Der Alkoholgehalt in ihrem Blut ist ziemlich hoch. Die Symptome: Desorientierung, Einschränkungen der motorischen Reflexe, Artikulationsprobleme — aber keine physischen Beschwerden. Eine kleine Sache beunruhigt mich, weil sie mir nach wie vor unklar bleibt.«

»Häufig kommt es gerade auf die kleinen Sachen an, Phil. Worum geht's?«

»Die Leute geben zu, sich Schwarzgebranntes hinter die Binde gekippt zu haben, aber angeblich hat niemand mehr als zwei Gläser getrunken. Nun, danach hapert's am Erinnerungsvermögen, aber zwei Gläser sollten nicht zu einer derartigen Wirkung führen. Zumindest nicht bei allen Betroffenen.«

»Wir beide haben uns ebenfalls ein Gläschen von dem Zeug genehmigt. Bei mir stellten sich keine der eben genannten Symptome ein. Und bei Ihnen?«

»Nein. Andererseits: Vielleicht gibt es in unserem Gedächtnis ähnliche Lücken wie bei den anderen Besatzungsmitgliedern.« Nummer Eins warf dem Arzt einen warnenden Blick zu, woraufhin er beschwichtigend hinzufügte: »Oh, ich nehme an, bei Ihnen wäre so etwas ausgeschlossen. Eins steht fest: Ich bin klar bei Verstand gewesen. Am Nachmittag mußte ich eine kleine Operation durchführen, und Blayton bestätigt, daß ich mich dabei ganz normal verhalten habe. Vielleicht liegt es daran, daß wir beide nur jeweils ein *halbes* Glas intus hatten.« Boyce trommelte mit den Fingern auf den Schreibtisch und dachte nach. »Ich tippe auf irgendeine Art von Kontamination. Wie gesagt: So etwas habe ich noch nie zuvor erlebt. Maschinenraum-Schnaps hat's meistens in sich, ist aber kaum stärker als ein doppelter saurianischer Brandy. Hier liegt der Fall ganz anders.«

Nummer Eins seufzte und verlagerte ihr Gewicht im Sessel. »Also scheint eine zweite Suche erforderlich zu sein — diesmal nach einer kontaminierten Destilliervorrichtung.«

»Wie wär's, wenn Sie den Schuldigen auffordern, sich zu erkennen zu geben — um der Gesundheit seiner Kollegen und Kameraden willen?«

»Sie wissen ganz genau: Man toleriert die Herstellung von Maschinenraum-Schnaps, aber sie ist trotzdem verboten. Der Schwarzbrenner müßte mit einer strengen Strafe rechnen, vielleicht sogar mit Degradierung. Glauben Sie, es steckt Absicht hinter der Kontamination?«

»Nein. Es handelt sich um einen ausgesprochen ungewöhnlichen Effekt, den wohl kaum jemand geplant haben kann.«

»Also ein Fehler. Mir liegt nichts daran, jemanden zu bestrafen, nur weil ihm ein Fehler unterlief. Dennoch müssen wir den Destillierapparat finden und außer Betrieb setzen. Anschließend geben wir die Gründe dafür bekannt.«

»Und die Suche nach Vulkans Ruhm?«

Nummer Eins schüttelte ernst den Kopf. »Bisher ohne Ergebnis. Das ganze Schiff ist gründlich durchkämmt worden — und von dem Smaragd fehlt noch immer jede Spur.«

»*Irgendwo* muß er sein.«

»In der Tat. Es sei denn, jemand hat ihn zerstört. Aber das kann ich mir kaum vorstellen — immerhin hat der Dieb für den Kristall getötet.«

Aufregung zitterte in T'Pris, als sich ihre Hoffnungen erfüllten: Ganz deutlich sah sie nun die Spur, die zur Antwort führte. Die Logik ließ gar keinen anderen Schluß zu, sobald man alle Fakten kannte. Es war schon recht spät, und seit Stunden hatte sie keine Pause eingelegt, um etwas zu essen oder auszuruhen. Doch die Entdeckung veranlaßte einen Adrenalinschub, der ihr neue Kraft verlieh. Sie fixierte ihre Aufmerksamkeit ganz und gar auf das Rätsel, das allmählich einen Sinn zu ergeben begann, und darunter litten die Reflexe: Erst im letzten Augenblick spürte sie, daß jemand hinter ihr stand. Unmittelbar darauf hörte sie, wie eine Stiefelsohle über den Boden kratzte ...

Der beißende Rauch von Lagerfeuern bildete dichte Wolken über den *Kerra*-Bäumen der Oase Tisirah, als die Frauen das Abendessen für ihre Männer vorbereiteten. Silenes und Bardans Entführung lag schon fünf Tage zurück; vor vier Tagen war Krees aufgebrochen, um nach ihnen zu suchen. Melkor Aliat hatte seiner Familie in Sendai eine Nachricht geschickt: Er würde erst zurückkehren, wenn in Hinsicht auf Bardans Schicksal kein Zweifel mehr bestehen konnte. Einige Städter, die Melkor durch die Wüste begleitet hatten, waren inzwischen zur Stadt zurückgekehrt, aber mehrere Freunde blieben bei ihm. Ingarins Angebot, die Mahlzeiten mit ihnen zu teilen, bewahrte sie davor, abseits des Nomadenlagers zu hungern. *Shinsei* Farnah wollte sich nicht von der Großzügigkeit seiner Ehepartnerin übertreffen lassen und lud die Städter ein, im Familienzelt zu übernachten.

Nach anfänglicher Zurückhaltung begannen die beiden Väter damit, über verschiedene Dinge zu sprechen. Wie sich herausstellte, vertraten sie manchmal die gleiche Ansicht, insbesondere in bezug auf den Handel. Außerdem waren sie beide davon überzeugt, daß für ihre verschwundenen Kinder keine Hoffnung bestand. Wenn *Indallah* Krees und seine seltsamen Freunde zurückkehrten, so kamen sie entweder mit leeren Händen — oder mit den Leichen von Silene und Bardan. Ingarin und *Makleh* Berendel schwiegen, obgleich sie den Pessimismus der Männer nicht teilten.

Ingarin beaufsichtigte ihre Schwiegertöchter, als sie das Essen zubereiteten. Plötzlich versteifte sie sich und lauschte. »Was ist denn, Mutter?« fragte eine der jungen

Frauen, doch Ingarin forderte sie mit einer abrupten Geste auf, still zu sein. Das Geräusch wiederholte sich, etwas lauter diesmal: viele kleine Glocken, die in einem sanften Rhythmus läuteten.

»Jemand kommt von den Druncara-Bergen!« erklang die Stimme eines Beobachtungspostens, der von einem *Kerra*-Baum aus die Wüste beobachtete. Wenige Sekunden später war das ganze Lager auf den Beinen und eilte zum Rand der Oase.

Die Gestalten kamen tatsächlich aus der Richtung des Druncara-Massivs, begleitet von Packtieren, die so schwer beladen waren, daß sie sich nur sehr langsam bewegen konnten. An ihrem Zaumzeug baumelten winzige Glocken. Aus insgesamt dreißig Tieren bestand die Karawane, und geführt wurden sie von muskulösen Mutanten. Pike, Spock, Endel und Ars Dan ritten abseits der anderen auf den von Farnah geliehenen *Meercans.* Silene und Bardan befanden sich an der Spitze der Kolonne, saßen auf eigenen, prächtig geschmückten *Meercans.* Die unter den Sätteln hervorragenden Decken präsentierten schillernde Farben; Metallfäden glänzten in dem exotischen Stoff.

Farnah beschattete mit beiden Händen die Augen und starrte über den Weg. »Sie leben!« entfuhr es ihm. Er klopfte Melkor Aliat auf die Schulter. »Sie *leben!*« Falten bildeten sich in seiner Stirn, als er die Tiere beobachtete. »Und sie reiten auf meinen beiden besten *Meercans* ...«

Silene und Bardan geleiteten die Karawane zur Oase. Pike hatte mit lautem Jubel gerechnet, aber statt dessen schwiegen die Nomaden und Städter, wichen mit stummer Wachsamkeit vor den Mutanten zurück. Die Besucher ignorierten dieses nicht sehr freundliche Verhalten, beschränkten sich darauf, die Packtiere anzutreiben. Sie verwendeten dazu Stöcke mit komplexen Schnitzereien. Die beiden jungen Leute verharrten vor den Zelten, stiegen ab und banden die *Meercans* an. Hinter ihnen blieben die anderen Tiere stehen. Pike und seine Gefährten sprangen ebenfalls zu Boden, um Silene und Bardan zu folgen.

Die junge Frau griff nach Bardans Hand, und gemeinsam traten sie ihren Vätern gegenüber. Ingarin musterte Melkor Aliats Sohn und nickte zufrieden. Eine Aura der Kraft umgab ihn, und hinzu kam offensichtliche Attraktivität. Kein Wunder, daß Silene ihn gewählt hatte. Sie schien sich ihm unbewußt unterzuordnen — offenbar bedeutete er ihr sehr viel.

»Vater ...«, begann Bardan.

Aliat und Farnah setzten sich gleichzeitig in Bewegung, um ihre Kinder zu umarmen. »Geht es euch gut? Seid ihr unverletzt?«

»Ja«, versicherte Farnah. »Man hat uns gut behandelt.«

»Du hast dafür gesorgt, daß wir uns große Sorgen machten, Bursche.« Aliat packte seinen Sohn an den Schultern und schüttelte ihn — die Wiedersehensfreude verwandelte sich in Ärger. »Schlimm genug, daß du einfach aufgebrochen bist, ohne an mich oder das Geschäft zu denken. Schlimm genug, daß du ein Mädchen aus der Wüste zum Anlaß nehmen wolltest, das Elternhaus aufzugeben ...«

»Sie war bereit, das gleiche Opfer für mich zu bringen.«

»Was beweist, wie dumm ihr seid«, erwiderte Farnah scharf. Er langte nach Silenes Hand und zog sie in Richtung Hauptzelt. »Komm nach Hause. Dein Platz ist bei uns.«

Mit einem jähen Ruck befreite sich Silene aus dem Griff ihres Vaters. »Nein!«

»Tochter ...«

»*Shinsei* Farnah, ich schlage vor, du begegnest den beiden Botschaftern der Mutanten mit mehr Respekt«, sagte Pike laut und deutlich.

Farnah und Aliat drehte sich verblüfft zu ihm um. »Wie bitte?« brachte der *Shinsei* hervor.

»Botschafter der Mutanten?« wiederholte Aliat. »Was soll das heißen?«

»Silene und Bardan kommen als offizielle Gesandte, Kaufmann Aliat. Und damit noch nicht genug. Panlow, Oberhaupt der Mutanten, hat die beiden jungen Leute adoptiert — sie sind seine Kinder.«

»*Was?*« donnerte Farnah.

Pike schenkte dem zornigen Schrei keine Beachtung und fuhr fort: »Darüber hinaus hat er sie beauftragt, für ihn zu sprechen und Geschäfte abzuschließen.«

»Wir sollen mit den Mutanten Handel treiben?« Aliat schnaufte verächtlich. »Sie besitzen bestimmt nichts, das für uns interessant wäre.«

»Diese Gruppe hat einige Dinge mitgebracht. Seht sie euch an.« Pike wechselte einen kurzen Blick mit Silene und zwinkerte.

Die junge Frau winkte den Mutanten zu, die sofort Taschen und Beutel von den Rücken der Packtiere nahmen, ihren Inhalt auf Tüchern ausbreiteten: glitzernde Edelsteine, einige geschliffen, andere nicht (manche steckten in Einfassungen aus Gold und Silber); prächtige Pelze und Felle, einige davon zu Kapuzenmänteln und Umhängen verarbeitet; verzierte Teller, Krüge, Kelche und Töpfe. Die Nomaden schnappten unwillkürlich nach Luft, als ein Mutant Messer, Schwerter und Speere aus Stahl auf den Boden legte.

Bardan lächelte und nahm einen der Krüge. Er zog den Stöpsel heraus, füllte zwei Gläser mit rubinroter Flüssigkeit und bot seinem Vater sowie Farnah zu trinken an.

»Der Wein des Hochlands ist besonders köstlich«, sagte er. »Boden und Wetter begünstigen dort das Wachstum der Trauben.«

Die beiden älteren Männer probierten vorsichtig — und nickten anerkennend. Farnah trank einen zweiten Schluck, blickte ins Glas und behielt die Flüssigkeit einige Sekunden lang im Mund, bevor er sie dem Magen anvertraute. »Vollmundig und schwer«, sagte er zu Aliat. »Nicht so säuerlich und wäßrig wie euer Wein.«

Aliat schnitt eine finstere Miene, als er diese Kritik hörte. »Und nicht scharf genug, um zum Beizen oder Gerben verwendet zu werden — so wie *euer* Wein«, konterte er und wandte sich an Bardan. »Wir bieten zehn *Keshels* pro Gallone.«

Der junge Mann hob die Brauen. »Wir sollten auf Beleidigungen dieser Art verzichten, Vater. Die Mutanten sind bereit, mit ihren Waren Handel zu treiben; sie wollen sie nicht verschenken.«

»Es war ein faires Angebot!«

»Nicht für Wein dieser Qualität. Und er wird nur in den Druncara-Bergen hergestellt.«

»Wir bieten fünfzehn *Keshels* für jede Gallone«, sagte Farnah plötzlich.

»Wir könnten den ganzen Vertrieb in Sendai übernehmen, Sohn«, meinte Aliat. »Dafür sollte uns eigentlich ein Rabatt eingeräumt werden.«

»Vielleicht«, erwiderte Bardan. »Aber unsere Kunden ...« Er unterbrach sich und begann noch einmal. »Meine Auftraggeber wollen nicht nur einen Händler beliefern. Sie sind bereit, mit allen Interessierten faire Geschäftsbeziehungen aufzunehmen.«

»Zwanzig *Keshels* für eine Gallone«, warf Farnah ein.

Bardan lächelte. »Silene hat nicht übertrieben: Ihr Vater ist tatsächlich weise und ein kluger Händler. Zwanzig *Keshels* für eine Gallone sind ein guter Preis. Wie viele Krüge wünschst du, *Shinsei* Farnah?«

»Einen Augenblick, Sohn«, ließ sich Aliat vernehmen. »Auch ich möchte eine Bestellung aufgeben.«

»Weniger als zwanzig *Keshels* für einen Gallonenkrug kommen nicht in Frage«, sagte Bardan fest.

»Ja, in Ordnung. Zwanzig.«

»Abgemacht.« Bardan lächelte erneut, holte eine einfache Zählvorrichtung — perlenartige Kugeln an Schnüren — sowie Papier und Stift hervor, um Buch zu führen. »Ihr solltet auch den Kristallwein probieren. Es ist ein ausgezeichneter Weißwein, der euch bestimmt gefällt ...«

Pike, Spock, Endel und Ars Dan standen einige Meter entfernt und beobachteten die Verhandlungen stumm. Man brachte den auf Decken präsentierten Gegenständen großes Interesse entgegen. Die Frauen waren insbesondere von den Kleidungsstücken aus Pelz und Seide fasziniert, die Silene ihnen zeigte. Sie rief ihre Mutter und Berendel zu sich, hüllte sie in lange Bahnen aus erlesenem Stoff, um die Farben zur Geltung zu bringen.

»Wissen Sie, Spock ... Ich habe den Eindruck, daß die beiden jungen Leute mit ihrer neuen Verantwortung gut zurechtkommen werden.«

»Da stimme ich Ihnen zu, Sir«, erwiderte der Vulkanier leise. »Silene und Bardan sind jetzt nicht mehr die beiden Halbwüchsigen, die von zu Hause fortliefen. Sie gaben die vertraute Welt auf, um ihr Leben selbst in die Hand zu nehmen; sie vertrauten den Mutanten, die sie aus der Oase entführten; sie übernahmen die Aufgaben von Gesandten, um zwischen den Völkern dieses Planeten zu vermitteln. All dies deutet darauf hin, daß sie erwachsen geworden sind.«

Pike beobachtete die Handelsszene. Mehrere Nomaden holten eigene Sachen hervor. Aliat und die übrigen Städter baten um mehr Zeit: Sie wollten nach Sendai, um mit Waren zurückzukehren. Silene schritt mit drei Mutanten am Teich entlang und markierte Bereiche, wo Verkaufsstände errichtet werden konnten.

Bardan kletterte auf einen großen Felsen und winkte. Es wurde still, und alle Anwesenden sahen zu ihm auf. »Hier gibt es ausgezeichnete Gelegenheiten für den Handel. Ihr alle habt Waren, die ihr verkaufen oder tauschen möchtet. Wir haben damit begonnen, den Platz für Buden und Stände einzuteilen — in vier Tagen soll hier ein Markt stattfinden, und dabei sind alle Leute willkommen, denen es um faire Geschäfte geht. Doch was den heutigen Abend betrifft ... Laßt uns feiern: Silene und ich wollen Lebenspartner werden!«

Die meisten Zuhörer — unter ihnen auch Ingarin und Berendel — freuten sich. *Shinsei* Farnah und Melkor Aliat erschienen weniger glücklich als die anderen, aber sie rangen sich ein Lächeln ab und wußten: Von jetzt an gingen ihre Kinder einen eigenen Weg.

»Es dürfte nicht erforderlich sein, daß wir auch an der Hochzeit teilnehmen, Spock«, sagte Pike. »Die Aretaner sind auf dem besten Weg, eine Kultur zu schaffen, die alle drei Völker miteinander verbindet. Unsere Hilfe ist dabei nicht notwendig.«

»Wird unser Verschwinden kein Aufsehen erregen, Captain?«

»Diese Leute kennen mich als Wanderer und Einzelgänger, und Sie gelten als ›Mutanten‹. Bestimmt überrascht es niemanden, wenn wir plötzlich nicht mehr da sind.«

Spock nickte und beobachtete Silene und Bardan, die Dutzende von Glückwünschen entgegennahmen. Er stellte sich vor, den Beginn der Ehepartnerschaft mit T'Pris auf eine ähnliche Weise zu feiern. Natürlich war er T'Pring gegenüber verpflichtet, aber es gab Möglichkeiten, eine solche Verlobung rückgängig zu machen — obgleich viele Vulkanier so etwas mißbilligten. Spock dachte an Sareks Zorn und Amandas Enttäuschung, aber diese Reaktionen spielten eine untergeordnete Rolle, wenn er ihnen die eigene Zufriedenheit gegenüberstellte. In Hinsicht auf T'Pring hatte er immer Unbehagen empfunden: Ihre Kühle schuf unüberbrückbare Distanz zwischen ihnen. Von Liebe konnte in diesem Zusammenhang überhaupt keine Rede sein, höchstens von dem Wunsch, ihrem Willen zu genügen und damit den Verlobungsverpflichtungen gerecht zu werden. Spocks Eltern hatten über diese Bindung ihres Sohns entschieden. Jetzt beanspruchte T'Pris den Platz in seinem Herzen, und neben ihr verlor T'Pring immer mehr an Bedeutung. Spock begriff, daß er sein Leben vergeudete, wenn er auch weiterhin an der Bindungsverantwortung festhielt. Er wollte mit T'Pris zusammensein, mit ihr Erfüllung finden. Die unerquickliche Beziehung mit T'Pring mußte so schnell wie möglich beendet werden.

Pike berührte Spock am Arm und nickte in Richtung der Bäume am Oasenrand. Die beiden anderen Lieutenants folgten ihnen, als sie sich von den Nomaden, Städtern und Mutanten entfernten, die noch immer über Preise verhandelten. Niemand schenkte den vier Starfleet-Offizieren Beachtung, als sie fortgingen und hinter die Bäume traten. Dort holt der Captain seinen Kommunikator hervor und klappte ihn auf. »Pike an *Enterprise.*«

»Hier *Enterprise*«, tönte es aus dem Lautsprecher.

»Beamen Sie uns an Bord.«

»Aye, Sir.«

Pike und seine Begleiter warteten einige Sekunden lang, während die Anweisung zum Transporterraum weitergeleitet wurde. Dann erklang das vertraute Summen, und die Gestalten der vier Männer verloren sich im energetischen Schimmern. Unmittelbar darauf verblaßte das Gleißen, und zurück blieb Leere — *Indallah* Krees und die drei ›Mutanten‹ waren verschwunden.

Nummer Eins wartete im Transporterraum 3 auf den Retransfer. In den glitzernden Energiesäulen auf der Plattform bildeten sich erste Konturen, und dann materialisierten die vier Offiziere, traten von den Transferfeldern herunter. Pike sah die stellvertretende Kommandantin an und wußte sofort, daß etwas nicht stimmte.

»Nummer Eins?«

»Leider habe ich eine schlechte Nachricht: Ein zweites Besatzungsmitglied wurde ermordet, auf die gleiche Weise wie Meadows.« Die Ilyrianerin sah Spock an, und ihre Züge brachten Mitgefühl zum Ausdruck. »Das Opfer ist Lieutenant T'Pris.«

KAPITEL 12

Spocks Miene blieb unbewegt, obgleich er am liebsten laut geschrien hätte. Nur ein kaum merkliches Zittern verriet, was er nun empfand. »Wo befindet sich T'Pris?« fragte er heiser.

»Man hat ihre Leiche in die Krankenstation gebracht«, erwiderte Nummer Eins sanft.

Pike und der Erste Offizier musterten Spock, aber er ignorierte ihre Blicke und wankte zur Tür des Transporterraums. »Ich muß sie sehen.«

»Dr. Boyce zeigt Ihnen die Leiche.«

»Allein«, zischte der Vulkanier. Vor ihm öffnete sich das Schott.

»Geben Sie Boyce Bescheid«, wandte sich Pike leise an Nummer Eins und deutete zum Interkom, als Spock in den Korridor trat.

Die sterblichen Überreste der Vulkanierin lagen in einer Nische der Krankenstation. Boyce hatte T'Pris die Augen geschlossen und ihre Hände auf der Brust gefaltet, und dadurch erweckte sie den Eindruck, nur zu schlafen. Spock gab sich einige Sekunden lang dieser Illusion hin, doch als er die Ruhende berührte, spürte er kalte Haut.

Der Arzt saß in seinem Büro, und Spock glaubte, allein in der Krankenstation zu sein. Kummer und Verzweiflung in ihm durchbrachen die vulkanischen Barrieren, strömten ins Zentrum seines Ichs. Er schluchzte laut, als er sich über die Leiche beugte und nach einer Hand griff, sie an die Lippen hob und zum letztenmal küßte. Eine Träne fiel ins erstarrte Gesicht der Toten hinab. Nach einer Weile ließ Spock die Hand wieder los und straffte die Schultern. Mit dem Ärmel wischte er die übrigen Tränen fort, und dabei veränderte sich sein Gesicht.

Entschlossenheit verhärtete die Züge.

Kalter Zorn erfüllte Spock, das Verlangen nach Rache. Der Mörder hatte nicht nur die Frau umgebracht, die er liebte, sondern ihm auch jede Hoffnung auf persönliches Glück genommen. Er glaubte, nie wieder lieben zu können.

Später, in seinem Quartier, saß er stumm vor der Ahnenstatue des Familienschreins. Er versuchte zu meditieren, aber Trauer hinderte ihn daran, sich auf ein Besinnungssymbol zu konzentrieren oder mit Hilfe eines *Koan*-Rätsels inneren Frieden zu finden. Immer wieder sah er T'Pris vor dem inneren Auge, spürte ihren geschmeidigen Leib und lauschte den Echos eines Glücks, das nur Vulkanier in dieser Intensität erleben konnten: Es wuchs aus einer Vereinigung, die nicht nur das Physische betraf, sondern sich auch auf den Geist bezog.

Es gelang ihm nicht, sich von dem Bedürfnis zu befreien, Vergeltung zu üben. Schließlich gab er es auf, erhob sich und verließ die Kabine, um mit dem Captain zu sprechen.

Pike und Nummer Eins saßen im Besprechungszimmer und erörterten dort eine Situation, die immer schwieriger wurde. »T'Pris starb auf die gleiche Weise wie Meadows«, sagte der Erste Offizier. »Der Mörder verwendete das vulkanische *Lan-dovna,* erdrosselte sie mit der rechten Hand.«

»Was ist mit den Vulkaniern an Bord?« fragte Pike nachdenklich.

»Zum Tatzeitpunkt standen sie alle unter Arrest und hielten sich in ihren Quartieren auf, Sir.«

»Aber wer außer einem Vulkanier wäre imstande, jemanden mit einer vulkanischen Tötungsmethode umzubringen?« fragte Pike.

Die Tür öffnete sich, und Spock kam herein. »Bitte entschuldigen Sie die Störung, Captain ...«

»Ich habe Sie vom Dienst freigestellt, Spock«, sagte Pike. Er wechselte einen kurzen Blick mit Nummer Eins — sie hatte ihm von der persönlichen Beziehung zwischen dem Zweiten Offizier und T'Pris berichtet.

»Ich bitte noch einmal um Entschuldigung, Sir. Wenn Sie gestatten, kehre ich ab sofort in den aktiven Dienst zurück und nehme an den Ermittlungen teil. Ich glaube, es wäre besser gewesen, wenn ich die Nachforschungen in Hinsicht auf Commander Meadows' Tod angestellt hätte.« Spock zögerte kurz. »Lieutenant T'Pris hätte Ihnen auf dem Planeten die gleichen Dienste leisten können wie ich.«

Er gibt sich die Schuld für ihren Tod, dachte Pike. *Und das lasse ich nicht zu.* »Nein, Mr. Spock. Ich habe Sie auf Areta gebraucht, und Lieutenant T'Pris war durchaus für die hiesige Aufgabe geeignet. Niemand konnte ahnen, daß der Mörder nicht zur Gruppe der Verdächtigen gehört.«

»Ich wäre in der Lage gewesen, mich wirkungsvoll zur Wehr zu setzen«, betonte Spock. »Captain, ich möchte Ihnen bei den Ermittlungen helfen.«

»Ich sehe keinen Grund, diesen Wunsch des Lieutenants *nicht* zu erfüllen, Sir«, warf Nummer Eins ein.

Pike sah den Ersten Offizier an. Sie wußten beide, daß diese Angelegenheit viel für Spock bedeutete. Wenn er sich tatsächlich vorwarf, T'Pris in Gefahr gebracht zu haben ... Dann diente die Suche nach dem Mörder vielleicht dazu, das Schuldgefühl aus ihm zu tilgen. *Es ist eine Art Sühne für ihn,* überlegte Pike. »Einverstanden«, sagte er und deutete auf den Sessel neben dem Ersten Offizier. »Nummer Eins hat mir gerade die Einzelheiten genannt.«

Mit knappen Worten erstattete die Ilyrianerin Bericht und wies auch darauf hin, daß die Untersuchungen mit dem Wahrheitsverifikator zu keinem konkreten Ergebnis geführt hatten. »T'Pris stellte fest, daß der Computer des Geologen keine Daten in Hinsicht auf Vulkans Ruhm enthielt, und daraus zog sie folgenden Schluß: Ganz offensichtlich hat der Mörder die entsprechenden Aufzeichnungen gelöscht. Auch in T'Pris' Terminal fehlten die zu erwartenden Dateien. In den elektronischen Personalakten war ihr irgend etwas aufgefallen, und dieser Sache wollte sie auf den Grund gehen. Bei ihren Nachforschungen ging sie von der Unschuld der Vulkanier an Bord aus und postulierte, daß der Täter mit den vulkanischen Kampftechniken vertraut sein muß. Ich habe gesehen, wie sie an ihrem Computer arbeitete, und bestimmt hat sie dabei Notizen aufgezeichnet. Als wir ihre Leiche fanden, beschloß ich sofort, eine Kontrolle vorzunehmen, und dabei ergab sich: Wenn sie Daten im Speicher des Computers abgelegt hat, so wurden sie vom Mörder gelöscht.«

Spock beugte sich vor. »Hat sie irgendwelche Hinweise gegeben? Vielleicht die eine oder andere Andeutung in bezug auf ihre Ermittlungen? Erinnern Sie sich daran, Nummer Eins?«

»Natürlich.« Es klang fast beleidigt — die Ilyrianerin hatte ein eidetisches Gedächtnis. »Wir sprachen darüber, wer Meadows ermordet haben könnte, und T'Pris sagte: ›Annahmen sind nicht annähernd so gut wie Fakten. Vielleicht ist es falsch, von der Annahme auszugehen, nur ein Vulkanier könnte das *Lan-dovna* verwendet haben, um Meadows zu töten. Ich gebe zu: Eine solche Schlußfolgerung erscheint offensichtlich. Aber vielleicht ging es dem Täter genau darum. Unsere diesbezüglichen Traditionen und Rituale sind kein Geheimnis. Spock hat bereits darauf hingewiesen: Wir lehren unsere Selbstverteidigungsmethoden, unterweisen andere Personen darin. Viele Außenweltler haben nicht nur unsere Philosophie studiert, sondern auch unsere Kampftechniken — obwohl nur wenige von ihnen kräftig genug sind, um Gebrauch davon zu machen. Nun, abgesehen von der körperlichen Kraft könnte auch ein Nichtvulkanier das *Lan-dovna* einsetzen. Ich möchte von einer neuen Annahme ausgehen, die lautet: Der Mörder ist *kein* Vulkanier. Welche Besatzungsmitglieder kämen in Frage?‹ Später erläuterte T'Pris, weshalb sie den Bibliothekscomputer benutzte: ›Ich habe zusätzliche Daten angefordert: Informationen, die normalerweise in den Personal-Dateien fehlen und den persönlichen sowie familiären Hintergrund betreffen.‹ In jenen Unterlagen schien sie etwas entdeckt zu haben. ›Ich halte die Sache für vielversprechend‹, meinte sie. Leider nannte T'Pris keine Fakten. Ich nehme an, sie ging der betreffenden Spur nach, als sie ermordet wurde. Und der Mörder löschte alle von ihr gespeicherten Daten.«

Spock nickte nachdenklich. »Ich verstehe.« Er zögerte einige Sekunden lang, bevor er den Captain ansah. »Darf ich den Ort sehen, wo T'Pris starb?«

Orloff hatte den Zugang zum biologischen Laboratorium versiegelt, aber Pike löste die Siegel sofort und gab Spock Gelegenheit, den Raum zu betreten. Das Büro, in dem T'Pris ermordet worden war, grenzte an den größeren Laborbereich, wo diverse Untersuchungen und Analysen durchgeführt werden konnten. Der Computerschirm leuchtete noch immer, zeigte jedoch nur ein Bereitschaftssymbol.

»Fehlen auch andere Dateien?« wandte sich Pike an Nummer Eins.

»Nein — soweit wir das feststellen können. Der zuständige Forschungsleiter legte mehrere Routineberichte im Speicher ab, und dort befinden sie sich nach wie vor. Die Labortechniker und Biologen sagten folgendes aus: Bei dieser Mission gab es nur wenig praktische Arbeit, und deshalb befaßten sich die meisten von ihnen mit theoretischen Dingen — der Computer enthält alle entsprechenden Daten. Und das gilt auch für T'Pris' Forschungen. Nur ihre Aufzeichnungen in Hinsicht auf die Durchsicht der Personalakten existieren nicht mehr.«

»Vielleicht irren Sie sich, Nummer Eins.«

Pike und der Erste Offizier sahen Spock verblüfft an, als er sich vor die Computerkonsole setzte.

»Lieutenant, ich versichere Ihnen, daß alle Verzeichnisstrukturen im Speicher des Bibliothekscomputers berücksichtigt worden sind. Wir haben vergeblich nach Daten gesucht, die uns irgendeinen Anhaltspunkt geben könnten.«

»Oh, ich bezweifle nicht, daß die Dateien gelöscht worden sind. Aber möglicherweise nicht so gründlich, wie es sich der Mörder erhofft.«

»Bitte erklären Sie das«, sagte Pike.

»Ich bin ein Computerexperte der Kategorie A-5, Sir.«

Der Captain lächelte schief und erinnerte sich an das Gespräch mit Nummer Eins: Sie hatte ihm von Spock erzählt und dabei auch auf seine Computer-Qualifikationen hingewiesen. *Die meisten Offiziere kommen nicht über A-3 hinaus,* hatte Pike gesagt, und die Ilyrianerin hatte erwidert: *In der Tat, Sir.* Der vulkanische Zweite Offizier zeichnete sich durch bemerkenswerte Fähigkeiten aus, die ihnen bei den Ermittlungen eine große Hilfe sein konnten. Pike nickte ihm zu. »Fahren Sie fort.«

»Viele Leute, unter ihnen auch Starfleet-Offiziere, sind sich nicht darüber klar, daß Daten nie *ganz und gar* aus einem Computerspeicher verschwinden. Wenn man an den richtigen Stellen Ausschau hält, so entdeckt man selbst im Fall von gelöschten Dateien Byte-Spuren, gewissermaßen Geisterbilder der betreffenden Informationen. Nun, wenn es mir gelingt, diese Spuren zu finden und ihnen zu folgen, so läßt sich vielleicht feststellen, welche Hinweise T'Pris aufgezeichnet hat.«

»Bis wann können Sie Resultate liefern?« erkundigte sich Pike.

»Nun ...« Spock seufzte. »Verstehen Sie mich bitte nicht falsch: Es ist alles andere als eine leichte Aufgabe.

Die Suche nach der sprichwörtlichen Nadel im Heuhaufen wäre weitaus unproblematischer als eine derartige Rekonstruktion von Datenfragmenten. Es dauert sicher eine Weile, Captain. Unter den aktuellen Umständen bin ich nicht in der Lage, die genaue Anzahl der Stunden zu nennen.«

»Dann sollten Sie sofort mit der Arbeit beginnen.«

Spock nickte. »Ja, Sir.« Er wandte sich dem Computer zu, schenkte Pike und Nummer Eins keine Beachtung mehr, als seine Finger über die Tasten huschten.

Schon seit mehr als achtundvierzig Stunden lagen die Einzelteile der Destilliervorrichtung im Wartungsschrank. Brien drängte darauf, den Apparat erneut zu installieren, aber Scott fürchtete, daß der Sicherheitsoffizier entschied, den Maschinenraum noch einmal zu durchsuchen.

»Unsere Kunden werden ungeduldig, Scotty«, sagte Brien. »Sie wollen nicht länger warten.«

»Ich schätze, sie müssen sich noch etwas gedulden«, erwiderte der Schotte. »Es nützt ihnen wohl kaum etwas, wenn Orloff und seine Leute die Destille beschlagnahmen, oder? Wissen Sie, was passiert, wenn man uns auf die Schliche kommt? Dann werden wir beide wieder zu Fähnrichen. Man steckt uns in irgendeinen langweiligen Orbital-Leichter, der in der irdischen Umlaufbahn Satellitenschrott sammelt. Wenn wir Glück haben, bekommen wir nach fünfundzwanzig Jahren den ersten Landurlaub. Nein, Mann. Wir sollten besser auf Nummer Sicher gehen, auf das eine oder andere Gläschen verzichten. Außerdem: Für so guten schwarzgebrannten Whisky lohnt es sich, ein wenig zu warten.«

Caitlin Barry begann mit einer Routine-Untersuchung des Dilithiumkristalls im Reaktionskern des Wandlers. Während sich die *Enterprise* im Orbit von Areta befand, herrschte im Warptriebwerk ein nur geringes energetisches Niveau — eine gute Gelegenheit, um den Zustand der Aggregate zu kontrollieren. Bob Brien half bei den Vorbereitungen.

Der weibliche Chefingenieur näherte sich dem kleinen Inspektionsfenster, das ihr einen Blick auf den Kristall gewährte. »Alles klar?« fragte sie über die Schulter hinweg.

Brien bestätigte und hob das Klemmbrett. Caitlin schob die Abdeckung vom Fenster und rückte die Beobachtungslinse zurecht. Sie war mit einigen Spiegeln ausgestattet: Es genügte, einen Hebel zu betätigen, um sie zu drehen und den Kristall von allen Seiten zu betrachten. Caitlin blickte nun durch die Linse, drehte dabei den Hebel behutsam von einer Seite zur anderen.

»Moment mal …« Sie betätigte eine Taste und erhöhte damit den Vergrößerungsfaktor. »Ein Riß.«

»Wie schlimm?« fragte Brien und hielt den Stift bereit.

»Eine haarfeine Fraktur. Zum Glück habe ich sie jetzt bemerkt. Wenn der Riß größer geworden wäre und zu einer Splitterung des Kristalls geführt hätte, vielleicht während des Warptransfers …« Caitlin sah Brien an und hob kurz die Brauen. Sie brauchte den Satz nicht zu beenden — ihr Assistent verstand sie auch so und erbleichte. Wenn der Dilithiumkristall während des Warptransits zerbrach, trafen Materie und Antimaterie direkt aufeinander, ohne daß irgend etwas einen kontrollierenden Einfluß ausübte. Die Folge war eine Explosion, die das ganze Schiff innerhalb einer Mikrosekunde zerstörte. »Na schön. Holen wir das Ding da raus.«

Die diensthabenden Techniker genügten, um mit dieser Angelegenheit fertig zu werden — obwohl es nicht leicht war, den Kristall zu ersetzen. Zunächst galt es, alle Warpfunktionen stillzulegen. Dann mußten zwei Personen einen speziellen Greifer bedienen, der den Dilithiumkristall aus der Haltevorrichtung löste und ihn in eine Art Schleuse schob, wo er von einer schützenden

Kartusche aufgenommen werden konnte, die einen sicheren Transport erlaubte. Der gleiche Greifer nahm anschließend den Ersatzkristall aus der ›Schleuse‹ und legte ihn ins Haltegestell. Dort wurde er genau positioniert und sorgfältig überprüft. Wenn er die Tests bestand, konnte das Warptriebwerk wieder mit Energie beschickt werden.

Caitlin beaufsichtigte die Stillegung des Antriebs und überließ es Brien, den Austausch des Kristalls zu leiten. Mit Hilfe der Beobachtungslinse wollte sie dabei zusehen. Als sie erneut die Abdeckung vom Fenster entfernte, fiel ihr an der einen Seite etwas auf: ein winziges, kratzerartiges Etwas, das sie nun zum erstenmal sah. Caitlin schob die Beobachtungslinse beiseite, tastete nach der Schramme — und stellte fest, daß es sich um eine zweite Abdeckung handelte. Darunter fand sie ein kleines, rundes Loch.

»Was ist *das* denn?«

Bob Brien konzentrierte seine ganze Aufmerksamkeit auf die beiden Techniker, die den Greifer bedienten — ihm entging das Erstaunen des Chefingenieurs. Er sah auch nicht, wie Caitlin eine Sonde durch die winzige Öffnung schob, die nach einer Weile wieder zum Vorschein kam, zwischen einem etwa anderthalb Meter entfernten Durcheinander aus Rohrleitungen. Nachdenklich starrte die Frau zu dem Röhrengewirr — dort wäre die Destilliervorrichtung kaum aufgefallen. Wenn man wußte, wonach es Ausschau zu halten galt ... Dann konnte man deutlich erkennen, wo der Apparat installiert gewesen war. *Wie oft bin ich daran vorbeigegangen, ohne das Ding zu bemerken?* fragte sich Caitlin.

Natürlich wußte sie von der Tradition, im Maschinenraum Schnaps zu brennen. Sie wußte auch, daß während dieser Mission ein besonders tüchtiger und fleißiger Schwarzbrenner am Werk gewesen war, woraus sich gewisse negative Folgen für dienstfreie Besatzungsmitglieder ergeben hatten, wie Boyce und Nummer Eins betonten. Jetzt wußte Caitlin um den bisherigen Installationsort des Destillierapparats. *Sicher hat man ihn fortgebracht, bevor Orloff und die anderen hier nach Vulkans Ruhm suchten,* überlegte sie. *Die Frage ist: Wo befindet er sich jetzt?*

Caitlin zog sich in ihr Büro zurück, legte dort die Füße auf den Schreibtisch und dachte nach. Niemand hatte ihr ein Glas mit dem Schwarzgebrannten angeboten — sie trank nur sehr selten —, aber sie kannte die Gerüchte: Angeblich handelte es sich um ausgezeichneten Schnaps. Nummer Eins und Dr. Boyce hatten sie am vergangenen Tag darauf hingewiesen, das Zeug sei möglicherweise gefährlich. Nun, offenbar war die Produktion durch die Suche nach dem Smaragd unterbrochen worden. Wer auch immer dahintersteckte: Derzeit wartete er ab, um kein Risiko einzugehen. Caitlin versuchte, sich in die Lage des Betreffenden zu versetzen. *Ich würde die Destilliervorrichtung nicht zu weit vom Maschinenraum entfernt verstecken — um sie so bald wie möglich wieder in Betrieb zu nehmen.* Mit plötzlicher Entschlossenheit zog sie die Füße vom Tisch und stand auf. Ihr war gerade ein geeigneter Ort eingefallen.

Sie ging allein los, und die Techniker achteten nicht auf sie; sie waren noch mit dem Austausch des Dilithiumkristalls beschäftigt. Caitlin nahm sich die Wartungsschränke vor. Die ersten drei enthielten nur gewöhnliche Werkzeuge — und zwar wohlgeordnet, wie sie zufrieden feststellte. Beim vierten Schrank sah die Sache ganz anders aus. Abgesehen von den üblichen Dingen diente er auch noch anderen Gegenständen zur Aufbewahrung: mehreren Rohren, zwei von ihnen spiralförmig, zwei andere kurz und gerade; und einer Werkzeugtasche. Caitlin öffnete sie und entdeckte darin mehrere Anschlußteile sowie zwei Krüge. Die Tasche wies keine ID-Markierungen auf — wem gehörte sie?

Spock rieb sich die müden Augen und versuchte, das Brennen in ihnen einfach zu ignorieren. Seit fast zwanzig Stunden saß er vor dem Bibliothekscomputer im biologischen Laboratorium, und Erschöpfung beeinträchtigte sein geistiges Leistungsvermögen.

T'Pris hatte die persönlichen Daten der ganzen Crew untersucht, sich mit dem Leben von zweihundertdrei Besatzungsmitgliedern auseinandergesetzt. Hinzu kamen die individuellen Familiengeschichten über einen Zeitraum von drei oder vier Generationen hinweg. Viele Angehörige der Crew stammten aus Flottenfamilien; ihre Vorfahren hatten sich mit den ersten Raumschiffen ins All gewagt, begleiteten Starfleet von Anfang an. Andere waren später angelockt worden, von den Abenteuern, die fremde Welten in Aussicht stellten. Angesichts ihrer Riesenhaftigkeit bot die Galaxis zahllose Rätsel und Geheimnisse — eine gewaltige Fundgrube, in der es von unbekannten Planeten und Zivilisationen wimmelte. Einige mochten freundlich sein, andere gefährlich, doch zweifellos waren alle überaus faszinierend.

Müdigkeit und eine fast unüberschaubare Vielfalt von Daten lenkten Spock so sehr ab, daß er den Hinweis fast übersehen hätte. Er las die entsprechenden Worte und wandte sich anderen Datensätzen zu, bevor er begriff, das Ziel erreicht zu haben. Der Vulkanier blinzelte und starrte auf den Schirm. Ein winziges Detail, und doch enorm wichtig — Spock wußte, daß er die Antwort gefunden hatte.

Pike hob verblüfft die Brauen, als Spock das Besprechungszimmer betrat, vor ihm und Nummer Eins stehenblieb. Der Vulkanier sah aus, als hätte er seit mindestens einer Woche nicht geschlafen, und die Müdigkeit ließ ihn taumeln. Er war bleich und hohlwangig; dunkle Ringe zeichneten sich unter den Augen ab.

»Captain ...«, begann Spock. »Ich glaube, ich weiß, wer der Mörder ist.«

»Ausgezeichnet!«

»Leider kenne ich nicht das Motiv«, fuhr Spock fort. »Zumindest nicht das Motiv für Meadows' Ermordung. T'Pris mußte sterben, weil sie dem Täter auf der Spur war. Doch die Gründe für das erste Verbrechen sind mir nach wie vor unklar.«

»Wie heißt der Mörder?«

Spock begegnete dem Blick des Captains und wich der Frage aus. »Sir, ich möchte eine ungewöhnliche Bitte formulieren. Und ich hoffe, Sie lehnen nicht ab.«

Pike runzelte die Stirn und sah kurz zu Nummer Eins — Spock verzichtete ganz bewußt darauf, den Namen des Schuldigen zu nennen. »Heraus damit.«

»Es ist mein Wunsch, den Mörder eindeutig zu überführen. Ich beabsichtige, ihm ein Geständnis zu entlokken, ihn zu bewegen, das Motiv zu erklären. Und alle anderen Vulkanier an Bord sollten in der Lage sein, dabei zuzuhören.«

»Warum?« fragte Pike scharf.

»Es handelt sich im großen und ganzen um eine vulkanische Angelegenheit. Vulkans Ruhm wurde gestohlen, und eins der beiden Opfer stammt aus meiner Heimat. Außerdem: Der Mörder ist Vulkanier.«

Pike wandte sich vorwurfsvoll an den Ersten Offizier. »Sie und Orloff waren ganz sicher, daß die Vulkanier an Bord unschuldig sind.«

»Die Umstände ließen keinen anderen Schluß zu, Sir.«

»Nummer Eins hat recht, Captain«, sagte Spock ruhig. »Die betreffenden Personen trifft tatsächlich keine Schuld.«

»Ich fürchte, ich kann Ihnen nicht ganz folgen.«

Ein Schatten fiel auf Spocks Züge, und aus der Kühle in seinen Augen wurde etwas Eisiges. »Es sollte besser heißen: Alle *bekannten* Vulkanier an Bord sind unschuldig. Habe ich die Erlaubnis, auf meine eigene Weise mit dem Mörder zu verfahren?«

Die Sache gefiel dem Captain nicht sonderlich. Er argwöhnte das Bestreben, Rache zu nehmen — und das schien dem Wesen jenes Zweiten Offiziers zu widersprechen, der seit zwei Wochen zur Besatzung der *Enterprise* gehörte. Pike glaubte, daß der alte Spock allein die Vorstellung abgelehnt hätte, sich solchen Empfindungen hinzugeben. Doch dieser Mann wirkte wie ein Instrument der Vergeltung.

»Bitte haben Sie Verständnis dafür, wenn ich mich nach *Ihren* Motiven erkundige, Spock.«

»Sie sind persönlicher Natur, Sir. Lieutenant T'Pris und ich ... Wir standen uns sehr nahe. Und damit noch nicht genug. Ein Vulkanier hat Verbrechen begangen, die Schande für alle Vulkanier bedeuten, insbesondere für die an Bord. Ich kenne die Identität des Mörders, doch das genügt leider nicht. Ich muß herausfinden, *warum* er zwei Personen umbrachte. Es handelt sich um eine vulkanische Angelegenheit, Captain. Sie sollte Vulkaniern überlassen bleiben.«

»Meinen Sie damit sich selbst?«

»Ich meine ganz Vulkan, Sir.«

Pike dachte darüber nach. Es wäre ihm weitaus lieber gewesen, den Mörder von Sicherheitsoffizier Orloff verhaften zu lassen, aber Spocks Ausführungen mangelte es nicht an einer gewissen Plausibilität. Beim Diebstahl des Smaragds und den beiden Morden ging es um Vulkanier. *Ich werde nicht schlau daraus,* fuhr es Pike durch den Sinn. *Einerseits soll der Täter ein Vulkanier sein, aber andererseits sind die Vulkanier an Bord unschuldig.* Wie dem auch sei: Spock glaubte, den Verbrecher identifiziert zu haben, und nun bestand er darauf, daß ihn ein Vulkanier überführte. Angesichts der vulkanischen Ehre und Spocks Beziehung zu T'Pris konnte der Captain ein solches Anliegen durchaus verstehen.

Schließlich nickte er. »Orloff sollte dabei sein.«

»Ich halte ihn auf dem laufenden. Darüber hinaus brauche ich seine Hilfe bei bestimmten Vorbereitungen.

Später, wenn die Hintergründe geklärt sind, kann sich die Sicherheitsabteilung um den Mörder kümmern.«

»In Ordnung, Mr. Spock. Beginnen Sie mit den Vorbereitungen.«

Caitlin Barry vergewisserte sich, daß der neue Dilithiumkristall richtig installiert und fokussiert war — die Reaktivierungsphase des Warptriebwerks hatte bereits begonnen, und in wenigen Stunden stand wieder volles Potential zur Verfügung. Als es in dieser Hinsicht keine Probleme mehr gab, rief sie die neuen Mitglieder ihrer Abteilung zu sich. Die Männer und Frauen bezogen in einer Reihe Aufstellung und nahmen Haltung an.

»Meine Damen und Herren ...«, begann Caitlin und schritt an den Wartenden vorbei. »Sie alle wissen von der Existenz einer Destilliervorrichtung in diesem Schiff. Nun, es gibt nur wenige Leute an Bord von Raumschiffen, die in der Lage sind, Schnaps zu brennen, und fast immer gehören sie zur Crew des Maschinenraums. Ich bin sicher, das ist auch hier der Fall. Und ich glaube, der Schwarzbrenner befindet sich nun in diesem Büro.« Niemand sah sie an. Alle blickten geradeaus, und die Gesichter kamen steinernen Masken gleich. »Wie ich hörte, hat der hiesige Destillierapparat ganz besonderen Schnaps hergestellt, und Dr. Boyce entdeckte den Grund dafür.«

Der Chefingenieur trat an den Schreibtisch heran und öffnete das darauf liegende Bündel. Einige der Rohrleitungen, die sie im Wartungsschrank gefunden hatte, fielen zu Boden. Caitlin stieß sie mit dem Fuß an. »Diese Gegenstände sind Gammastrahlen ausgesetzt gewesen. Vermutlich kam es dazu, als sich der Riß im Kristall bildete. Natürlich sieht man ihnen nichts an, aber wenn man mit den richtigen Instrumenten eine Untersuchung vornimmt ... Die Rohre sind kontaminiert, und das gilt auch für ihr *Produkt.*« Erneut sah sie zu den Technikern. Die Gesichter waren noch immer ausdruckslos — mit einer Ausnahme. Scott runzelte besorgt die Stirn. Er erweckte den Anschein, etwas sagen zu wollen, doch Caitlin kam ihm zuvor. »Zum Glück handelt es sich nicht um eine schwerwiegende Kontamination. Die Strahlenbelastung blieb innerhalb vertretbarer Grenzen, und niemand trug permanenten Schaden davon. Alle mit dem schwarzgebrannten Schnaps gefüllten Flaschen sind von Dr. Boyce beschlagnahmt und beseitigt worden. Das wird auch mit diesen Rohrleitungen geschehen. Für heute nachmittag ist die Reparatur des Beobachtungsmoduls am Wandlerkern geplant. Ich möchte diese Angelegenheit nicht noch einmal zur Sprache bringen, und ich hoffe, daß der Verantwortliche zur Vernunft kommt. *Von jetzt an wird kein Maschinenraum-Schnaps mehr produziert.* Wer dieses ausdrückliche Verbot mißachtet, muß damit rechnen, streng bestraft zu werden. Ist das klar?«

»Ja, Ma'am«, ertönte es mehrstimmig, und Köpfe nickten.

Scott schluckte. »An Bord von anderen Schiffen existiert die Tradition ...«

»Andere Schiffe sind nicht die *Enterprise,* Mr. Scott. Und es gibt einige Traditionen, die besser beendet werden sollten. Diese gehört dazu, und ab sofort ist Schluß damit. Haben Sie *verstanden?*« Der Chorus sowie das Nicken wiederholten sich. »Na schön. Wegtreten.« Die Techniker hatten es eilig, das Büro zu verlassen. Nur Scott zögerte und näherte sich seiner Vorgesetzten.

»Commander Barry?«

»Ja, Mr. Scott?«

»Die Umstände zwingen mich, eine neue Werkzeugtasche zu beantragen. Ich weiß nicht, was aus meiner alten geworden ist ...«

»Oh, sie liegt im Wartungsschrank vier. Fiel mir dort während einer Routinekontrolle auf. Offenbar haben Sie die Tasche dort verstaut und es später vergessen.«

»Ja, das stimmt vermutlich.«

»Sie befindet sich noch immer dort und steht Ihnen zur Verfügung.«

»Danke, Ma'am.« Scott ging zur Tür, blieb jedoch stehen, als er noch einmal die Stimme des Chefingenieurs hörte.

»Sie werden feststellen, daß einige Anschlußteile und zwei Krüge fehlen. Aber solche Dinge gehören ohnehin nicht in eine Werkzeugtasche, oder?«

»Nein, Ma'am.«

»Dachte ich mir. Verlegen Sie die Tasche nicht noch einmal, Mr. Scott.«

»Nein, Ma'am, nie wieder.« Scott drehte sich um und ging.

Das Quartier bestand nur aus einem Zimmer und war kleiner als Spocks Unterkunft, aber für eine Person bot es genug Platz. Spock saß im Halbdunkel, das nur zum Teil die Konturen einer auffallend schlichten Einrichtung verhüllte. Wer auch immer hier wohnte: Entweder hatte er noch keine Zeit gefunden, dem Zimmer eine individuelle Note zu geben, oder ihm gefiel das einfache Starfleet-Design. In diesem besonderen Fall vermutete der Zweite Offizier, daß letzteres zutraf. Alle persönlichen Gegenstände lagen in Schubladen. Die Temperatur war etwas höher als normal — Spock empfand sie als recht angenehm.

Einige unauffällige Überwachungsgeräte waren von Spezialisten der Sicherheitsabteilung installiert worden, und Orloff hatte die von Spock gewünschten Vorbereitungen getroffen — allerdings nicht, ohne Einwände zu erheben und Bedenken zu äußern. Verborgene audiovisuelle Sensoren sorgten dafür, daß Pike, Nummer Eins, Orloff und die Vulkanier an Bord den Geschehnissen in dieser Kabine folgen konnten. Spock hielt solche Zeugen für erforderlich.

Die Tür der Kabine öffnete sich, und ein Mann kam herein. Als sich das Schott hinter ihm schloß, streckte er die Hand aus, um das Licht einzuschalten. Rotes und orangefarbenes Glühen erhellte den Raum, riß Spock aus den Schatten. Die Gestalt an der Tür zuckte unwillkürlich zusammen.

»Lieutenant Spock. Was machen Sie hier?«

Der Zweite Offizier stand auf und trat einen Schritt vor. »Ich habe auf Sie gewartet.«

»Kann ich Ihnen irgendwie zu Diensten sein?«

»Ich bin hier, um die Ermordung von Commander Meadows und Lieutenant T'Pris sowie den Diebstahl des Smaragds Vulkans Ruhm mit Ihnen zu erörtern.«

»Vielleicht sollten Sie sich an den Sicherheitsoffizier wenden, Lieutenant.«

Spock schüttelte langsam den Kopf und musterte das Gesicht des Mannes. »Er versteht nur wenig von Vulkaniern. Und dies ist ein vulkanisches Verbrechen, vom Anfang bis zum Ende. Sowohl Meadows als auch T'Pris wurden mit dem *Lan-dovna* umgebracht, und letztendlich ging es dabei um Vulkans Ruhm. Meadows war für den Mörder nur ein Werkzeug, um den Edelstein zu bekommen, aber er mußte sterben, weil er die Identität des Kriminellen kannte. Der Verdacht fiel natürlich auf die Vulkanier ohne Alibi. Wir alle dachten, nur ein Vulkanier sei imstande gewesen, ein solches Verbrechen zu verüben.«

Der Mann starrte Spock an und wartete mit ausdrucksloser Miene.

»Doch dann unterlief dem Mörder ein Fehler«, fuhr der Zweite Offizier kühl fort. »Er verwendete die gleiche Tötungsmethode bei T'Pris, während die Vulkanier in ihren Quartieren unter Arrest standen — und während ich auf Areta weilte. Damit ließ sich der Schuldige zu einem sehr törichten Verhalten hinreißen, das der vulkanischen Logik widerspricht und außerdem alle *bekannten* Vulkanier an Bord entlastete. T'Pris dehnte bei ihren Nachforschungen den Kreis der Verdächtigen auf Nichtvulkanier aus, aber früher oder später wäre auch sie zu den richtigen Schlußfolgerungen gelangt: Der Täter mußte ein unbekannter Vulkanier sein, jemand, dessen vulkanische Abstammung nicht ohne weiteres zu erkennen ist.

Als ich diese Möglichkeit in Erwägung zog, wurden mir die notwendigen Voraussetzungen klar — immerhin bin ich selbst zur Hälfte Mensch. Bei mir dominieren die Gene meines Vaters, und meine physische Struktur entspricht der eines Vulkaniers. Aber wenn ein solcher … Mischling mit Menschen Nachkommen zeugt, die der Familienlinie ihrerseits menschliche Gene hinzufügen … Dann setzen sich irgendwann die terranischen Wesensaspekte durch.«

»Planen Sie bereits das Schicksal Ihrer Kinder?« fragte der Mann spöttisch.

Spock achtete nicht darauf. »T'Pris analysierte persönliche Informationen und befaßte sich mit der Familiengeschichte eines jeden Besatzungsmitglieds. Ich habe versucht, ihre Ermittlungen nachzuvollziehen — und ich war erfolgreich. Offenbar kennen Sie sich mit dem Bibliothekscomputer nicht besonders gut aus, denn sonst wüßten Sie: Mit dem erforderlichen Geschick lassen sich selbst gelöschte Daten wiederherstellen. T'Pris stand kurz vor der Entdeckung, die mich hierher zu Ihnen bringt. Es gibt jemanden an Bord, der wie ein Mensch aussieht — und in dessen Adern auch vulkanisches Blut fließt. Damit meine ich Sie, Lieutenant Reed. Sie holten für Meadows Vulkans Ruhm aus der Sicherheitskammer. Ihre Urgroßmutter war die Tochter eines Hohen Clans von Vulkan. Ich weiß nicht, warum in den Aufzeichnungen T'Dess Alar-ken-dasmin als Name angegeben wird. Es ist eine mütterliche Haus-Bezeichnung — damit wird auf den Clan-Titel des Vaters verzichtet.«

»Warum sollte sie den Namen eines Vaters behalten, der sie verstieß — nachdem sie von einem menschlichen Abenteurer vergewaltigt und fast erschlagen worden war?« erwiderte Reed scharf. »Der verdammte Terraner vergnügte sich mit ihr, benutzte sie wie ein *Ding*. Er entkam der vulkanischen Justiz, doch T'Dess' Familie konnte die Schande nicht ertragen. Ihr Vater verbannte sie, überließ seine Tochter einer ungewissen Zukunft. Nur die Mutter half ihr. Sie gab T'Dess genug Geld, um zur Erde zu reisen, in die Heimat des Mannes zu fliehen, dem sie ihr Leid verdankte ...«

Spock dachte darüber nach und nickte langsam. »Ich verstehe. Aber es ist mir ein Rätsel, wie sie ...«

»Schwanger werden und meine Großmutter zur Welt bringen konnte?« Reed grinste breit, und das Funkeln in seinen Augen veränderte sich ein wenig. »Wir haben von Ihnen gehört — das konkrete Resultat eines wissenschaftlichen Durchbruchs in der Genetik. Die Verschmelzung von vulkanischen und menschlichen Genen. Auf Vulkan erregte Ihre Geburt großes Aufsehen. Ein Hybride, geschaffen von den besten Genetikern in der bekannten Galaxis. Aber vielleicht waren es nur *fast* die besten.« Er lachte verächtlich. »Die Anmaßung und Arroganz von Vulkaniern, Spock. Noch nie zuvor hatte man etwas in dieser Art versucht, und deshalb nahm man auf Vulkan an, es geschähe zum erstenmal.

Aber die Vulkanier haben wissenschaftliche Erfolge und Durchbrüche nicht für sich allein gepachtet. Privat finanzierte genetische Laboratorien auf der Erde waren den vulkanischen Einrichtungen dieser Art schon hundert Jahre zuvor weit voraus. T'Dess arbeitete als Hausangestellte für einen reichen alten Terraner, der weder Söhne noch Töchter hatte. Sie war ihm dankbar, und deshalb erklärte sie sich bereit, ihn zu heiraten und das von den Genetikern geplante Kind zu gebären. Nach der Geburt meiner Großmutter wurde die entsprechende Technik weiter verbessert, und als sie heiratete, wünschte sich Urgroßvater, vor seinem Tod einen Enkel in den Armen zu halten. Die genetische Konstruktion, deren Ergebnis mein Vater war, bereitete weitaus weniger Probleme als das erste Experiment dieser Art und nahm nur die Hälfte der Zeit in Anspruch. Es ist ganz einfach, Spock — wenn man weiß, worauf es ankommt. Sie sind eine vulkanische Idee, die auf der Erde schon sechzig Jahre vorher verwirklicht wurde.«

Spock blickte zu Boden und dachte nach. »Ihre Familie genießt einen guten Ruf auf der Erde. Warum ...« Aus den Augenwinkeln nahm er eine Bewegung wahr und sah auf. Reed sprang ihm entgegen, die rechte Hand zum *Lan-dovna* ausgestreckt. Der Zweite Offizier wich aus, doch Reeds Finger berührten ihn kurz an den Nervenpunkten zwischen Hals und Schulter. Zwei oder drei Sekunden lang wallte ein grauer Schleier vor seinen Augen — Zeit genug für den Mörder, die Tür zu erreichen und in den Korridor zu fliehen.

Spock verfluchte die eigene Dummheit. Er hatte ganz vergessen, daß sein Gegner über vulkanische Fähigkeiten verfügte, obgleich er wie ein Mensch aussah. Als er die Kabine verließ, um den Mann zu verfolgen, dachte er daran, daß Orloff einen Sicherheitsalarm auslösen würde, um Reed zu fassen. Einmal mehr verfluchte er sich. Es lag an der menschlichen — oder vulkanischen? — Eitelkeit. Spock war absolut sicher gewesen, in jedem Fall allein mit Reed fertig werden zu können; aus diesem Grund hatte er keine speziellen Sicherheitsmaßnahmen für erforderlich gehalten. Die Turbolifte ließ Orloff sicher überwachen, doch das genügte nicht. Im Korridor blickte sich der Zweite Offizier um und beobachtete, wie Reed hinter einer Ecke verschwand. Sofort wurde ihm das Ziel des Mannes klar: eine Jefferies-Röhre.

Er holte seinen Kommunikator hervor und klappte ihn auf. »Spock an Sicherheitsabteilung. Reed versucht, das Quartierdeck Vier durch einen Wartungstunnel zu verlassen. Ich nehme an, sein Ziel ist ein Transporterraum. Ich verfolge ihn.« Er lief los.

Mehrere Jefferies-Röhren durchzogen das ganze

Schiff, verbanden alle Decks miteinander und dienten als allgemeine Wartungstunnel. Kleinere und kürzere Röhren in einzelnen Sektionen erlaubten Zugang zu bestimmten Bordsystemen. Reed hatte eins der Hauptrohre gewählt und schenkte den Sprossen an der Wand keine Beachtung. Er umfaßte nur die beiden Haltestangen und rutschte an der Leiter nach unten, verwendete die Füße dabei als Bremsen. Spock sah, wie Reed einige Decks tiefer innehielt und die Tür zum Korridor öffnete. Der Vulkanier verschwendete keine Zeit mit dem Kommunikator, vertraute sich ebenfalls der Röhre an.

Sicherheitswächter Bryce erreichte die Tür des Transporterraums 3 nur einen Schritt hinter Spock. Diese Transferkammer befand sich in unmittelbarer Nähe der Jefferies-Röhre und stellte somit die logische Wahl des Mörders dar. Das Schott glitt vor ihnen beiseite, und sie betraten den Raum, stolperten fast über einen bewußtlos am Boden liegenden Transportertechniker. Das Summen eines Transferstrahls verklang gerade. Bryce untersuchte den Techniker, während Spock die Kontrollen überprüfte — ein Display zeigte die von Reed programmierten Koordinaten an. Nach einigen Sekunden hob der Sicherheitswächter den Kopf und nickte Spock zu. »Er hat keine ernsten Verletzungen erlitten.«

Der Zweite Offizier aktivierte das Interkom der Konsole. »Spock an Pike.«

»Was ist geschehen?« fragte der Captain.

»Reed hat sich auf den Planeten gebeamt.«

»Können Sie feststellen, wo der Retransfer stattfand?«

»In den Druncara-Bergen, Sir.«

»Mit anderen Worten: Im Territorium der Mutanten.«

»Ich folge ihm sofort, Sir.«

»Warten Sie«, sagte Pike. »Ich sollte Sie begleiten.«

»Wir dürfen keine Zeit verlieren, Captain. Ich breche allein auf — sofort.«

»Verdammt, Spock ...«

»Er ist durch meine Schuld entkommen. Deshalb fühle ich mich verpflichtet, ihn zurückzubringen.« Der Vulkanier desaktivierte das Interkom, bevor Pike antworten konnte, ging mit einigen langen Schritten zur Plattform. Über die Schulter hinweg sagte er zu Bryce: »Bitte leiten Sie den Transfer für mich ein, Lieutenant.«

»Sie sollten das hier mitnehmen.« Bryce warf Spock seinen Phaser zu und deutete auf den reglosen Techniker. »Reed hat seine Waffe.«

»Danke.« Spock blieb auf einem Transferfeld stehen. »Energie.«

Der Sicherheitswächter betätigte die Schieberegler der Konsole, und das zirpende Surren des Transporters wurde rasch lauter. Spock entmaterialisierte, raste als energetische Matrix zur Oberfläche des Planeten Areta.

Pike stürmte herein und hielt vergeblich nach dem Vulkanier Ausschau. »Sie hätten ihn daran hindern sollen, sich auf den Planeten zu beamen.«

»Ich wäre bestimmt nicht in der Lage gewesen, ihn aufzuhalten, Sir«, erwiderte Bryce.

Der Captain eilte zur Plattform. »Die gleichen Koordinaten für mich.«

»Ja, Sir. Wie Sie befehlen, Sir.« Bryce drehte sich langsam zur Konsole um.

Pike zögerte und überlegte. Spock legte großen Wert darauf, den Mörder selbst zur Strecke zu bringen. Er hatte mehrmals darauf hingewiesen, daß es sich um eine vulkanische Angelegenheit handelte, um eine Frage der Ehre. Aber wahrscheinlich steckte noch mehr dahinter. T'Pris' Tod belastete ihn sehr. Wenn Nummer Eins richtig vermutete, waren Spock und die Vulkanierin ein Liebespaar gewesen. Pike stellte sich vor, daß Janeese zur Besatzung der *Enterprise* gehörte und ermordet wurde — er hätte nicht zugelassen, daß irgend jemand seiner Rache im Weg stand. Das Streben nach Vergeltung war ein menschliches Gefühl, und Spock konnte die menschliche Hälfte seines Wesens nicht leugnen, obgleich er es manchmal versuchte. Der Captain sah zu Bryce und zuckte mit den Schultern. »Warten wir ab, ob Spock allein damit fertig wird. Bleiben Sie hier, bis ein Transportertechniker eintrifft, um Sie abzulösen.«

Kurz darauf traf Boyce mit einer Medo-Tasche ein und untersuchte den Bewußtlosen. Er sah zu Pike auf und lächelte. »Eine vorübergehende Lähmung des Nervensystems, Chris. In ein paar Minuten ist er wieder auf den Beinen.« Er beugte sich über den Mann, verabreichte ihm eine Injektion. Der Captain trat zum Interkom der Konsole.

»Pike an Nummer Eins.«

»Sir?« klang es aus dem Lautsprecher.

»Können Sie Reed und Spock auf dem Planeten lokalisieren?«

»Wir sind imstande, die Bewegungen von Lebensformen festzustellen, Sir. Die entsprechenden Ortungsreflexe von Lieutenant Spock und Lieutenant Reed befinden sich in der Nähe von anderen Personen, die ich für Mutanten halte. Wenn der Abstand zwischen ihnen noch geringer wird, lassen sich keine individuellen Identifizierungen mehr vornehmen.«

»Bleiben Sie am Ball, Nummer Eins. Ich bin unterwegs zur Brücke.«

KAPITEL 13

Spock rematerialisierte in einem felsigen Bereich, wo Sträucher und Büsche wuchsen. Etwas weiter entfernt ragten Bäume auf. Der Vulkanier erkannte die Region sofort wieder: Dies war der untere Abschnitt eines Berghangs, der zum Druncara-Massiv gehörte. Genauer konnte er seinen Aufenthaltsort nicht bestimmen, aber in dieser Hinsicht wußte Reed sicher noch weniger als er. Unter ihm erstreckte sich die Wüste, und Spock vermutete, daß der geflohene Mörder keinen Marsch durchs lebensfeindliche Ödland wagte. Es blieb nur eine andere Möglichkeit: weiter nach oben. Spock setzte sich in Bewegung, dachte über die bisherigen Informationen nach und spekulierte auf dieser Grundlage über Reeds Motiv.

Den Starfleet-Unterlagen ließ sich folgendes entnehmen: Vor der Heirat hatte T'Dess Alar-ken-dasmin als Hausangestellte gearbeitet. Sie begann ihr Leben auf der Erde als Dienstbotin. Zweifellos handelte es sich um eine sehr intelligente und gebildete Frau, dazu in der Lage, einen großen Haushalt zu leiten, den Pflichten einem prominenten Ehemann gegenüber nachzukommen und sich gleichzeitig um eine eigene Karriere zu kümmern. Würde und Schönheit gesellten sich diesen Eigenschaften hinzu, wodurch T'Dess für den alten Sanford Lynch sehr attraktiv gewesen sein mußte. Durch die Ehe mit ihm bekam sie jene Dinge, die ihr zustanden, wenn auch nicht in ihrer Heimat. Das *Kahs-wan* lehrte die Vulkanier, wie man überlebte, und jene Lektionen schien T'Dess vollkommen verinnerlicht zu haben. Spock stellte sich die Verbitterung jener Frau vor. Als Tochter einer angesehenen vulkanischen Familie war sie mit Geschichte und Tradition Vulkans vertraut, und dieses Wissen gab sie an Tochter, Enkel und Urenkel weiter. Doch sie vererbte ihnen auch ihren Haß.

Spock schritt an einigen Felsen vorbei, und plötzlich hörte er das Fauchen eines auf tödliche Emissionen justierten Phasers. Der Strahl verfehlte ihn nur knapp, und er warf sich zu Boden, rollte rasch hinter einen Felsbrocken. »Reed!« rief er.

»Geben Sie auf. Sonst bringe ich Sie ebenfalls um, so wie die anderen.«

»Ich kann nicht. Selbst wenn ich keinen Versuch unternähme, Sie zurückzubringen — die Sicherheitsabteilung würde eine Fahndung nach Ihnen veranlassen, Sie finden und überwältigen, früher oder später. Sie haben keine Chance zu entkommen.« Eine Antwort blieb aus, und Spock lauschte. Alles blieb still; der Verbrecher rührte sich nicht von der Stelle. »Reed?«

»Was ist?«

»Ich möchte Antworten von Ihnen. Um Bescheid zu wissen.«

»Neugier kann ziemlich gefährlich sein.«

»Und wenn schon. Warum haben Sie solche Schuld auf sich geladen? Um die Ehre Ihrer Urgroßmutter wiederherzustellen? Ist *das* der Grund?«

Reed schwieg einige Sekunden lang, und als anschließend seine Stimme ertönte, klang sie fast verträumt. Der Lieutenant schien über alles nachzudenken. »Sie haßte Vulkan nicht, nur jene Familie, die sie verstoßen hatte. Damals lehrte man die vulkanischen Kampftechniken auch Frauen. Die heutigen Vulkanierinnen sind verweichlicht.« Er schnaubte verächtlich. »Zum Beispiel T'Pris. Sie war schwach und starb schnell.«

»Bastard«, zischte Spock. Nur mit Mühe widerstand er der Versuchung, aufzuspringen und dorthin zu laufen, wo sich Reed versteckte.

»Diesen Vorwurf kann ich guten Gewissens zurückweisen. Alle meine Vorfahren waren verheiratet, und niemand erlaubte sich Fehltritte. Physisch bin ich zu einem Achtel Vulkanier, und ich habe eine hundertprozentig vulkanische Ausbildung hinter mir. Aber T'Dess' Clan hätte mich nicht als ein Mitglied der Familie akzeptiert.«

»Bis vor kurzer Zeit sind Sie ein unbescholtener Starfleet-Offizier gewesen. Warum stahlen Sie Vulkans Ruhm? Und warum ließen Sie sich sogar dazu hinreißen, Leben auszulöschen?«

Neuerliche Stille folgte. »Die Erklärung ist so einfach, Spock«, sagte Reed nach einer Weile. Er lachte humorlos. »Es geht um den Kristall, den Clan meiner Urgroßmutter und seine sogenannte Ehre.«

Spock schüttelte verwirrt den Kopf. »Wo gibt es da eine Verbindung?«

»Ihre Computer enthalten zahllose Gigabyte an Informationen, aber trotzdem fehlen Ihnen wichtige Daten. Wußten Sie nicht, daß der väterliche Clan meiner Urgroßmutter Archenida heißt?« Spocks Züge brachten plötzliches Verstehen zum Ausdruck, und Reed schien diese mimische Veränderung beobachten zu können. »Ja, die angeblichen Hüter des Smaragds.«

»Ich sehe noch immer keinen Zusammenhang. Warum sprechen Sie von ›angeblichen‹ Hütern?«

»Sie wissen es wirklich nicht, oder? *Niemand* ahnt etwas, und deshalb habe ich gehandelt. Das stolze Clan-Erbe der Archenida als Hüter und Beschützer von Vulkans Ruhm ist eine Lüge. T'Dess kannte das Geheimnis, und ihre Nachkommen erfuhren die Wahrheit über das Haus Archenida und den Smaragd.«

»Wir fanden die Reste der Rettungskapsel auf Areta. Der Verwahrer des Kristalls stammte aus dem Clan Archenida, und noch im Tode versuchte er, Vulkans Ruhm zu schützen.«

»Ach, tatsächlich? Das sollten alle anderen Leute

glauben. Die ehrenwerten, selbstlosen Hüter des Smaragds fürchteten sich davor, ihn in der Öffentlichkeit zu zeigen — jemand mochte auf dumme Gedanken kommen und versuchen, ihn zu stehlen. Deshalb stellten sie nie das Original zur Schau, sondern ein hübsches Duplikat aus Glas. Die *Imitation* ging verloren, Spock. Die Archenida besitzen noch immer den echten Kristall, aber sie können es nicht zugeben. Jene Tapferkeit, die sie bewiesen, als sie Vulkans Ruhm schützten, Kummer und Verzweiflung nach dem Verlust des Edelsteins ... Alles eine einzige große Lüge, Spock. Eine Lüge, die nie bekannt werden durfte. Wenn Sie nach dem wahren Dieb des Kristalls suchen, so sollten Sie nach Vulkan fliegen und sich an die Nachkommen der damaligen Hüter wenden. Als eine Tochter des Hauses kannte T'Dess das Geheimnis. Sie weihte ihre eigene Tochter ein, dann ihren Enkel und auch mich. Übrigens: Sie lebt noch.«

Spock setzte sich vorsichtig in Bewegung und kroch durch das Labyrinth aus Felsen. Wenn er Reed dazu veranlassen konnte, auch weiterhin zu sprechen und die Hintergründe zu erläutern ... Dann gelang es ihm vielleicht, sich unbemerkt an den Mörder heranzuschleichen. »Als wir Vulkans Ruhm fanden, sahen Sie eine einzigartige Chance, sich zu rächen.«

»Die Sache mit Meadows war ganz einfach: Er suchte unbedingt eine Gelegenheit, den Smaragd zu untersuchen — und er war bereit, dafür zu lügen. Vorher wußte ich nicht recht, auf welche Weise ich mir den Kristall beschaffen sollte, ohne dabei Verdacht zu erregen — der Geologe nahm mir die Mühe ab. Er kam, um den Edelstein zu holen, und er unterschrieb sogar dafür. Nun, die Sicherheitskammer befindet sich in einem abgelegenen Bereich des Schiffes, und der dortige Dienst ist sehr langweilig; nur sehr selten kommt ein Vorgesetzter, um nach dem Rechten zu sehen. Als sich niemand in der Nähe befand, verließ ich meinen Posten und folgte Meadows zum Laboratorium, wo er den Kristall analysierte. Er glaubte, ich wollte Vulkans Ruhm zurückholen, und damit hatte er recht — in gewisser Weise. Es fiel mir nicht weiter schwer, ihn zu töten. Ich löschte die vom Geologen aufgezeichneten Daten, nahm den Smaragd und verstaute ihn an einem sicheren Ort. Sie haben ihn nicht gefunden, oder? Wie dem auch sei: T'Pris wurde zu einem Problem. Sie stellte Nachforschungen in Hinsicht auf den persönlichen Hintergrund und die Familiengeschichte aller Besatzungsmitglieder an, und sie wäre mir auf die Spur gekommen.«

Spock schlich um mehrere große Felsen herum, und Reeds Stimme diente ihm als Orientierungshilfe. Der Mann versteckte sich hinter einigen Bäumen. Die letzten Worte des Mörders weckten neuerlichen Zorn in Spock, aber er hielt die — menschlichen — Emotionen unter Kontrolle, ließ sich allein von kühler Entschlossenheit leiten.

Langsam. Er durfte nichts überstürzen.

Reed sprach noch immer, als der Zweite Offizier in den Bereich zwischen Felsen und Bäumen gelangte. Einige niedrige Büsche wuchsen dort; Spock näherte sich ihnen, kroch auf Händen und Knien.

»Verstehen Sie jetzt, Spock? Wenn Sie an die vulkanische Ehre denken — ist es Ihnen dann klar, wieviel es mir bedeutet, T'Dess Alar-ken-dasmins Rache nach Vulkan zu bringen? Das Haus Archenida müßte mich anerkennen, um seine vielgepriesene Ehre zu retten. Ihm bliebe nichts anderes übrig, als zu bestätigen, daß ich T'Dess' Urenkel *und ein wahrer Vulkanier* bin. Es wäre *Ashv'cezh.*«

Zum erstenmal in seinem Leben erfaßte Spock die volle Bedeutung des vulkanischen Konzepts *Ashv'cezh* — diese Bezeichnung ließ sich mit ›Rache schlimmer als Tod‹ übersetzen. Mit seinen Verbrechen bewies Reed, daß der Clan Archenida über Jahrhunderte hinweg gelogen hatte — T'Dess konnte sich keine bessere Vergeltung für ihre Verbannung wünschen. Ihr Urenkel holte nun zu einem psychologischen Tiefschlag aus, von dem sich die Archenida nie erholen würden.

Spock schob sich noch etwas näher an das Versteck des Mörders heran. Er konnte jetzt nicht mehr sprechen, durfte keinen Laut von sich geben. Sein Schweigen mochte Reed provozieren, ihn veranlassen, hinter den Bäumen hervorzukommen.

Plötzlich raschelte es im Gebüsch, und Reed schrie zweimal kurz hintereinander. Der erste Schrei klang überrascht, und im zweiten vibrierte Furcht. Hinter Spock bewegte sich etwas, und er drehte ruckartig den Kopf, sah mehrere Mutanten. Einer von ihnen wollte ihn ergreifen, zögerte jedoch und wich zurück, als er die vulkanischen Züge erkannte. Der Zweite Offizier steckte den Phaser ein und vollführte jene Friedensgeste, die ihm Panlow gezeigt hatte. Die grotesken Gestalten reagierten sofort und traten beiseite. Spock stand auf und gab sich ganz deutlich zu erkennen. Als er zu den Bäumen sah, bemerkte er eine zweite Gruppe aus Mutanten, die Reed entwaffnet hatte und ihn aus seinem Versteck zerrte. Spock schritt ihm entgegen, hob eine Hand und wandte sich in der aretanischen Sprache an die Veränderten.

»Halt! Wenn ihr zu Panlows Gemeinschaft gehört, so kennt ihr mich. Laßt den Mann los. Er ist ein Verbrecher, und ich bin hier, um ihn zur Rechenschaft zu ziehen!«

Die Mutanten zögerten — ihre Blicke wanderten zwischen Reed und Spock hin und her. Der Anführer, ein riesenhafter Bursche mit krummem Rücken, gestikulierte kurz.

»Du kannst ihn haben.« Reed bekam einen Stoß und taumelte dem Vulkanier entgegen.

Reed sah sich verzweifelt um »Auch ich bin ein Geächteter. Ihr wißt, was das bedeutet. Helft mir. *Helft mir!*« Sein Tonfall vermittelte eine klare Botschaft, doch die englischen Worte blieben den Aretanern unverständlich.

Die Mutanten wichen fort, überließen Spock und Reed sich selbst — dies war nicht ihr Kampf. Ganz gleich, welche Art von Auseinandersetzung jetzt stattfinden würde: Sie betraf allein den Normalen und den Mutanten namens Spock.

Reed langte nach dem Phaser, den ein Aretaner in der Hand hielt, aber Spock stieß sich ab und sprang, hechtete dem Mann entgegen und brachte ihn zu Fall. Der Mörder tastete nach dem Nacken seines Gegners, um ihn mit einem Nervengriff außer Gefecht zu setzen, aber Spock zog das Knie an, rammte es Reed zwischen die Beine. Keine sehr elegante Kampftechnik — aber sie funktionierte. T'Dess' Urenkel stöhnte schmerzerfüllt und krümmte sich zusammen, gab Spock damit die Möglichkeit, wieder auf die Beine zu kommen. Aber Reed verfügte über genug vulkanische Kraft, um mit der Pein fertig zu werden, ebenfalls aufzustehen und erneut anzugreifen. Der Zweite Offizier begriff, daß er ohne Disziplin kämpfte, sich ganz dem Zorn über T'Pris' Tod hingab. Er dachte nur noch daran, Reed zu bestrafen, als er die rechte Hand nach seinem Hals ausstreckte, um das *Lan-dovna* anzuwenden. Reed stieß den Arm beiseite, bekam Spock zu fassen und raubte ihm das Gleichgewicht.

Der Vulkanier fiel, und diesmal zog Spock beide Knie an, als sich Reed auf ihn stürzte, streckte dann die Beine und schleuderte seinen Kontrahenten fort. Sofort rollte er sich auf ihn, versuchte erneut, die Nervenpunkte am Halsansatz zu erreichen. Doch Reed wand sich wie eine Schlange hin und her, und plötzlich fand sich Spock unter ihm wieder. Bisher waren sie sich ebenbürtig gewesen, aber T'Pris' Mörder schnaufte immer lauter, und allmählich ließen seine Kräfte nach. Spock packte ihn an der Kehle, als er nach Luft schnappte. Das *Lan-dovna* würde den Kampf schnell beenden ...

Während er zudrückte, erschien T'Pris vor Spocks innerem Auge. Sie lächelte sanft, nur für ihn, und Weisheit leuchtete in ihren Augen.

In ihren imaginären Zügen bemerkte der Vulkanier auch noch etwas anderes: Verwirrung. Sie konnte nicht verstehen, warum ihr Tod Haß bewirkte.

Spock verlor seine Ehre, wenn er Reed kaltblütig umbrachte. Mit der anderen Hand tastete er einmal mehr nach dem Nackenansatz, und diesmal gelang ihm der vulkanische Nervengriff. Der Mann über ihm verlor das Bewußtsein und erschlaffte. Spock ließ ihn zu Boden sinken, setzte sich auf, starrte zu der nun reglosen Gestalt und trachtete danach, die brodelnden Gefühle wieder der Rationalität und Logik unterzuordnen. Nach einer Weile hörte er ein seltsames Geräusch und hob den Kopf. Die Mutanten hüpften in einer Art Tanz umher und brummten. Die fratzenhaften Gesichter lächelten, und daraus schloß der Zweite Offizier, daß sie den Sieg eines Artgenossen feierten — den Triumph des Mutanten Spock. Einer der Veränderten trat vor, reichte ihm den Phaser und grinste.

Spock nahm den Strahler entgegen und nickte dankbar. Dann holte er seinen Kommunikator hervor, klappte ihn auf und sagte:

»Spock an *Enterprise.*«

»*Enterprise.* Hier spricht Pike.«

»Ich habe Reed, Captain. Bitte veranlassen Sie den Transfer von zwei Personen — sobald ich mich von einigen Freunden verabschiedet habe.«

»Wie bitte?«

»Ich erkläre es später, Sir.«

Pike wartete im Büro der Sicherheitsabteilung, als Spock den immer noch geschwächten Reed hereinzerrte. Vor dem Captain und Orloff nahm der Mörder hochmütig Haltung an.

»Gute Arbeit, Mr. Spock«, lobte Pike. »Von jetzt an

wird sich Commander Orloff um den Gefangenen kümmern.«

Reed spuckte zu Boden, starrte die Offiziere arrogant und herausfordernd an. »Ich habe mein Ziel trotzdem erreicht. Wenn — *falls* — Sie Vulkans Ruhm finden, so wird sich der Stein als Imitation herausstellen, als Schande für den Clan Archenida. Und genau darum ging es mir: Ich wollte beweisen, daß die ›Ehre‹ der Kristallhüter auf Lügen basiert.«

»Wir *haben* den Smaragd gefunden«, sagte Pike ruhig.

Reed und Spock sahen den Captain erstaunt an. »*Was?*« entfuhr es dem Verhafteten.

»Er befand sich tatsächlich an einem ›sicheren Ort‹. Als mir Nummer Eins meldete, daß die gründliche Durchsuchung des ganzen Schiffes ohne Erfolg geblieben ist ... Daraufhin habe ich mich gefragt: Wo würde niemand nach dem Kristall suchen? Auch ich kenne Edgar Allan Poe, Reed. Um Vulkans Ruhm zu verstecken, gibt es zwei Möglichkeiten: Entweder bringt man den Kristall an einem Ort unter, wo ihn jeder sehen kann — und wodurch man ihn *über*sieht; oder er wird dort verstaut, wo er die ganze Zeit über gelegen hat. Wir fanden ihn in der Sicherheitskammer, nur in einem anderen Behälter.«

Reeds Lippen zitterten einige Sekunden lang. Offenbar fühlte er sich in seinem Stolz verletzt, weil es dem Captain so mühelos gelungen war, ihn zu durchschauen. »Nun, es spielt keine Rolle. Ich habe in jedem Fall den Beweis dafür erbracht, daß die Archenida ehrlose Lügner sind, daß die Legende von ihnen und Vulkans Ruhm nichts weiter ist als schamloser Betrug.«

Pike winkte Orloff zu. »Bitte holen Sie den Edelstein, Commander.«

Der Sicherheitsoffizier eilte fort, und kurz darauf kehrte er mit dem großen grünen Kristall zurück, der so viel Unheil angerichtet hatte. »Spock ... Während Sie und Reed auf Areta waren, habe ich Vulkans Ruhm im geologischen Laboratorium untersuchen lassen. Bitte fordern Sie den entsprechenden Bericht an.«

Spock warf Pike einen durchdringenden Blick zu, bevor er sich zum Terminal auf Orloffs Schreibtisch umdrehte. »Computer, zeig uns die Ergebnisse der Kristall-Analyse.«

Der Bildschirm erhellte sich sofort, und Datenkolonnen wanderten durchs Projektionsfeld. Spock las die Resultate der Untersuchung und wandte sich dann an Reed. »Audio-Ausgabe«, sagte er. Eine Sprachprozessorstimme erklang — sie schien einer Frau zu gehören —, nannte die chemische Zusammensetzung des Smaragds und andere Einzelheiten. Spock lächelte grimmig. »Nun, Reed? Haben Sie gehört? Verstehen Sie die Ergebnisse der Analyse? Es handelt sich *tatsächlich* um einen Smaragd und *nicht* um Glas. Vulkans Ruhm ist echt. Die Legende stimmt. Die Archenida haben nie gelogen — ganz im Gegensatz zu T'Dess. Ihre Urgroßmutter vergiftete Sie mit ihrem Haß. Wenn Sie überhaupt nichts unternommen und sich damit begnügt hätten, ein Mitglied der *Enterprise*-Crew zu sein, die Vulkans Ruhm wiederfand ... In dem Fall wären Sie ein Held und imstande gewesen, T'Dess' Ehre wiederherzustellen. Statt dessen glaubten Sie ihren Lügen und teilten ihren Haß — wodurch Sie alles verloren.«

Eine Mischung aus Wut und fassungslosem Entsetzen verwandelte Reeds Gesicht in eine Grimasse. Spock achtete nicht darauf, blickte zur Seite und dachte: *Das gilt auch für mich.*

Die *Enterprise* befand sich nicht mehr im aretanischen Orbit, flog nach Vulkan. Pike hatte das Kommando Nummer Eins überlassen und sich in sein Quartier zurückgezogen. Dort marschierte er unruhig umher, während sich Phil Boyce in einem Kontursessel zurücklehnte und saurianischen Brandy trank — derzeit traute er keinem anderen Alkohol.

»Zwei wichtige Wissenschaftler sind tot«, brummte der Captain. »Und der Mörder — einer unserer Sicherheitswächter! — sitzt in der Arrestzelle. Nur zehn Tage sind vergangen, und ich habe mir eine ganz normale Mission erhofft.«

»Das sind die negativen Dinge«, erwiderte Boyce. »Du solltest versuchen, auch die positiven zu sehen. Die Situation auf Areta ist weitaus besser, als wir dachten. Wir haben das Rätsel der *He-shii* gelöst und den Smaragd gefunden — derzeit sind wir nach Vulkan unterwegs, um ihn dort abzuliefern. Der neue Zweite Offizier hat sich als außerordentlich zuverlässig, tüchtig und kompetent erwiesen. Von seiner Intelligenz ganz zu schweigen ...«

»Ja, das stimmt«, sagte Pike. »Aber ich habe den Eindruck, daß Spock durch diese Sache etwas verloren hat. Sicher, derzeit hat er kaum Grund, fröhlich zu lächeln, aber er wirkt noch kühler und distanzierter als vorher. Noch förmlicher — wenn das überhaupt möglich ist.«

»Ich hab's bemerkt. Stört es dich, Chris?«

»Ich weiß nicht recht.« Fast sofort berichtigte sich der Captain. »Doch, es stört mich. Mir gefiel der Zweite Offizier, der vor zwei Wochen an Bord kam. Und ich bin mir nicht sicher, was ich von diesem veränderten Mann halten soll.«

»Das Leben verändert uns alle, manchmal sogar schneller, als uns lieb ist — und sogar gegen unseren Willen.« Boyce trank einen Schluck Brandy und fügte hinzu: »Und dann wäre da noch Nummer Eins.«

Pike blieb stehen und starrte den Arzt verblüfft an. »Nummer Eins? Was hat sie denn damit zu tun?«

»Sie kann ebenfalls ziemlich kühl und förmlich sein. Du hältst die Dame für einen guten Ersten Offizier.«

»Sogar für den besten.«

»Sie gefällt dir.«

»Und ob. Der tüchtigste Stellvertreter, den ich je hatte.«

»Und als Frau?«

»Sie ...« Pike zuckte mit den Schultern. »Sie ist perfekt.«

»Die meisten Männer wünschen sich eine perfekte Frau.«

»Worauf willst du hinaus, Phil?«

Boyce gab sich unschuldig, hob und senkte die Schultern und setzte erneut das Glas an die Lippen. »Oh, ich weise nur auf Interessantes in der Nähe hin. Und meine Hinweise gelten einem Mann, der dazu neigt, nach Exotischem in der Ferne Ausschau zu halten.«

Pike musterte den Bordarzt der *Enterprise* und runzelte die Stirn. Boyce sah zu ihm auf und lächelte dünn. »Als du nach dem *vor*letzten Landurlaub zurückgekehrt bist, hast du von Janeese Carlisle geschwärmt, mir Holo-Fotos und so weiter gezeigt. Du hattest nur sie im Sinn und wolltest über nichts anderes mehr reden. Sogar einen Ring hast du ihr geschenkt — es war keine Verlobung, aber viel fehlte nicht. Nach der Rückkehr vom *letzten* Landurlaub ... Nichts. Kein Wort von ihr. Nur Trübsal und Niedergeschlagenheit. Für einen alten Veteranen wie mich war der Fall sofort klar: Zwischen dir und Janeese ist es aus.«

»Sie hat einen anderen.«

»So was passiert, Chris. Und *weil* es passiert ist, hast du dich ein wenig verändert — auf die gleiche Weise wie Spock nach dem Tod von T'Pris. So etwas gehört zum menschlichen Dasein — auch wenn man nur zum Teil ein Mensch ist, wie in Spocks Fall. T'Pris starb, und ein so junger Mann wie dein Zweiter Offizier kann sich nur schwer damit abfinden. Deine Erfahrung ist banaler, wenn du mir diese Bemerkung gestattest. Eine Person, die uns sehr am Herzen liegt, erwidert unsere Gefühle nicht. Das enttäuscht und verletzt uns. Wir glauben plötzlich, weniger wert zu sein. Womit wir uns natürlich irren. Gelegentlich entwickeln sich die Dinge nicht so, wie wir möchten. Derartige Risiken lassen sich nicht vermeiden. Jeder hat solche Erlebnisse, du ebenso wie ich. Und weißt du was, Chris? Wir sind immer wieder bereit, noch einmal ein Risiko einzugehen. Es liegt in der menschlichen Natur.«

Pike schwieg eine Zeitlang und dachte nach. Schließlich richtete er den Blick wieder auf Boyce. »Du hast eben Nummer Eins erwähnt.«

»Habe ich das? Nun, ich halte sie für eine faszinierende Frau.«

»Ja«, sagte Pike nachdenklich.

»Und sie ist perfekt.«

Die Kommando-Offiziere der *Enterprise* nahmen an der feierlichen Bestattung von T'Pris teil, die auf dem Anwesen der Familie stattfand. Pike, Nummer Eins, Boyce, Caitlin Barry und die anderen trugen Galauniformen, traten demütig und respektvoll vor Sirak und T'Dar, um ihnen ihr Beileid auszusprechen. Spock stand etwas abseits, war nicht als Offizier der *Enterprise* gekommen, sondern als vulkanischer Repräsentant, der das Haus des Vaters vertrat. Die übrigen vulkanischen Besatzungsmitglieder warteten hinter ihm, als würdevolle Emissäre ihrer eigenen Häuser.

T'Pris' Familie begrüßte die Offiziere und dankte ihnen, führte sie anschließend zu einem großen Kreis zwischen den Bäumen: dem Schrein des Clans. Dutzende von Ahnenstatuen symbolisierten die Geschichte der Familie, führten sie bis zu ihrem Anfang zurück. Die geometrischen Skulpturen in der Mitte des Schreins bestanden aus vulkanischer Jade, deren dunkles Blau im Licht der untergehenden Sonne zu glühen schien. Vor ihnen ruhte ein Katafalk.

Von der Zeremonientrommel her ertönte langsames, dumpfes Pochen, begleitet von den zarten Klängen einer vulkanischen Flöte. Sechs Männer trugen T'Pris' Sarg, stellten ihn behutsam auf dem Katafalk ab. Die anderen Vulkanier folgten dem Geleit und verharrten am Rand des Schreins. Sirak schritt zur zentralen Plattform und verbeugte sich in die vier Himmelsrichtungen. Dann wandte er sich dem Sarg zu und senkte das Haupt.

»T'Pris, geliebtes Kind, während deines Lebens hast du uns große Freude geschenkt. Du hast uns Ehre zuteil werden lassen mit deiner Schönheit, mit deinem Enthusiasmus, mit deiner Liebe. Du warst nicht lange bei uns, und allein dies ist von dir geblieben.« Der vulkanische Vater deutete kummervoll auf den Sarg. »Doch die Erinnerungen an dich verweilen in unseren Herzen, und dort lebst du auch weiterhin — solange wir selbst leben. Wir schwören: Auch die folgenden Generationen werden von dir erfahren, auf daß sich dein Tod in eine Erneuerung der Liebe verwandelt, wenn dein Name ausgesprochen, deine Geschichte erzählt wird.«

Sirak verbeugte sich erneut, erst dem Sarg gegenüber und dann in die vier Himmelsrichtungen. Dann verließ er den Kreis.

Die Trauergäste traten am Sarg vorbei, und jeder von ihnen berührte ihn kurz. Das Pochen der Zeremonientrommel und die Klänge der Flöte vereinigten sich zu einer schwermütigen Melodie.

Spock näherte sich dem Sarg als letzter. Er streckte die Hand aus, strich mit den Fingerkuppen über das schwarze Holz und schauderte. Er mußte einige Sekunden lang mit gesenktem Kopf verweilen, um mit seinem Kummer fertig zu werden. »T'Pris ...«, hauchte er. »T'Pris, ich schwöre hiermit, daß ich dich nie vergessen werde.« *Wir haben unsere Seelen miteinander vereint,* dachte er. *Wir haben uns gegenseitig gewählt, aus freiem Willen. In meinem Herzen kann es nie Platz für eine andere Frau geben.*

»Lieutenant ...« Sirak kam besorgt näher. »Geht es Ihnen nicht gut?«

Spock richtete sich auf und straffte die Gestalt. »Ich bedauere nur den Verlust eines Kollegen — und eines

Freundes. Ihr Verlust ist größer. Meine Familie nimmt Anteil an Ihrem Leid.«

»Der Sohn von Sarek aus dem Hause Surak erweist uns große Ehre, indem er Gefallen an unserer Tochter fand.«

»Mehr als nur Gefallen«, sagte Spock. »T'Pris war eine ... außergewöhnliche Frau. Ja, wirklich außergewöhnlich.« Er nickte Sirak zu und hob die Hand zum vulkanischen Gruß. »Glück und langes Leben.«

Der ältere Vulkanier gab die traditionelle Antwort. »Friede und langes Leben.«

Spock nickte erneut, obgleich er ahnte, daß es für ihn nie Frieden geben würde. Und selbst wenn ihn ein langes Leben erwartete: Er mußte es allein verbringen, ohne T'Pris und ihre Liebe.

Er drehte sich um und folgte den anderen Offizieren, die bereits einige Dutzend Meter zurückgelegt hatten. Spock ging langsam, und Siraks Gruß hallte in ihm wider.

Nummer Eins saß im Kommandosessel und dachte über die Bestattung nach. Es war eine ruhige, würdevolle Zeremonie gewesen, und damit wurde sie T'Pris' Wesen gerecht. Die Ilyrianerin stellte sich vor, von einem ähnlichen Ritual ins Jenseits begleitet zu werden, und sie seufzte innerlich.

Nach einer Weile sah sie zu Spock, der stumm an der wissenschaftlichen Station arbeitete. Nach T'Pris' Tod war er noch schweigsamer geworden, und *wenn* er sprach, so klang es kühl und abrupt. Angeblich hatten Vulkanier keine Gefühle. *Wer auch immer das behauptet: Der Betreffende hat entweder keine Ahnung oder lügt ebenso wie Reeds Urgroßmutter.* Nummer Eins zweifelte nicht daran, daß Spock litt — was er natürlich nie zugeben würde.

Sie unterbrach ihre Grübeleien, als Pike aus dem Turbolift trat. Aus einem Reflex heraus stand sie auf und ging zu den Navigationskontrollen.

Der Captain näherte sich dem Befehlsstand. »Nummer Eins — steuern Sie uns aus der Umlaufbahn und nehmen Sie Kurs auf Starbase 12. Ich habe gerade eine Mitteilung von Starfleet erhalten. Die Diplomatengruppe von Delta Indus II wurde in der Starbase abgesetzt — das Warptriebwerk des entsprechenden Passagierschiffs muß repariert werden. Wir sind beauftragt, die Botschafter zu ihrem Heimatplaneten zu bringen.«

»Aye, Sir«, bestätigte Nummer Eins. Tasten klickten unter ihren Fingern. »Wir verlassen jetzt den Standard-Orbit.«

Neben ihr speiste Lieutenant Andela den Navigationscomputer mit allen notwendigen Daten. »Kurs nach Starbase 12 programmiert.«

»Warpfaktor vier.«

»Aye, Sir.«

»Übrigens, Nummer Eins ...«

»Sir?« Sie drehte sich halb um und sah den Captain fragend an. Ihr langes schwarzes Haar wogte zur Seite, fiel wie ein seidener Schleier über die Schulter.

»Ich möchte Sie zum Abendessen einladen. Neunzehn Uhr Bordzeit, in meinem Quartier. Einverstanden?«

Die Ilyrianerin blinzelte verblüfft. »Abendessen?« wiederholte sie.

»Ja«, sagte Pike. »Eine offizielle Sache. Wir müssen einige dienstliche Dinge besprechen. Ich schätze, Sie haben das Logbuch bis dahin auf den neuesten Stand gebracht, oder?«

»Es enthält bereits alle Berichte, Sir.«

»Oh, natürlich. Nun, wir sprechen heute abend darüber.«

»Aye, Sir. Essen um neunzehn Uhr Bordzeit. In Ihrem Quartier.«

Nummer Eins wandte sich wieder ihrer Konsole zu. *Eine solche Einladung bekomme ich jetzt zum erstenmal von ihm.* Nun, wenn etwas zum erstenmal geschah, so verdiente es besonderes Interesse. Sie blickte auf die Anzeigen ihres Pults und sah dann zum Wandschirm, der die Sterne in der Schwärze des Alls zeigte. »Wir haben den Orbit verlassen, Captain. Kurs Starbase 12. Warpfaktor vier.«

Mit einem Tastendruck leitete sie den Transfer ein, und die *Enterprise* sprang ins All, den Sternen und einer neuen Mission entgegen.

STAR TREK™

in der Reihe
HEYNE SCIENCE FICTION & FANTASY

STAR TREK: CLASSIC SERIE
Vonda N. McIntyre, Star Trek II: Der Zorn des Khan · 06/3971
Vonda N. McIntyre, Der Entropie-Effekt · 06/3988
Robert E. Vardeman, Das Klingonen-Gambit · 06/4035
Lee Correy, Hort des Lebens · 06/4083
Vonda N. McIntyre, Star Trek III: Auf der Suche nach Mr. Spock · 06/4181
S. M. Murdock, Das Netz der Romulaner · 06/4209
Sonni Cooper, Schwarzes Feuer · 06/4270
Robert E. Vardeman, Meuterei auf der Enterprise · 06/4285
Howard Weinstein, Die Macht der Krone · 06/4342
Sondra Marshak & Myrna Culbreath, Das Prometheus-Projekt · 06/4379
Sondra Marshak & Myrna Culbreath, Tödliches Dreieck · 06/4411
A. C. Crispin, Sohn der Vergangenheit · 06/4431
Diane Duane, Der verwundete Himmel · 06/4458
David Dvorkin, Die Trellisane-Konfrontation · 06/4474
Vonda N. McIntyre, Star Trek IV: Zurück in die Gegenwart · 06/4486
Greg Bear, Corona · 06/4499
John M. Ford, Der letzte Schachzug · 06/4528
Diane Duane, Der Feind – mein Verbündeter · 06/4535
Melinda Snodgrass, Die Tränen der Sänger · 06/4551
Jean Lorrah, Mord an der Vulkan Akademie · 06/4568
Janet Kagan, Uhuras Lied · 06/4605
Laurence Yep, Herr der Schatten · 06/4627
Barbara Hambly, Ishmael · 06/4662
J. M. Dillard, Star Trek V: Am Rande des Universums · 06/4682
Della van Hise, Zeit zu töten · 06/4698
Margaret Wander Bonanno, Geiseln für den Frieden · 06/4724
Majliss Larson, Das Faustpfand der Klingonen · 06/4741
J. M. Dillard, Bewußtseinsschatten · 06/4762
Brad Ferguson, Krise auf Centaurus · 06/4776
Diane Carey, Das Schlachtschiff · 06/4804
J. M. Dillard, Dämonen · 06/4819
Diane Duane, Spocks Welt · 06/4830
Diane Carey, Der Verräter · 06/4848
Gene DeWeese, Zwischen den Fronten · 06/4862
J. M. Dillard, Die verlorenen Jahre · 06/4869
Howard Weinstein, Akkalla · 06/4879
Carmen Carter, McCoys Träume · 06/4898
Diane Duane & Peter Norwood, Die Romulaner · 06/4907
John M. Ford, Was kostet dieser Planet? · 06/4922
J. M. Dillard, Blutdurst · 06/4929
Gene Roddenberry, Star Trek (I): Der Film · 06/4942
J. M. Dillard, Star Trek VI: Das unentdeckte Land · 06/4943
Barbara Paul, Das Drei-Minuten-Universum · 06/5005
Judith & Garfield Reeves-Stevens, Das Zentralgehirn · 06/5015
Gene DeWeese, Nexus · 06/5019
D. C. Fontana, Vulkans Ruhm · 06/5043

STAR TREK™

Judith & Garfield Reeves-Stevens, Die erste Direktive · 06/5051
Michael Jan Friedman, Das Doppelgänger-Komplott · 06/5067
Judy Klass, Der Boacozwischenfall · 06/5086
Julia Ecklar, Kobayashi Maru · 06/5103
Peter Morwood, Angriff auf Dekkanar · 06/5147
Carolyn Clowes, Das Pandora-Prinzip · 06/5167
Diane Duane, Die Befehle des Doktors · 06/5247

STAR TREK: DIE NÄCHSTE GENERATION
David Gerrold, Mission Farpoint · 06/4589
Gene DeWeese, Die Friedenswächter · 06/4646
Carmen Carter, Die Kinder von Hamlin · 06/4685
Jean Lorrah, Überlebende · 06/4705
Peter David, Planet der Waffen · 06/4733
Diane Carey, Gespensterschiff · 06/4757
Howard Weinstein, Macht Hunger · 06/4771
John Vornholt, Masken · 06/4787
David & Daniel Dvorkin, Die Ehre des Captain · 06/4793
Michael Jan Friedman, Ein Ruf in die Dunkelheit · 06/4814
Peter David, Eine Hölle namens Paradies · 06/4837
Jean Lorrah, Metamorphose · 06/4856
Keith Sharee, Gullivers Flüchtlinge · 06/4889
Carmen Carter u. a., Planet des Untergangs · 06/4899
A. C. Crispin, Die Augen der Betrachter · 06/4914
Howard Weinstein, Im Exil · 06/4937
Michael Jan Friedman, Das verschwundene Juwel · 06/4958
John Vornholt, Kontamination · 06/4986
Mel Gilden, Baldwins Entdeckungen · 06/5024
Peter David, Vendetta · 06/5057
Peter David, Eine Lektion in Liebe · 06/5077
Howard Weinstein, Die Macht der Former · 06/5096
Michael Jan Friedman, Wieder vereint · 06/5142
T. L. Mancour, Spartacus · 06/5158
Bill McCay & Eloise Flood, Ketten der Gewalt · 06/5242

STAR TREK: DIE ANFÄNGE
Vonda N. McIntyre, Die erste Mission · 06/4619
Margaret Wander Bonanno, Fremde vom Himmel · 06/4669
Diane Carey, Die letzte Grenze · 06/4714

STAR TREK: DEEP SPACE NINE
J. M. Dillard, Botschafter · 06/5115
Peter David, Die Belagerung · 06/5129
K. W. Jeter, Die Station der Cardassianer · 06/5130
Sandy Schofield, Das große Spiel · 06/5187

DAS STAR TREK UNIVERSUM, 2 Bde.,
überarbeitete und aktualisierte Neuausgabe!
von *Ralph Sander* · 06/5150

Diese Liste ist eine Bibliographie erschienener Titel

KEIN VERZEICHNIS LIEFERBARER BÜCHER!